케이크와 맥주

Cakes and Ale

CAKES AND ALE
by W. Somerset Maugham

세계문학전집 394

케이크와 맥주

Cakes and Ale

서머싯 몸

황소연 옮김

민음사

차례

케이크와 맥주   7

작품 해설   298
작가 연보   309

서문

이 작품은 애초에 그다지 길지 않은 단편 소설에서 출발했다. 이 이야기가 처음 떠올랐을 때 나는 이런 메모를 적어 두었다. "나는 내 어릴 적 친구인 어느 유명한 소설가에 대해 기억하는 것을 기록해 달라는 요청을 받는다. 그는 통속적이고 바람기가 다분한 아내와 함께 W에서 살았다. 그는 그곳에서 위대한 작품들을 쓴다. 훗날 그는 비서와 결혼하고, 그녀는 그를 이끌어 거물로 만든다. 의문은 그가 노년의 나이에도 유명 인사로 만들어지는 데 반항할 것인가 하는 점이다." 그 무렵 나는 《코즈모폴리턴》에 단편 소설들을 연재하고 있었다. 연재 계약에 따라 단어 수는 1200개에서 1500개 사이여야 했기 때문에 삽화까지 감안하면 글이 잡지의 한 페이지 이상을 차지하지 않지만, 공간을 넉넉히 잡는다 생각하고 삽화를 반대편

페이지에 넣는다면 분량을 조금은 늘릴 수 있을 것 같았다. 그 래서 나중에 써먹을 요량으로 이 이야기를 미뤄 두었다. 하지 만 로지라는 캐릭터는 내가 오래전부터 궁리하던 인물이었다. 그녀에 대해 쓰고 싶은 생각은 진작에 있었지만 마땅한 기회 가 나지를 않았다. 그녀가 자리를 잡을 적당한 배경이 통 떠 오르지 않아서 아무래도 틀렸다는 생각이 들기 시작했다. 크 게 안타깝지는 않았다. 작가의 머릿속에 쓰여지지 않고 남아 있는 인물은 집착이 된다. 생각이 끊임없이 그것으로 회귀하 면서 상상력이 점차 그것을 키워 가는 동안 작가는 누군가 그 의 마음 한편에 살면서 그의 상상에 순종하면서도 그와는 동 떨어진 기이하고 고집스러운 방식으로 다채롭고 파란만장한 삶을 살아간다는 것에 특별한 기쁨을 누린다. 하지만 일단 종 이 위에 정착하는 순간 그 인물은 더 이상 작가의 것이 아니 다. 작가는 그 인물을 잊게 된다. 아주 오랫동안 몽상의 대상 이 되었던 인물이 일시에 잊힐 수 있다는 것을 생각하면 신기 할 따름이다. 그러다가 간단히 적어 둔 그 짧은 이야기가 오랫 동안 고민한 이 인물의 무대가 될 수도 있겠구나 하는 생각이 문득 들었다. 나는 그녀를 유명한 작가의 아내로 만들기로 했 다. 그렇다면 이 이야기는 2000단어짜리 글이 절대 될 수가 없었으므로 조금 기다리면서 1만 4000단어나 1만 5000단어 쯤 되는 훨씬 긴 이야기의 소재로 삼아 그럭저럭 성공했다고 할 만한 단편 소설 「비」의 후속작으로 내놓을 생각이었다. 하 지만 생각할수록 나의 로지를 그런 길이의 단편 소설에 낭비 하는 것이 내키지 않았다. 예전 기억들이 되살아났다. 내 메모

의 W는 내가 「인간의 굴레에서」에서 블랙스터블로 칭했던 곳
인데 그곳에 대해서는 아직 못다 한 이야기가 많았다. 오랜 세
월이 흘렀으므로 사실에 더 근접하지 못할 이유가 없었다. 그
래서 블랙스터블의 목사 윌리엄 백부와 그 아내 이사벨라는
목사 헨리 숙부와 그 아내 소피가 되었고, 전작의 필립 캐리
는 『케이크와 맥주』에서 화자인 '나'가 되었다.

　이 책이 발간되었을 때 나는 여러 대상에게서 공격을 받았
다. 내가 토머스 하디를 모델로 에드워드 드리필드라는 인물
을 만들어 냈다는 의혹 때문이었다. 그것은 나의 의도가 아니
었다. 나는 토머스 하디를 조지 메러디스나 아나톨 프랑스만
큼이나 염두에 둔 적이 없다. 나의 메모가 시사하듯이 처음부
터 나는 오랫동안 존경을 받아 온 작가라면 그 명성이 아직
마음속에 살아 숨 쉬는 작고 예민한 모험심과 갈등을 일으킬
것이라고 보았다. 머릿속에는 상충하는 기이한 생각들이 수
없이 빗발치지만 작가는 추종자들이 그에게 바라는 위엄 있
는 외면을 유지하는 것이다. 나는 열여덟 살 때 『테스』를 읽고
젖 짜는 아가씨와 결혼하리라 결심할 만큼 그것에 열광했지
만, 대부분의 동시대인들과 달리 하디의 다른 작품들은 그다
지 좋아하지 않았고 문체도 별로 높이 평가하지 않았다. 내가
그에게 가졌던 관심은 한때 조지 메러디스와 이후 아나톨 프
랑스에게 반짝 가졌던 관심을 넘어선 적이 없다. 하디의 생애
에 관해서도 아는 바가 거의 없다. 지금도 하디와 에드워드 드
리필드 사이에 존재하는 공통점이 무시할 만한 수준임을 확
신하는 정도로만 알고 있을 뿐이다. 공통점이라고 해 봐야 둘

다 곤궁한 환경에서 태어났고 둘 다 두 번 결혼했다는 것뿐이다. 나는 토머스 하디를 딱 한 번 만났다. 장소는 레이디 세인트헬리어의 만찬 자리였다. 사교계 역사에 '레이디 잔'으로 잘 알려진 그녀는 어떤 식으로든 대중의 시선을 사로잡은 인사라면 누구나 그녀의 집(오늘날보다 훨씬 더 배타적인 세상)으로 초대했다. 당시 나는 인기 있고 잘나가는 극작가였다. 그 자리는 전쟁 전 사람들이 열곤 했던 성대한 만찬 파티들 중 하나였다. 엄청나게 많은 코스 요리와 걸쭉하거나 맑은 수프, 생선, 두 가지 앙트레, 셔벗(두 번째 아내를 맞이할 기회를 주는 음식), 마리화나, 오락, 디저트, 얼음, 짭짤한 간식이 제공되었다. 스물네 명의 참석자들은 모두 신분이나 정치적 입지, 혹은 예술적 성취도가 남다른 사람들이었다. 숙녀들이 응접실로 물러갔을 때 나는 우연히 토머스 하디의 옆자리에 앉아 있었다. 기억하기로 그는 작은 체구에 흙처럼 거친 얼굴의 남자였다. 풀을 먹인 하이칼라 셔츠의 야회복 차림이었는데도 이상하게 흙과 닮은 인상을 풍겼다. 그리고 유쾌하고 온화했다. 그때 나는 그가 수줍음과 자신감이 절묘하게 조합된 사람이로구나 생각했다. 우리가 무슨 이야기를 나누었는지는 기억나지 않지만 사십오 분 정도 이야기를 나눈 것은 분명하다. 대화가 끝날 무렵 그는 나를 크게 칭찬하고 나서 직업이 뭐냐고 물었다.(내 이름을 들은 적이 없었던 모양이다.)

듣자 하니 작가 두세 명이 앨로이 키어라는 인물이 본인을 겨냥해 만들어졌다고 생각하는 모양이다. 그것은 그들의 오해다. 이 인물은 여러 가지가 복합된 초상이다. 외모는 한 작가에게서 따왔고, 상류 사회에 대한 집착은 다른 작가에게서, 활력은 세 번째 작가에게서, 운동 능력의 자긍심은 네 번째 작가에게서, 그 외에 많은 부분은 나 자신에게서 빌려 왔다. 나는 나 자신의 흠결을 돌아보는 고약한 재능을 가지고 있고 실제로 나 자신에게서 자조할 수밖에 없는 면모를 많이 발견하곤 한다. 그래서 이런 유감스러운 기벽이 없는 다수의 작가들에 비하면 덜 미화된 시각으로 사람들을 바라보는 편이다.(나에 관한 사람들의 말과 글을 곧이곧대로 받아들인다면 그렇다는 얘기다.) 우리가 창조한 모든 인물은 우리 자신의 복사본과 다름없다. 물론 그들이 나 자신보다 더 고귀하고 더 이타적이며 더 도덕적이고 더 신성할 수도 있다. 신이 그러하듯 작가가 본인의 이미지를 바탕으로 인물을 창조하는 것은 아주 자연스러운 현상이다. 자신의 작품을 홍보하기 위해 갖은 수단을 동원하는 작가를 표현할 때 나는 다른 사람에게 초점을 맞출 필요가 없었다. 그러기에 이것은 너무나 흔한 관행이다. 누구나 공감할 수밖에 없는 문제다. 상당한 숫자의 수작들을 포함해 수백 권에 달하는 작품들이 해마다 주목받지 못하고 사라진다. 어느 것 하나 몇 달씩 걸리지 않은 것이 없고 몇 년의 진통 끝에 탄생한 것들도 있을지 모른다. 저자로서는 작품에 자신의 분신을 실어 영원히 떠나보내는 일인데, 그것이 평론가의 미어터지는 책상과 서점의 빽빽한 책장 어딘가에 파묻힐 공산이 크다는 생각을 하면 참 가슴이 미어지는 노릇이다. 이러니 작가가 대중의 관심을 끌기 위해 온갖 수단을 동원해도 이상하지 않은 것이다. 경험은 그에게 행동 지침이 된다. 어떻게

케이크와 맥주

든 공적 인물이 되어야 한다. 대중의 시야 안에 머물러야 한다. 인터뷰를 하고 사진이 신문에 실리도록 해야 한다. 《더 타임스》에 편지를 쓰고, 모임에서 연설하고, 사회적 문제에 관심을 쏟아야 한다. 만찬 후 연설을 해야 한다. 출판사들이 광고하는 책들을 추천해 주어야 하고, 적합한 시간과 적합한 장소에 반드시 모습을 드러내야 한다. 절대 순순히 잊혀서는 안 된다. 한 번의 실수로 큰 대가를 치를 수 있기에 힘겹고 불안한 노동인 것이다. 그러므로 진심으로 읽어 볼 가치가 있다고 여기는 책을 널리 세상에 읽히려 백방으로 애쓰는 작가를 친절한 시선으로 바라보지 않는 것은 잔혹한 처사다.

하지만 내가 질색하는 광고의 형태가 하나 있다. 출간을 기념해 여는 칵테일파티가 그것이다. 이를 위해서는 사진작가들을 섭외해야 하고, 가십 작가들과 안면이 있는 저명인사들을 최대한 초대해야 한다. 가십 작가들은 그들의 칼럼 중 한 단락을 내어 주고 주간지들은 사진을 실어 주겠지만 저명인사들은 저자의 서명이 들어간 책을 공짜로 탐낼 것이다. 출판사가 비용을 부담한다고 가정해도(가끔은 이것이 당연한 경우도 있다.) 이 야비한 행태의 불쾌함이 경감되는 것은 아니다. 내가 『케이크와 맥주』를 쓸 무렵에는 이런 일이 성행하지 않았다. 만약 그랬다면 나는 족히 한 장(章) 분량의 글감을 얻었을 것이다.

1

어떤 사람이 누군가의 집에 전화를 걸어 찾는 사람이 출타 중이라는 것을 알고는 중요한 용무인 양 들어오는 대로 전화해 달라는 메시지를 남겼다면 그 용무란 것은 전화를 받은 사람보다 전화한 사람에게 더 중요한 일이기 마련이다. 대부분의 사람들은 누군가에게 선물을 준다거나 부탁을 들어주려 할 때 상식선에서 참을성을 보인다. 그래서 나는 만찬 예복으로 갈아입기 전에 술을 한잔하고 담배를 한 대 태우면서 신문을 읽을 시간은 있겠구나 생각하며 하숙집으로 돌아왔을 때 앨로이 키어 씨가 즉시 전화해 달라는 전갈을 남겼다는 말을 집주인 펠로스 양에게 듣고는 무시해도 되겠구나 생각했다.

"그 작가 맞지요?" 그녀가 내게 물었다.

"맞아요."

그녀는 다정한 눈길로 전화기를 흘끔거렸다.

"제가 그분께 전화 걸까요?"

"아뇨, 고맙지만 됐어요."

"그분이 다시 전화하시면 뭐라고 할까요?"

"메시지 남기라고 하세요."

"알겠어요, 선생님."

그녀는 입을 꾹 다물었다. 그리고 빈 유리병을 집어 들고 방 안이 단정한지 쓱 훑어본 뒤 방을 나갔다. 펠로스 양은 소설을 매우 즐겨 읽었다. 그러니 로이의 책들도 모두 읽었을 게 분명했다. 읽어도 감탄을 하면서 읽었는지 나의 무심한 반응이 마뜩잖은 기색이었다. 나갔다가 돌아와 보니 찬장에 펠로스 양이 진하고 반듯한 글씨체로 쓴 메모가 붙어 있었다.

키어 씨가 두 번 전화하셨어요. 내일 점심 같이 하실 수 있겠냐고요. 안 되면 언제가 좋을지 물으셨어요.

나는 눈썹을 추켜올렸다. 로이를 만난 것이 석 달 전의 일이고 그나마 어느 파티에서 몇 분쯤 이야기를 나눈 것이 전부였다. 그는 늘 그렇듯 아주 친절했고 헤어질 때는 우리가 자주 만나지 못하는 것을 못내 아쉬워했다.

"런던은 참 끔찍한 곳이야." 그가 말했다. "보고 싶은 사람도 마음대로 못 보고 사니 말일세. 다음 주 언제 점심이나 같이 먹자고, 응?"

"그러지 뭐." 내가 대답했다.

"집에 돌아가서 수첩을 확인하고 전화하지."

"그러시게."

로이와 알고 지낸 지 이십 년이 된 나로서는 그가 조끼 왼쪽 윗주머니 안에 작은 수첩을 항상 넣고 다니면서 약속을 꼼꼼히 적는다는 것을 모를 리 없었다. 그날 이후 그에게서 아무런 연락이 없었지만 나는 놀라지 않았다. 그러니 이제 와서 그가 아무런 사심 없이 점심 식사에 나를 초대했을 리 없었다. 나는 잠자리에 들기 전 파이프 담배를 피우면서 로이가 무슨 이유로 나와 점심을 먹으려는 것인지 곰곰이 따져 보았다. 그를 따르는 독자 하나가 나를 소개시켜 달라고 졸랐을까, 아니면 런던에 며칠 묵게 된 미국 쪽 편집자가 나한테 다리를 놓아 달라 부탁했을까. 하지만 아무런 꿍꿍이 없이 그런 자리를 만드는 것은 나의 오랜 친구답지 않은 일이었다. 약속 날짜를 나더러 잡으라고 했으므로 나를 다른 사람과 만나게 하려는 것도 아니었다.

만인의 입에 오르내리는 동료 소설가를 로이만큼 진심으로 칭송하는 사람도 드물지만, 만약 그 동료가 게으름이나 흥행 실패, 혹은 타인의 성공에 의해 밀려나게 된다면 로이만큼 그 동료에게 가차 없이 안면을 몰수하는 사람도 없을 것이다. 무릇 작가들이란 부침이 있기 마련이다. 당시 나는 세간의 주목을 받는 작가가 아니었고, 스스로 그것을 너무도 잘 알고 있었다. 로이의 초대를 기분 나쁘지 않게 거절할 핑계는 얼마든지 있었다. 게다가 로이가 아무리 집요한 인간이라고 해도, 어떤 목적으로 나를 만나리라 결심했다고 해도 "지옥에나 가." 한마디 던지고 고집을 꺾을 것임을 잘 알고 있었지만 대체 무슨 일인지 몹시 궁금했다. 로이에 대한 나의 깊은 애정도 발동했다.

나는 그가 문단에서 승승장구하는 것을 감탄하며 지켜보았다. 그의 이력은 작가의 길을 걸으려는 젊은이들에게 하나의 모델로 자리 잡을 만한 사례였다. 동시대 작가들 중 로이만큼 보잘것없는 재능으로 확고한 위치를 거머쥔 작가는 찾아보기 어려웠다. 물론 이것은 하루 하나씩 읽는 명언집의 명언처럼 태산에 티끌 하나 더하듯 흔하디흔한 경우일지도 모른다. 본인도 이를 분명히 의식하고 있었고, 그가 그런 재능으로 책을 이미 서른 권이나 썼다는 것은 기적이나 다름없었다. 나로서는 로이가 토머스 칼라일이 어느 만찬 연설에서 "천재는 고통을 감내하는 무한한 능력을 가졌다."라고 했다는 글을 읽고 큰 깨달음을 얻었을 거라고 짐작할 수밖에 없다. 그는 그 말을 곱씹었을 것이다. 그리고 생각했을 것이다. 만약 그것이 전부라면 나도 다른 이들처럼 천재가 될 수 있겠구나. 그리고 어느 여성 잡지의 평론가가 열렬한 어조로 그의 작품 하나를 단평하면서 그 표현(요즘 들어 평론가들이 꽤나 자주 쓰는 그 표현)을 썼을 때 로이는 한참을 고생한 끝에 십자말풀이를 완성한 사람이 내쉴 법한 만족스러운 한숨을 토했으리라. 그의 지칠 줄 모르는 근면함을 오랫동안 지켜본 사람이라면 어쨌든 그가 천재의 칭호에 손색이 없음을 부인하지 못할 것이다.

로이는 처음부터 유리한 고지에서 출발했다. 그는 오랫동안 홍콩에서 식민 장관을 지낸 뒤 자메이카 총독으로 퇴임한 공무원의 외아들이었다. 글자들이 빽빽한 『명사록』에서 '앨로이 키어'를 찾아보면 그가 'KCMG[1]와 KCVO[2]를 받은 레이먼드 키어 경과 인도 군대의 고 퍼시 캠퍼다운 육군 소장의 막내딸 에밀리의 외아들'이라는 것을 확인할 수 있다. 그는 윈체스터 중고등학교와 옥스퍼드의 뉴 칼리지에서 수학했다. 학생회장이었지만 불행히 성홍열에 걸려 조정 경기의 기량을 마음껏 펼치지는 못했다. 학업 성적은 탁월하다기보다 양호했다. 로이는 아무런 빚도 지지 않고 대학을 졸업했다. 이미 그때부터 검약하는 습관이 몸에 배어 쓸데없는 지출을 자제했다. 그는 좋은 아들이었다. 자기가 받은 값비싼 교육이 부모의 희생으로 이루어졌다는 것을 알고 있었다. 은퇴한 아버지는 글로스터셔주 스트라우드 인근의 수수하나 초라하지 않은 집에 살았지만 본인이 다스리던 식민지와 관련한 공식 만찬에 참석하러 이따금 런던에 갔고, 그럴 때마다 회원으로서 앤서니언을 꼬박꼬박 방문했다. 그리고 옥스퍼드를 졸업한 아들을 이 클럽의 오랜 지인을 통해 지체 높은 귀족 집안의 가정 교사로 들여보낼 수 있었다. 그 집안의 섬세하고 허약한 외아들을 가르친 것이 로이에게는 젊은 나이에 큰 세상으로 진입하는 발판이 되었다. 그는 이 경험을 십분 활용했다. 주간지로 상류 사회를 엿본 작가의 작품은 한계를 가질 수밖에 없지만 그의 작품에서는 그런 결함을 찾아볼 수 없다. 그는 공작들이 서로 어

---

1) Knight Commander of the order of St. Michael and St. George. 해외 영연방에서 공을 세운 사람에게 수여하는 성미카엘 성조지 훈장 중 하나.
2) Knight Commander of the Royal Victorian Order. 빅토리아 여왕의 업무를 대리하고 수행한 사람에게 내리는 로열 빅토리아 훈장 중 하나.

떻게 대화하는지, 국회의원과 대리인, 마권업자, 대리 주차원에게 각각 어떤 호칭으로 대우를 받는지 정확히 알고 있었다. 그의 초기 소설에 등장하는 총독, 대사, 수상, 왕족, 귀부인의 경쾌한 면모에는 어떤 매력이 살아 있다. 그는 우월감 없이 다정하고, 무례함 없이 친근하게 그들을 다룬다. 그들의 사회적 지위를 또렷이 인식시키면서도 그들이 우리와 다름없는 인간이라고 느끼는 작자 본인의 편안한 감정을 전달한다. 귀족들의 행위가 더 이상 진지한 소설의 적당한 소재가 될 수 없는 시류 탓에 언제나 시대의 흐름에 극도로 민감한 로이가 후반기 소설들을 사무 변호사, 공인 회계사, 농산물 브로커의 내적 갈등에 치중할 수밖에 없었던 것을 나는 늘 애석하게 생각한다. 이제 그는 예전처럼 확신을 가지고 이쪽 사회에서 활동하지 않는다.

내가 그를 처음 알게 된 것은 그가 오롯이 문학에 전념하기 위해 가정 교사를 그만두었을 때다. 당시 그는 183센티미터의 키에 양말만 신은 발, 탄탄한 체격, 넓찍한 어깨의 훤칠하고 반듯한 젊은이였고 행동거지에서 자신감이 넘쳤다. 잘생긴 것은 아니지만 크고 솔직한 파란 눈과 연갈색 곱슬머리, 짤막하고 넓적한 코, 네모난 턱이 남자답고 훤칠한 외모였다. 정직하고 깔끔하고 건강해 보였다. 운동선수의 면모가 풍겼다. 초기 작품을 읽은 사람이라면 사냥개들과 함께 달리는 묘사가 어찌나 생생하고 정확한지 그의 개인적 경험이 녹아든 게 아닌가 생각할 수밖에 없다. 얼마 전까지 그는 때때로 책상을 등지고 온종일 사냥을 다녔다. 첫 작품을 발표한 것은 문인들이 맥주를 마시고 크리켓을 하며 남성미를 과시하던 시기였다. 이후 몇 년간 그의 이름이 등장하지 않은 문인들의 크리켓 팀은 거의 찾아볼 수 없었다. 이유는 모르겠지만 이 문파는 용기를 잃어버렸고 그들의 책은 홀대받고 있다. 그들은 여전히 크리켓을 하지만 글을 발표할 데가 없어 애를 먹고 있다. 로이는 오래전에 크리켓을 그만두고 클라레[3]에 대한 고급 취향을 개발했다.

로이는 첫 작품을 발표했을 때 아주 겸손한 태도를 취했다. 그의 첫 작품은 짧고 깔끔한 데다 이후 출간한 작품들이 모두 그렇듯 입맛에 완벽히 들어맞는 작품이었다. 그는 당대의 잘나가는 모든 문필가들에게 깍듯한 편지와 함께 그 책을 보냈고, 동봉한 편지에서 그가 얼마나 그들 각자의 작품을 칭송하는지, 그들의 작품에서 얼마나 많은 것들을 배웠는지, 동료 문인이 찬란히 밝혀 놓은 길을 비록 흉내에 불과할지라도 따르려는 마음이 얼마나 간절한지를 피력했다. 전문 작가의 길에 들어선 젊은이가 항상 스승처럼 존경하던 문인에게 공물을 바치듯 자신의 책을 위대한 예술가의 발밑에 바친 것이다. 대단히 바쁘신 분들에게 초보의 보잘것없는 산물에 귀한 시간을 내어 달라 부탁하는 것이 얼마나 뻔뻔한 짓인지 잘 알지만 비평과 가르침을 달라고 간청했다. 그가 받은 답장 중에 형식적인 것은 거의 없었다. 편지를 받은 작가들은 그의 칭송에 우쭐해져 긴 답장을 보냈다. 그들은 그의 작품을 공개적으

---

3) 프랑스 보르도산 적포도주.

로 칭찬했고, 그중 많은 이들이 그를 오찬에 초대했다. 그들은 그의 솔직함에 매료되었고 그의 열정에 뭉클해졌다. 겸손하게 조언을 청하는 모습은 감동적이었고 성심껏 그 조언을 실천하겠노라 약속하는 그의 모습은 인상적이었다. 그들은 조금 성가시기는 해도 힘을 보태어 줄 인재가 나타났다고 생각했다.

그의 소설은 상당한 성공을 거두었다. 그 덕에 그는 문단에서 많은 친구들을 사귀게 되었고, 아주 잠시지만 한동안 블룸즈버리나 캠던 힐, 웨스트민스터의 차 모임에 가면 버터 바른 빵을 나눠 주거나 노부인의 빈잔을 채워 주는 그를 어김없이 볼 수 있었다. 너무나 젊고 너무나 소탈하고 너무나 쾌활한 데다 사람들의 농담에 아주 즐겁게 웃어 젖히는 그를 좋아하지 않을 사람은 없었다. 그는 만찬 클럽에 가입했다. 빅토리아 스트리트나 홀번의 호텔 지하에서 열리는 클럽 모임에서는 문필가들, 젊은 법정 변호사들, 자잘한 꽃무늬 실크와 구슬 목걸이 차림의 숙녀들이 3실링 6펜스짜리 저녁을 먹으며 예술과 문학에 대해 토론했다. 그가 대가를 받고 만찬 후 연설을 하고 있음이 얼마 후 밝혀졌다. 그가 워낙 상냥했기 때문에 동료 작가들과 경쟁자들, 동년배들은 그가 신사라는 사실에도 불구하고 그 사실을 눈감아 주었다. 그는 그들의 작품에 칭찬을 아끼지 않았고 그들이 원고를 보내 주었을 때 어떤 흠도 잡지 않았다. 그들은 그를 좋은 사람일 뿐 아니라 명석한 심판관이라고 생각했다.

그가 두 번째 소설을 썼다. 심혈을 기울인 작품이었다. 그는 같은 업계 선배들의 조언을 적극 활용했다. 그의 부탁에 따라 여러 사람들이 서평을 써 주었고 서평이 실린 신문사의 편집자들은 그와 연락하는 사이였기 때문에 호평 일색일 수밖에 없었다. 두 번째 소설은 성공적이었으나 경쟁자들의 질투를 살 만큼 대단한 성공을 거두지는 못했다. 긴가민가하던 경쟁자들은 이로써 그가 돌풍을 일으키는 일은 없겠구나 확신하게 되었다. 그는 유쾌하고 선량한 남자였고 어느 문파에도 속하지 않았다. 그들은 장애물이 될 만큼 높이 올라가지 못할 남자에게 기꺼이 발판이 되어 주었다. 내가 알기로 몇 사람은 이때 저지른 실수를 돌아보며 쓸쓸한 미소를 짓고 있다.

로이를 거만하다고 말하는 사람들이 있기는 하지만 그것은 그들의 착각이다. 로이는 젊은 시절에 가장 큰 매력으로 작용한 겸손함을 한시도 잃은 적이 없다.

"나는 대단한 소설가가 아닙니다." 그는 늘 이렇게 말한다. "거장들과 비교하면 나란 존재는 하찮죠. 나도 언젠가는 정말 대단한 소설을 쓸 수 있을 거라고 생각했지만 그런 희망은 오래전에 접었습니다. 사람들이 내가 최선을 다한다는 걸 인정해 준다면 그것으로 족해요. 나는 정말 노력합니다. 허술한 건 어느 하나 지나치지 못하죠. 나도 좋은 이야기를 말할 수 있고 그럴듯한 인물을 창조할 수 있을 것 같긴 합니다. 결국은 결과가 말해 주겠지요. 『바늘의 눈』은 영국에서 3만 5000부, 미국에서는 8만 부가 팔렸고, 다음 책의 연재권이 가장 좋은 조건으로 계약되긴 했어요."

그가 자기 책을 비평한 사람들에게 겸손한 마음으로 편지를 보내 호평에 감사하며 그들을 오찬에 초대하는 경우 말고 또 다른 경우가 있을까? 물론 있다. 로이는 특히 대단한 명성을 얻은 이후 혹독한 악담을 참고 견딜 수밖에 없었는데, 혹평을 받으면 대부분의 우리와는 다르게 어깻짓을 하지도 않았고 자기 작품을 깎아내리는 악당을 향해 실컷 욕을 퍼붓고 나서 그냥 잊어버리지도 않았다. 그는 평론가에게 장문의 편지를 보내 그의 책을 좋지 않게 바라보는 시각은 심히 유감이지만 그 자체로 아주 흥미로운 서평인 데다 대단한 비판적 지성과 대단한 언어 감각이 돋보이는 의견을 용감히 피력한 분에게 편지를 쓰지 않고서는 배길 수 없었다고 말한다. 로이보다 더 개선의 의지를 활활 태우는 사람은 없다. 그는 계속 배우기를 희망한다. 성가시게 굴고 싶지 않지만 평론가께서 수요일이나 금요일에 용무가 없으시다면 사보이 호텔에서 같이 점심을 들며 제 책의 정확히 어느 부분이 좋지 않은지 말씀해 주실 수 없겠는지요? 로이보다 점심을 더 맛있게 주문하는 사람도 없을 것이다. 평론가는 생굴을 대여섯 개 삼키고 어린 양고기의 등심을 한 조각 먹고 나면 대개 본인이 뱉은 말까지 같이 삼키게 된다. 이후 로이의 다음 소설이 나왔을 때 그 평론가가 로이의 차기작에서 커다란 진전을 발견하는 것은 자연스러운 시적 정의[4]라 하겠다.

사람이 살아가면서 겪어야 하는 어려움 가운데 하나는 한때 친밀하게 지냈으나 시간의 경과에 따라 흥미를 잃어버린

---

[4] 문학 작품에서 등장인물이 그간의 행위에 합당한 결과를 치르게 된다는 인과응보 개념.

사람들을 응대하는 것이다. 양측이 모두 평범한 처지에 머물러 있다면 인연이 자연스럽게 끊어지면서 아무런 악감정이 생기지 않지만, 만약 한쪽이 대단한 지위를 성취한 경우라면 어색한 상황이 펼쳐진다. 옛 친구들이 그대로 있는 상태에서 성공한 쪽은 새 친구들을 여럿 사귀게 된다. 오만 가지 일로 시간은 부족한데 옛 친구들은 자기들이 당연히 우선시되어야 한다고 생각한다. 성공한 친구가 바로바로 응대하지 않으면 한숨을 내쉬고 어깻짓을 하면서 이렇게 말한다.

"하, 그것참, 난 당신만은 다른 사람들과 다를 줄 알았어요. 당신이 성공했으니 이제 나는 버려지겠군요."

물론 당사자는 그러고 싶다. 그럴 용기가 있다면 말이다. 대부분은 그럴 용기가 없어서 일요일 저녁 식사 초대를 마지못해 받아들인다. 차가운 로스트비프는 호주산 냉동식품인 데다 점심때 요리한 것을 데운 것이고, 버건디는…… 아, 버건디라는 이름은 왜 붙였을까? 이들은 본[5]에 가 본 적도 없고 그곳의 '데라 포스테 호텔'에 묵은 적도 없단 말인가? 물론 다락방에서 빵 부스러기를 나눠 먹은 옛날이야기를 도란도란 나누는 것은 정겨운 일이지만, 지금 앉아 있는 방이 그 다락방과 얼마나 흡사한가를 생각하면 조금 김이 빠지는 것이 사실이다. 옛 친구가 자기 책은 잘 팔리지 않고 단편을 발표할 곳도 마땅찮다는 말을 하면 당신은 마음이 편치 않다. 옛 친구는 출판업자들이 내 희곡을 읽어 보지도 않는다, 내 작품을

---

5) 프랑스 부르고뉴 지방.

상연 중인 작품과 비교해 보아도(순간 옛 친구는 원망의 눈초리로 당신을 쳐다본다.) 조금 난해한 것 같다고 말한다. 그러면 당신은 당황해서 눈길을 돌린다. 당신은 당신도 인생의 시련을 극복했다는 것을 친구에게 알려 주려고 당신이 겪었던 실패들을 부풀린다. 당신의 작품을 되도록 폄하하는 투로 거론하다가 집주인이 그와 똑같은 의견을 가지고 있음을 알고 적잖이 놀라게 된다. 그리고 옛 친구가 당신의 인기가 오래가지 못할 거라고 생각하며 안심하게끔 대중의 변덕을 말한다. 옛 친구는 다정하지만 잔혹한 평론가다.

"당신의 최신작은 읽어 보지 못했어요." 그가 말한다. "전작은 읽었지만. 그 책 제목을 잊어버렸네요."

당신이 제목을 말한다.

"조금 실망스럽던데요. 예전 책만큼 좋지 않았어요. 물론 내가 무얼 가장 좋아하는지 당신은 알겠죠."

이 친구가 아니더라도 다른 이들에게 충분히 시달려 온 당신은 스무 살 때 쓴 첫 작품을 얼른 말해 준다. 페이지마다 당신의 미숙함이 내깔긴 조잡하고 순진한 작품이다.

"그렇게 훌륭한 작품은 두 번 다시 쓸 수 없을 겁니다." 그의 진심 어린 말에 당신은 그간의 전력이 행운의 히트작 이후 줄곧 내리막길을 걸은 것으로 평가 절하되는 기분에 사로잡힌다. "당신의 이후 작품들은 그때 보여 준 가능성에 그다지 못 미친다는 생각이 늘 듭니다."

당신의 발은 불에 구워지는 것 같은데 손은 얼음장이다. 몰래 손목시계를 흘끔거리면서 10시쯤 일찌감치 떠난다고 하면 옛 친구가 기분이 상하지 않을까 눈치를 본다. 친구의 궁색한 형편이 당신의 근사한 자동차에 대비되는 일이 없도록 차를 이 집 앞이 아니라 모퉁이 너머에 세워 놓으라고 지시해 두었는데 친구가 문가에서 이렇게 말한다.

"거리 끝에 버스 정류장이 있어요. 내가 거기까지 배웅을 하리다."

당신은 당황해서 자동차를 가져왔다고 고백한다. 친구는 운전기사가 왜 모퉁이 너머에서 기다리는지 몹시 의아하게 생각한다. 당신은 당신의 기벽 중 하나라고 둘러댄다. 자동차에 도달했을 때 친구는 관대한 우월감을 가지고 자동차를 쳐다본다. 당신은 초조하게 언제 한번 저녁을 같이 먹자고 말한다. 그리고 편지를 쓰겠다고 약속한다. 그리고 자동차를 몰고 떠날 때 그 친구에게 클래리지스에 가자고 하면 거들먹거린다는 말을 듣겠고, 그렇다고 소호를 가자고 하자니 너무 싸구려라는 말을 들을 것 같아 고민한다.

앨로이 키어는 이런 종류의 고충을 전혀 겪지 않았다. 조금 거칠게 표현하자면 그는 얻을 만큼 얻어 낸 사람들은 그냥 놓아 버렸다. 이 문제를 돌려 말하려면 시간이 너무 많이 걸리거니와 힌트와 걸러진 말투, 암시로 교묘히 조율하여 장난스럽거나 부드럽게 말해야 하니 그냥 이렇게 표현하는 쪽이 사실을 있는 그대로 말하는 것이라고 생각한다. 우리는 대부분 누군가에게 야비한 짓을 하게 되면 그런 짓을 한 사람에게 앙금을 갖기 마련이지만 심성이 언제나 반듯한 로이에게 그런 쩨쩨함은 있을 수 없다. 그는 어떤 사람을 아주 비열하게 이용하고 나서도 그 사람에게 어떠한 악감정을 품지 않았다.

"가엾은 스미스." 그는 그렇게 말하곤 했다. "착한 사람이고 내가 참 좋아하기도 하는데 말이야. 점점 형편없어지니 안타깝지 뭔가. 누가 그 사람을 어떻게 해 주면 좋으련만. 아니, 나도 그 사람 본 지 몇 년 됐다네. 오래된 우정을 유지하려 애쓰는 건 쓸데없는 일일세. 양쪽 모두 고통스럽기만 하니까. 누군가는 남들보다 더 성장하는 것이 사실이니 받아들일 수밖에 없어."

하지만 왕립 미술원의 비공개 초대전 같은 모임에서 스미스를 마주치게 되면 로이만큼 살가운 사람도 없었다. 그는 양손을 요리조리 비틀면서 만나게 되어 얼마나 반가운지 모른다고 말했다. 얼굴에 함박웃음을 머금고. 그는 온화한 태양이 햇살을 비추듯 선량한 동료애를 발산했다. 스미스가 이 경이로운 활력의 분출에 크게 기뻐한 것은 스미스의 최근작만큼 훌륭한 작품을 쓸 수만 있다면 세상에 아까울 것이 없다는 로이의 덕담 때문이었다. 그러다가도 로이는 스미스의 눈에 띄지 않았다고 생각하면 그대로 고개를 돌려 버렸고, 로이를 보았던 스미스는 외면당한 것에 분노했다. 스미스는 대단한 독설가였다. 그는 로이가 예전에 허름한 식당에서 즐겁게 스테이크를 나눠 먹기도 하고 한 달 동안 세인트 아이브스의 어부 오두막에서 휴가를 같이 보냈다면서 로이를 기회주의자에다 속물이라고 불렀다. 그리고 사기꾼이라고 했다.

이것만큼은 스미스가 잘못 본 것이다. 앨로이 키어의 가장 탁월한 특징은 진실함이었다. 무려 이십오 년간 사기를 칠 수 있는 사람은 세상에 없다. 위선만큼 성취하기 어렵고 진이 빠지는 악덕도 없다. 위선은 한시도 늦추지 않는 경계심과 영혼을 초월하는 극기가 필요하다. 불륜이나 폭음과 달리 짬짬이 훈련으로 달성할 수 있는 것이 아니다. 하루를 온전히 투자해야 하는 작업이다. 또한 이기적인 마음가짐도 필요하다. 로이가 잘 웃기는 해도 기발한 유머 감각을 뽐낸 적은 없었기 때문에 나는 그가 시니시즘을 발휘할 능력은 없다고 확신한다. 그의 책은 읽기 시작한 것은 많아도 끝까지 읽은 경우가 거의 없긴 하지만 내가 보기에 책에 그의 진실성이 인장처럼 각 페이지마다 수없이 새겨져 있다. 이것이 그가 꾸준히 인기를 얻는 주된 요인일 것이다. 로이는 언제나 그 순간 남들이 믿는 것을 진심으로 믿었다. 귀족 계층에 관한 소설을 썼을 때 그는 그들이 방탕하고 부도덕하지만 특정한 고귀함과 대영 제국을 다스릴 만한 소질을 타고났다고 진심으로 믿었다. 훗날 중산층에 관한 소설을 썼을 때는 이들이 이 나라의 근간이라고 진심으로 믿었다. 그의 악당들은 언제나 악당다웠고, 영웅들은 언제나 영웅다웠으며, 처녀들은 언제나 순수했다.

로이가 자기 책을 호평한 사람을 오찬에 초대한 것은 좋게 평가해 주어서 진심으로 고마웠기 때문이다. 또한 악평한 사람을 오찬에 초대한 것도 진심으로 자신을 개선하고 싶었기 때문이다. 텍사스나 호주 서부에서 런던을 찾아온 모르는 팬을 내셔널 갤러리에 데려간 것은 팬층을 확보하려는 목적도 있었지만 예술에 대한 그들의 반응을 진심으로 보고 싶었기 때문이다. 그가 들려주는 이야기를 듣고 있으면 그의 진심을 확신할 수 있었다.

그가 상황에 맞추어 멋진 야회복이나 아니면 마침맞게 자주 애용하는 편한 정장 차림으로 강단에 서서 진지하고 솔직하게 청중을 바라보는 모습을 보노라면 성심을 다해 임무에 몰두하고 있다는 생각을 하지 않을 수 없었다. 가끔씩 할 말을 잃은 척했지만 그것은 그저 다음 말의 효과를 배가하기 위해서였다. 그의 목소리는 우렁차고 남자다웠다. 그는 이야기를 잘 풀어냈다. 지루하게 말하는 법이 없었다. 그는 영국과 미국의 청년 작가들에 관한 강연을 즐겨 했다. 청중에게 그들의 훌륭함을 열심히 설명했다. 그의 열정은 그의 관대함을 입증했다. 어찌 보면 그들의 이야기를 너무 많이 하는 것 같기도 했다. 그의 강연을 계속 듣다 보면 그들에 대해 알고 싶은 것들은 알 만큼 알게 되었으니 굳이 그들의 책을 읽지 않아도 될 것 같았기 때문이다. 나는 로이가 어느 지방 소도시에서 강연한 후 그곳에서 그 작가들의 책은 한 부도 팔리지 않고 그의 책만 줄기차게 팔리는 이유가 바로 이 때문이라고 짐작한다. 그는 정력적으로 활동했다. 미국 대륙을 성공적으로 순회했을 뿐 아니라 영국을 종단하며 강연을 했다. 클럽이 너무 작다고, 혹은 자기 개발을 위한 모임이 너무 하찮다고 무시하지 않고 한 시간씩 할애했다. 때때로 강연한 내용을 다듬어 작고 깔끔한 책으로 발간하기도 했다. 이런 쪽에 관심이 있는 사람들은 대부분 『현대의 소설가들』, 『러시아 소설』, 『몇몇 작가들』 같은 책들을 훑어보았고, 누구도 그것들이 문학에 대한 진실한 감정과 매력적인 인간성을 표출하고 있다는 점을 부인하기란 어려웠다.

하지만 그의 활동은 여기서 그치지 않았다. 그는 작가들의 이익을 증진하고 질병이나 노년에 겪는 가난 문제를 완화하려는 목적으로 세워진 단체의 열성 회원이었다. 저작권 문제가 법률안에 오르면 항상 기꺼이 손을 보탰고, 국적이 다른 작가들과 친목을 도모하려는 목적으로 외국에 파견되는 사절단에서 한 자리씩 꼭 차지했다. 그는 공식 만찬에서 문학에 관한 답변을 믿고 맡길 만한 적임자였고 해외의 유명한 문인을 맞이하는 환영단에 어김없이 끼었다. 바자회마다 그의 친필 서명이 들어간 책이 빠지지 않았다. 그는 인터뷰를 거절하는 법이 없었다. 작가로 살아가는 고충을 누구보다 잘 알고 몇 마디 환담을 나누는 것으로 고생하는 기자 양반에게 미미하나마 보탬이 될 수 있는데 본인은 그것을 거절할 만큼 비인간적이지 않다고 말했다. 그는 대부분 인터뷰 진행자를 오찬에 초대했고 십중팔구 상대에게 좋은 인상을 남겼다. 다만 인터뷰 기사가 실리기 전 먼저 기사를 보겠다는 조건을 달았다. 신문 독자로서 궁금한 마음을 참지 못해 곤란한 시간에 유명 인사들에게 전화해서는 신을 믿는지, 아침으로 무얼 먹는지 묻는 사람들에게도 절대 인내심을 잃지 않았다. 또한 모든 심포지엄에 빠짐없이 참석했기 때문에 대중은 그가 금주법과 채식, 재즈, 마늘, 운동, 결혼, 정치, 가정 내 여성의 위치에 대해 어떻게 생각하는지 알고 있었다.

그의 결혼관은 추상적이었다. 수많은 예술가들이 자기 소명을 꾸준히 따르는 문제와 결혼을 조화시키려 어려움에 봉착하지만 그는 그 어려움을 교묘히 피해 왔기 때문이다. 그가 수년간 지체 높은 유부녀에게 가망 없는 열정을 품었다는 것은 널리 알려진 사실이다. 그는 그 여성에게 예의 바른 존경을 표했을 뿐 마음을 내색하지 않았는데 그 여성이 그를 냉대했다고 한다. 이 일로 그가 겪은 힘겨움은 그의 중기 소설들에 나타나는 보기 드문 비통함에 반영돼 있다. 그는 그렇게 영혼의 가시밭길을 걸은 덕에 명예가 없는 숙녀들의 접근을 마찰 없이 피할 수 있었다. 그에게 그런 여자들은 불확실한 선물을 내주고 성공한 소설가와 결혼함으로써 결혼의 안정을 얻으려는 퇴색한 장식품에 불과했다. 그는 그 여자들의 반짝거리는 눈에서 등기소[6]의 그림자를 보고는 여자들에게 단 하나뿐인 위대한 사랑의 추억이 늘 결혼의 결심을 방해한다고 말했다. 이런 돈키호테 같은 면은 여자들을 답답하게 만들지언정 모욕하지는 않았다. 그는 가정생활의 기쁨과 부모로서의 만족감을 평생 포기해야 한다는 생각에 작은 한숨을 내쉬었다. 하지만 그것은 그가 그의 이상을 위해, 또한 그의 사랑스러운 배우자가 됐을 여인을 위해 기꺼이 치르는 희생이었다. 그는 사람들이 작가나 화가의 아내를 성가시게 여긴다는 것을 알고 있었다. 매번 아내를 대동하는 예술가는 짐짝 대우를 자초하다가 정말 가고 싶은 곳에는 초대받지 못하는 신세가 되었다. 그렇다고 아내를 집에 두고 외출했다가는 귀가해 직면하는 비

6) 영국에서 출생, 사망, 결혼의 기록을 보관하는 곳이며 약식 결혼식을 올리기도 한다.

난 세례가 최선의 기량을 펼치는 데 필수적인 휴식을 박살내 버렸다. 앨로이 키어는 독신남이었고 이제 쉰 살이었으며 계속 독신으로 남을 가망이 컸다.

　그는 일개 작가가 무엇을 할 수 있는지, 근면함과 상식, 정직함, 수단과 목적의 효율적 조합으로 어떤 높이까지 올라갈 수 있는지를 보여 주는 모범적 사례였다. 좋은 사람이었으므로 오직 까다로운 트집쟁이만 그의 성공을 시기할 수 있었다. 나는 그를 생각하면서 잠이 들면 단잠을 잘 것 같았다. 그래서 펠로스 양 앞으로 메모를 휘갈겨 쓰고는 파이프 담뱃대의 재를 탁탁 턴 뒤 응접실의 난롯불을 끄고 잠자리에 들었다.

2

이튿날 아침 서신과 신문을 가져다 달라고 벨을 울렸을 때 펠로스 양에게 남긴 메모의 답변을 받았다. 앨로이 키어 씨가 1시 15분에 세인트제임스 스트리트에 위치한 그의 클럽에서 나를 만나고자 한다는 전갈이었다. 그래서 1시 조금 전에 내 클럽으로 슬슬 걸어 들어가 로이가 내게 대접할 리 없는 칵테일을 한 잔 걸쳤다. 그러고 나서 가게 진열창들을 한가로이 구경하며 세인트제임스 스트리트를 향해 걸어갔다. 그래도 시간이 몇 분쯤 남겠다 싶어(약속 시간을 너무 정확히 지키기 싫었다.) 괜찮은 물건이 나왔나 구경할 겸 크리스티 경매장 안으로 들어갔다. 경매는 이미 시작한 뒤였다. 체구가 작고 머리가 검은 남자들이 빅토리아 시대의 은제품들을 서로 돌려 가며 살펴보는 중이었고, 경매 진행자는 지루한 눈빛으로 그들의 손짓에 따라 단조로운 말을 읊조렸다. "10실링 나왔습니다. 11실링, 11실링 6펜스." 6월 초의 화창한 날이었고, 킹 스트리트의 하늘은 찬란했다. 크리스티 경매장 벽에 걸린 사진들이 칙칙해 보일 정도였다. 나는 밖으로 나갔다. 거리의 행인들은 낮의 느긋한 기운에 사로잡혀 하던 일을 도중에 멈추고 인생이라는 그림을 쳐다보고 싶은 갑작스러운 충동이 든 것처럼 무심하게 걸어갔다.

로이의 클럽은 차분했다. 대기실에는 늙은 짐꾼과 시동뿐이었다. 문득 전 직원이 수석 웨이터의 장례식에 가고 없는 듯한 서글픈 감정이 느껴졌다. 로이의 이름을 말하자 시동이 나를 텅 빈 복도로 안내했고, 나는 그곳에 모자와 지팡이를 놓아두고서 시동을 따라 빅토리아 시대 정치인의 실물 크기 초상화들이 걸린 텅 빈 홀로 들어갔다. 로이는 가죽 의자에서 일어나 나를 따뜻하게 맞이했다.

"곧장 올라갈까?" 그가 말했다.

칵테일을 권하지 않을 거라는 내 짐작은 정확히 적중했다. 나는 나의 신중한 처사에 찬사를 보냈다. 그는 나를 데리고 두툼한 카펫이 깔린 웅장한 계단을 한 층 올라갔다. 우리는 중간에 아무도 지나치지 않고 외부인들과 같이 쓰는 식당으로 들어갔다. 그곳에는 우리 말고 아무도 없었다. 어느 정도 규모를 갖춘 아주 깔끔하고 하얀 방으로 애덤 스타일[7]의 창

---

7) 18세기 잉글랜드의 중상류층 주택에 유행했던 신고전주의 실내 디자인으로 애덤 형제가 창안했다.

문이 하나 있었다. 우리는 창가 자리에 앉았고, 차분한 웨이터가 메뉴판을 건넸다. 소고기, 양고기, 어린 양고기, 차가운 연어 요리, 사과 타르트, 루바브 타르트, 구스베리 타르트가 있었다. 나는 선택이 한정된 목록을 눈으로 훑어보고는 모퉁이 저편에 있는 식당들이 생각나 한숨을 내쉬었다. 그곳에는 프랑스 가정식과 딸그락거리는 생활 소음, 어여쁘게 화장하고 여름 드레스를 입은 여자들이 있었다.

"송아지 고기와 햄을 넣은 파이를 추천하는 바네." 로이가 말했다.

"그걸로 하지 뭐."

"내 샐러드는 내가 섞도록 하지." 그는 웨이터에게 무뚝뚝한 명령조로 말하고는 메뉴판을 다시 훑어본 뒤 상냥하게 덧붙였다. "그다음엔 아스파라거스 어때?"

"괜찮겠군."

그의 태도에 위엄이 조금 더해졌다.

"아스파라거스 이인분 주되 주방장에게 직접 고르라고 하시오. 마실 것은 무얼 할 텐가? 혹[8] 한 병 어때? 여기 혹이 아주 괜찮아."

내가 동의하자 그는 웨이터에게 와인 담당자를 불러 달라고 했다. 나는 권위적이면서도 완벽하게 예의를 차려 주문하는 그의 태도에 감탄하지 않을 수 없었다. 마치 예절 바른 국왕이 육군 원수를 소환하는 장면을 보는 듯했다. 통통한 체격

---

8) 독일산 백포도주.

에 검은 옷을 입고 소속을 나타내는 은빛 목걸이를 목에 건 와인 담당자가 손에 와인 목록을 들고 서둘러 다가왔다. 로이는 그에게 딱딱하면서도 익숙하게 고개를 끄덕여 인사했다.

"안녕하세요, 암스트롱, 21년산 립프라우밀히 있으면 줘요."

"그러죠, 선생님."

"재고는 좀 어떤가요? 넉넉하죠? 더 구하기는 힘들 겁니다."

"유감이지만 그렇습니다, 선생님."

"지레 걱정해 봐야 무슨 소용이겠소, 안 그래요, 암스트롱?"

로이는 와인 담당자에게 유쾌하고 따스한 미소를 지었다. 와인 담당자는 클럽 회원이 한 말에는 대답을 해야 한다는 걸 오랜 경험으로 알고 있었다.

"그럼요, 선생님."

로이는 껄껄 웃더니 나와 눈을 마주쳤다. 참 특별한 양반이야, 암스트롱은.

"차갑게 해서 가져와요, 암스트롱. 너무 차게는 말고, 적당하게. 내 손님에게 우리 실력을 보여 줍시다." 그는 내게 고개를 돌렸다. "암스트롱은 우리와 함께한 세월이 벌써 사십팔 년이라네." 그때 와인 담당자가 물러갔다. "이쪽으로 온 걸 싫어하지 않았으면 하네. 여긴 조용해서 실컷 이야기를 나눌 수 있거든. 우리가 그렇게 이야기를 나눈 것이 한참 되었군. 자네는 신수가 훤하구먼."

이 말에 내 관심은 로이의 외모로 쏠렸다.

"나야 자네 신수에 대면 아무것도 아니지." 내가 대꾸했다.

"바른 자세와 금주, 경건한 삶의 결과라네." 그가 웃었다.

케이크와 맥주

"충분한 노동. 충분한 운동. 골프 어떤가? 조만간 게임 한번 같이 해야지."

로이는 거물이었다. 로이가 나 같은 잔챙이와 어울려 하루를 헛되이 보내는 것보다 더 질색하는 일은 없었다. 하지만 나는 가벼운 초대에 응한 것이니 별일이 있겠나 싶었다. 그는 건강의 화신처럼 보였다. 고수머리는 희끗희끗해져 갔지만 그와 잘 어울리는 데다 햇볕에 그은 솔직한 얼굴을 더 어려 보이게 만들었다. 초롱초롱하고 맑은 눈은 세상을 유쾌하고 솔직하게 바라보았다. 그는 청년 시절만큼 날씬하지는 않았다. 나는 웨이터가 우리에게 롤빵을 권했을 때 로이가 호밀 크래커를 주문하는 것을 보고 그리 놀라지 않았다. 살이 조금 붙은 모습이 오히려 위엄을 더하고 그의 의견에 무게를 실어 주었다. 행동거지 역시 예전보다 조금 더 진중했기 때문에 상대방에게 신뢰감과 편안함을 주었다. 그가 의자를 가득 채우고 앉은 모습이 어찌나 듬직해 보이는지 기념비 위에 자리 잡은 것 같기도 했다.

로이가 웨이터와 나눈 대화를 그대로 옮겨 적은 것은 그의 대화술이 뛰어나거나 위트가 있다기보다 자연스럽다는 것과 그가 하도 자주 웃어서 상대방은 그가 한 말이 웃기다고 착각하게 된다는 것을 알리기 위함이었는데 내 바람대로 될는지는 모르겠다. 그는 어떤 말에도 당황하는 법 없이 그날의 주제가 무엇이든 듣는 사람이 긴장하지 않도록 편히 이야기를 이끌어 갔다.

많은 작가들이 단어에 심취해 있다 보니 대화 중에 단어를 지나치게 고르는 나쁜 버릇을 가지고 있다. 이들은 무의식적으로 너무 정성껏 문장을 만들어 의도하는 바를 가감 없이 정확하게 말한다. 그래서 어휘 구사력이 단순하고 민감한 욕구에 국한된 상류 사회 사람들은 이들과 의사소통에 다소 어려움을 겪게 되고, 그 결과 이들하고 어울리는 것을 망설이게 된다. 로이는 이러한 종류의 제약을 받은 적이 없었다. 춤꾼[9]과 이야기할 때는 춤꾼에게 정확히 통하는 용어로 말하고, 경주마를 좋아하는 백작 부인과는 그녀의 마구간 소년이 사용하는 언어로 이야기할 수 있었다. 사람들은 로이가 여느 작가들과 조금 다르다고 열정과 안도감을 느끼며 말했다. 그에게 이보다 더 기분 좋은 칭찬은 없었다. 현자는 모름지기 상용구를 많이 쓰고(요즘 나는 '남이사'를 가장 애용하고 있다.) 유행하는 형용사를 쓰며('끝내주는'이나 '뻘쭘한' 같은 말) 그 상황에 딱 들어맞는 표현을 써서('팔꿈치로 쿡 찌르다' 같은 말) 환담에 소탈한 광채를 더하고 깊이 생각할 필요가 없게끔 한다. 지구상에서 효율성을 가장 따지는 미국인들은 이러한 요령을 완벽의 경지로 끌어올려 방대한 범위에서 간결하고 진부한 문구들을 무수히 만들어 냈고, 그 덕분에 서로 무슨 소리를 하는지 한시도 생각하지 않고 즐겁고 활기찬 대화를 이어 갈 수 있을 뿐만 아니라 이로써 이성은 큰 사업과 간통 같은 더 중요한 문제의 몫으로 자유롭게 남겨 둔다. 다양한 레퍼토리와 상황에 맞는 말을 귀신같이 찾아내는 로이의 감각은 화술에 양념을

---

9) 돈을 받고 같이 춤춰 주는 사람을 말한다.

더했다. 비옥한 두뇌가 그것을 금방금방 생산해 내듯 그는 매번 그것을 척척 사용했다.

지금도 그는 이런저런 이야기를 했다. 우리 둘 다 아는 친구들, 최근의 책들, 오페라. 대단히 살가웠다. 평소에도 다정하지만 오늘은 유달리 다정해서 아주 황홀할 지경이었다. 그는 우리가 서로에게 너무 뜸했던 것을 한탄하고 그의 가장 큰 매력 중 하나인 솔직함을 발산하면서 나를 얼마나 좋아하는지, 나를 얼마나 높이 평가하는지 이야기했다. 나는 이 호의에 부응하지 않으면 안 될 것 같은 기분이 들었다. 그는 내게 지금 집필 중인 책에 대해 물었고, 나는 그가 집필 중인 책에 대해 물었다. 그는 나에게, 나는 그에게 더 큰 성공을 거두어야 마땅하다고 말했다. 우리는 송아지 고기와 햄이 들어간 파이를 먹었다. 로이는 샐러드를 어떻게 섞는지 말해 주었다. 우리는 혹 포도주를 마시며 그 풍미를 즐겼다.

나는 그가 언제쯤 본론으로 넘어갈까 궁금했다. 한창때의 런던에서 앨로이 키어가 서평을 쓰지도 않는, 더구나 마티스, 러시아 발레, 마르셀 프루스트를 토론하는 모임에 아무런 영향력을 끼치지 않는 동료 작가와 한 시간을 노닥거린다는 것은 도저히 있을 수 없는 일이었다. 그리고 그 쾌활한 태도 뒤에는 희미한 불안감이 어른거렸다. 만약 그의 넉넉한 형편을 몰랐다면 나한테 100파운드쯤 빌릴 속셈인가 의심했을 것이다. 그가 말을 꺼낼 기회를 잡지 못하고 이대로 점심 식사가 끝나는 게 아는가 하는 생각이 슬슬 들기 시작했다. 나는 로이가 조심성이 많다는 것을 알고 있었다. 어쩌면 그는 오랫동안 소원하다가 모처럼 만났으니 이 자리를 빌려 친분부터 쌓을 요량으로 그저 유쾌하고 풍족한 식사 자리를 즐기고 있는지도 몰랐다.

"커피는 옆방에 가서 마실까?" 그가 말했다.

"그러지."

"거기가 더 편할 거야."

나는 그를 따라 큼직한 가죽 팔걸이의자와 커다란 소파들이 있는 훨씬 널찍한 방으로 들어갔다. 탁자 위에는 신문과 잡지가 놓여 있었다. 신사 둘이 한쪽 구석에서 목소리를 낮추어 이야기를 나누고 있었다. 그들이 못마땅한 시선으로 우리를 흘끔거렸지만 로이는 그것에 굴하지 않고 상냥한 인사를 건넸다.

"안녕하세요, 장군님." 그가 유쾌하게 고개를 끄덕이며 말을 붙였다.

나는 잠시 창가에 서서 낮의 활기찬 풍경을 바라보았다. 세인트제임스 스트리트에 얽힌 역사적 사실들을 더 알지 못해 아쉬웠다. 건너편 클럽의 이름조차 모르는 것이 창피했지만 로이가 품위 있는 사람으로서 알아야 할 것을 모른다고 무시할까 봐 물어볼 수도 없었다. 나는 그가 부르는 소리에 정신을 차렸다. 그는 커피랑 같이 브랜디도 한잔할지 물었고, 나는 사양했지만 그는 계속 권했다. 이 클럽의 브랜디는 유명했다. 우리는 우아한 벽난로 옆 소파에 나란히 앉아 시가에 불을 붙였다.

"지난번 에드워드 드리필드가 나랑 점심을 같이 하러 런던에 들른 적이 있어." 로이가 무심히 말했다. "그 양반에게 우리 브랜디를 대접했더니 아주 흡족해했지. 지난주에는 그 양반의 미망인 집에서 주말을 보냈네."

"그랬어?"

"부인이 자네에게 안부를 전하셨네."

"아주 친절하시군. 그분이 나를 기억하실 줄은 몰랐는걸."

"오, 기억하다마다. 육 년쯤 전 자네가 거기서 점심을 먹었잖아? 그때 돌아가신 양반이 자네를 보고 무척이나 기뻐하셨다고 부인이 말씀하셨네."

"그다지 좋아하지 않았던 걸로 아는데."

"오, 잘못 알고 있구먼. 부인 입장에서는 조심스러울 수밖에 없지 않나? 그때는 사람들이 만나겠다고 자꾸 찾아와서 성가시게 하니 부인은 그 양반이 무리하지 않게 조절할 수밖에. 그래도 부인 덕분에 그 양반이 여든 네 살까지 살아서 기력을 유지했다고 봐야지. 나는 그 양반이 돌아가신 후로 부인과 자주 왕래를 하고 있어. 외로움을 많이 타신다네. 어쨌거나 그 양반을 이십오 년 동안 헌신적으로 모셨으니 말이야. 할 일을 잃은 오셀로가 따로 없지.[10] 참 안됐지 뭔가."

"그 여자 아직 꽤나 젊을 텐데. 재혼하지 않을까 싶은데."

"오, 아니, 그건 아닐세. 있을 수 없는 일이야."

잠시 침묵이 흘렀고, 우리는 브랜디를 홀짝거렸다.

---

10) 아내의 부정을 의심한 오셀로가 그동안 충실했던 본분을 빼앗기게 된 상황에 빗대어 표현한 말이다.

"자네는 드리필드가 무명일 때 알고 지낸 이들 중 아직 살아 있는 소수의 사람일세. 한때는 그 양반과 꽤나 자주 만나지 않았나?"

"어느 정도는. 그때 나는 사내아이나 다름없었고 그 양반은 중년의 남자였어. 서로 죽이 잘 맞는 벗은 아니었지."

"그렇긴 해도 자네는 그분에 대해 다른 사람들은 모르는 걸 많이 알고 있을 게 아닌가."

"그렇게 볼 수도 있지."

"그분에 대한 회고록을 쓸 생각은 없나?"

"맙소사, 아니!"

"자네가 해야 할 일이라고 생각하지 않아? 그분은 당대의 가장 위대한 소설가 중 하나였네. 빅토리아기의 마지막 작가. 걸출한 거장이었어. 지난 한 세기 동안 쓰인 어떤 소설보다 그분의 작품이 살아남을 가능성이 높아."

"글쎄. 난 늘 그분의 소설이 좀 지루하다고 생각해 왔네만."

로이는 웃음기가 반짝거리는 눈으로 나를 쳐다보았다.

"참 자네다운 말이로군! 아무리 그래도 자네는 소수파에 속한다는 걸 인정할 수밖에 없을걸. 나는 그분의 소설을 한두 번 읽은 게 아니야. 대여섯 번 읽었지만 읽을 때마다 훌륭하다는 생각을 하네. 그분이 돌아가셨을 때 나온 기사들을 읽어 보았나?"

"몇 편 읽었지."

"놀랍게도 의견들이 하나같이 일치하던걸. 나는 그것들을 빠짐없이 읽었어."

"어차피 모두들 한목소리를 낸다면 굳이 회고록을 낼 필요가 있을까?"

로이는 딱 바라진 어깨를 가볍게 추어올렸을 뿐 내 질문에 대답하지 않았다.

"《더 타임스》의 문학 특집이 아주 좋았어. 그 양반이 그걸 읽었더라면 참 좋아했을 텐데. 《쿼털리》는 다음 호에 그분의 기사를 실을 예정이라고 들었네."

"그래도 나는 그분의 소설이 좀 지루하다고 생각해."

로이는 관대한 웃음을 웃었다.

"영향력이 있는 사람들이 모두 자네와 의견을 달리하는데 조금 불편하지 않은가?"

"딱히 그렇지는 않아. 나도 글을 쓴 지 삼십오 년이 되었네. 천재 소리깨나 들은 자들이 반짝 떴다가 망각 속으로 사라지는 것을 내가 얼마나 많이 보았겠는가. 그들이 어떻게 되었을지 궁금할 뿐이야. 죽었을까, 정신 병원에 갇혔을까, 아무도 모르는 일꾼으로 살아가고 있을까? 이름 모를 마을에서 자기 책을 의사나 노처녀에게 슬그머니 빌려줄지도 모르지. 어느 이탈리아 호텔에서는 아직 위대한 작가 선생일 수도 있고."

"오, 그래, 용두사미. 나도 그런 자들을 알아."

"자네는 그런 자들을 주제로 강연도 하고 있지 않은가."

"누군가는 해야 하니까. 사람들은 가능하면 그런 자들을 밀어주고 싶어 한다네, 어차피 그들이 아무것도 이루지 못할 걸 알거든. 하, 얼마나 여유 만만하고 관대해지는지 모른다네. 하지만 드리필드는 그런 경우가 전혀 아니야. 전집은 서른일곱

권이나 되고, 소더비 경매에 올라온 마지막 세트는 78파운드에 팔렸어. 그것만 봐도 자명하지 않은가. 책 판매량이 매년 꾸준히 증가했고 작년에는 최고치를 찍었네. 이 점에 관해서는 내 말을 믿어도 좋아. 지난번 거기 내려갔을 때 드리필드 부인이 장부를 보여 줬거든. 드리필드는 아직도 건재해."

"그걸 누가 알겠나?"

"자네는 안다는 투로군?" 로이가 날카롭게 대꾸했다.

나는 불쾌하지 않았다. 내가 로이의 성미를 건드리고 있다는 걸 알고서 만족감이 들었다.

"내가 소년기에 본능적으로 내렸던 판단은 결국 틀리지 않았다고 생각하네. 모두들 칼라일을 위대한 작가라고 칭하는 바람에 나는 그의 『프랑스 혁명』과 『의상 철학』을 읽을 수가 없는 나 자신이 무척이나 부끄러웠네. 그런데 지금 누가 그런 걸 읽나? 나는 남들의 의견을 내 의견보다 우선시하고 조지 메러디스를 훌륭하다고 억지로 나 스스로를 설득했었어. 내심 그가 인위적이고 장황하고 거짓되다고 느끼면서도 말이야. 지금은 많은 사람들이 그렇게 생각하지. 사람들이 월터 페이터를 좋아하는 것이 교양 있는 젊은이라는 걸 입증하는 길이라고 그러길래 월터 페이터를 좋아했었지만 망할, 『마리우스』는 지루하기 짝이 없어!"

"그건 그래. 이제 페이터는 아무도 읽는 것 같지 않더군. 물론 메러디스도 한물갔고, 칼라일은 가식쟁이 떠버리야."

"삼십 년 전에는 그들 모두 얼마나 영원불멸할 것처럼 보였나."

"그럼 자네는 오판한 적이 없었나?"

"한두 번은. 뉴먼은 형편없게 봤지만 지금은 그렇지 않고, 피츠제럴드의 짤랑짤랑한 사행시는 너무 고평가했었지. 괴테의 『빌헬름 마이스터』는 읽을 수가 없었는데 지금은 걸작이라고 생각하네."

"그럼 그때나 지금이나 대단하다고 생각하는 건 무엇인가?"

"글쎄, 『트리스트럼 샌디』, 『아멜리아』, 『허영의 시장』, 『마담 보바리』, 『파르마의 수도원』, 『안나 카레니나』. 그리고 워즈워스와 키츠, 베를렌."

"내가 이렇게 말하면 어떨지 모르겠지만 그다지 독창적인 생각은 아닌 것 같군."

"그렇게 말해도 무리는 아니지. 내가 봐도 독창적이지 않으니까. 하지만 자네가 왜 나 자신의 판단을 믿느냐고 물으니 자네에게 설명하려고 한 말일 뿐이야. 수줍음을 무릅쓰고 이 시대의 교양 있는 의견을 옹호하고자 말하네만, 나는 당시에 존경을 받을 만하다 여겨졌던 일부 작가들을 그다지 존경하지 않았고, 결국은 내가 옳았음이 밝혀지지 않은가. 또한 그때 내가 진심으로, 본능적으로 좋아했던 것들은 세월의 검증을 거쳐 현재 나도 그렇고 일반 평론도 인정하고 있어."

로이는 잠시 아무 말이 없었다. 그는 그저 컵 바닥을 물끄러미 내려다보았고, 나는 그가 마실 커피가 더 남았나 보는지 아니면 할 말을 생각하는지 알 수 없었다. 나는 벽난로 위 선반의 시계를 흘끔 보았다. 일이 분 후에는 그만 일어나야 할 것 같았다. 내가 잘못 짚은 게 아닐까 하는 생각이 들었다. 로이는 그저 셰익스피어나 글라스 하모니카를 한가로이 논하려고 나를 초대한 것일 수도 있었다. 나는 로이를 야박하게 평가했던 나 자신을 꾸짖었다. 나는 걱정스럽게 그를 쳐다보았다. 만약 그것이 유일한 목적이었다면 그는 기운이 빠졌거나 상심했을 게 분명했다. 그가 사심이 없는 거라면 잠시 세상이 그에게 가혹했던 것이다. 하지만 그는 내가 시계를 쳐다보는 것을 보고 말문을 열었다.

"나는 어째서 자네가 육십 년 동안 책을 꾸준히 쓸 수 있는 남자의 대단함을 부정하는지 모르겠군. 대중의 관심을 유지하고 점점 늘려 가는 사람을 말일세. 핀 코트의 책장에는 드리필드의 책들을 온갖 문명인들의 언어로 옮긴 번역본들이 즐비하다네. 물론 그분의 많은 작품들이 요즘 시각에서는 조금 구식처럼 느껴진다는 건 인정해. 나쁜 시대에 전성기를 구가했기 때문에 장황한 경향이 있고 줄거리가 대부분 멜로드라마의 성향이 강하지만, 자네도 인정할 수밖에 없는 한 가지 특징이 있어. 아름다움."

"그래?" 내가 말했다.

"모든 의견을 종합하면 결국 중요한 건 하나야. 드리필드는 아름다움이 넘치지 않는 페이지는 단 한 장도 쓰지 않았어."

"그래?" 내가 말했다.

"그분의 여든 살 생일 때 초상화를 선물하러 그곳으로 내려갔을 때 자네도 같이 갔더라면 좋았을걸. 기억에 남을 만한 대단한 축하연이었어."

"신문에서 기사로 읽었네."

"작가들만 있는 것이 아니었어. 과학, 정치, 기업, 예술, 세상

케이크와 맥주

의 거물들이 총출동했었네. 저명인사들이 블랙스터블역의 기차에서 내려 한데 모인 광경은 다시 보기 힘들 걸세. 수상님이 그분에게 공로 훈장을 내릴 때 정말이지 뭉클하더군. 그분은 훌륭한 연설을 했네. 그날 많은 이들이 눈시울을 붉혔어.”

“드리필드도 울었나?”

“아니, 그분은 유달리 침착했네. 평소와 다를 바 없이 조금 수줍어하고 조용했지. 대단히 정중했고 물론 고마워했지만 조금 딱딱한 감이 있었어. 드리필드 부인은 그 양반이 무리할까 봐 신경을 썼어. 우리가 점심을 먹으러 안으로 들어갔을 때 그분은 본인의 서재에 머물렀고 부인은 그분에게 먹을 것이 담긴 쟁반을 보냈네. 나는 다른 사람들이 커피를 마시는 동안 몰래 빠져나왔어. 그분은 파이프 담배를 피우면서 초상화를 감상하고 계셨지. 나는 무슨 생각을 하시냐고 물었네. 그분이 말씀은 않고 그저 조금 미소를 짓다가 그만 틀니를 빼도 괜찮을까 물으시길래, 아뇨, 대표단이 선생님께 작별 인사를 드리러 곧 들어올 겁니다 하고 말씀드렸어. 그러고는 참 경이로운 순간 아니냐고 물었지. 그분이 “얄궂어. 아주 얄궂어.”라고 말씀하시더군. 사실 몹시 피곤하셨을 거야. 그분은 말년에 식사를 할 때나 담배를 피울 때 주위를 어지럽혔어. 파이프 담뱃대를 채울 때 담배 가루를 온 사방에 흘렸지. 드리필드 부인은 그분의 그런 모습을 사람들에게 보이려 하지 않았어. 물론 내게는 숨기지 않았지만. 내가 그분의 매무새를 조금 바로잡아 주었고, 모두들 들어와 그분과 악수를 나누었네. 그러고 나서 우리는 시내로 돌아왔지.”

나는 일어섰다.

"그만 가 봐야겠네. 만나서 정말 즐거웠어."

"나도 레스터 갤러리의 비공개 초대전에 가려던 참이야. 거기 사람들을 알거든. 원한다면 자네를 들여보내 주겠네."

"친절한 말이네만 나도 초대장을 받았어. 아니, 거긴 갈 마음이 없네."

우리는 계단을 걸어 내려갔고, 나는 모자를 집었다. 같이 거리로 나섰을 때 나는 피커딜리 쪽으로 돌아섰다. 로이가 말했다.

"언덕 꼭대기까지 같이 걸어가세." 그는 나랑 같이 계단으로 들어섰다. "자네 그분의 첫 번째 아내를 알지, 응?"

"누구 아내?"

"드리필드."

"오!" 나는 그 사람은 이미 잊고 있었다. "알지."

"그래?"

"잘 알지."

"나쁜 여자 같던데."

"그런 기억은 없어."

"천박한 여자였던 모양이야. 술집에서 일하던 여자야, 맞지?"

"맞아."

"그분이 왜 그런 여자랑 결혼했는지 통 모르겠어. 여자가 부정한 짓을 말도 못 하게 저질렀다는 말을 많이 들었네."

"말도 못 하지."

"어떤 여자였는지 기억나나?"

"그럼, 아주 또렷하게 기억해." 나는 미소를 지었다. "사랑스러운 여자였어."

로이는 픕 웃음을 터뜨렸다.

"일반적인 평판은 그렇지 않던데."

나는 대답하지 않았다. 우리는 피커딜리에 도착했다. 나는 걸음을 멈추고 로이에게 손을 내밀었다. 그는 손을 흔들었지만 평소의 유쾌함은 느껴지지 않았다. 그는 우리의 만남이 실망스러운 듯했다. 나는 그 이유를 알 수 없었다. 그가 내게서 무엇을 원했든 나는 그것을 들어줄 수 없었을 것이다. 그것이 무엇인지 내게 아무런 눈치도 주지 않았으니 말이다. 나는 리츠 호텔 아케이드 밑을 지나 공원 난간을 따라 걸어서 하프 문 스트리트 반대편에 도달할 때까지 내 태도가 평소보다 지나치게 퉁명스러웠던 게 아닌가 생각해 보았다. 로이는 내게 부탁할 말을 꺼낼 기회를 잡지 못한 것이 분명했다.

나는 하프 문 스트리트를 올라갔다. 시끌벅적한 피커딜리를 지나온 터라 고즈넉한 분위기가 기분 좋게 느껴졌다. 차분하고 괜찮은 곳이었다. 대부분의 집들이 방을 세놓고 있었지만 저속한 광고판을 내건 경우는 드물었다. 병원 명판과 비슷하게 반짝반짝 광을 낸 놋쇠 명판을 걸어 셋집을 알리는 집이 몇 채 있었고, 나머지는 부채꼴 채광창 위에 깔끔하게 '셋집'이라고 써 놓았다. 한두 곳은 신중하게 소유주의 이름만 써 놓았기 때문에 모르는 사람은 언뜻 양복점이나 전당포로 착각할 만했다. 저민 스트리트처럼 셋집이 많았지만 거기만큼 교통이 혼잡하지 않았다. 문밖에 운전자가 없는 멋진 자동차가

한 대씩 여기저기 세워져 있었고, 가끔 택시가 중년 여성을 태웠다. 여기 거주하는 사람들은 유쾌하고 조금 경박한 저민 스트리트 주민들, 즉 아침에 술병이 나서 해장술을 찾는 경마 광들 같아 보이지는 않았고, 사교철을 맞은 런던에서 여섯 주 정도 지내러 시골에서 올라온 점잖은 숙녀들과 비공개 클럽의 회원인 나이 지긋한 신사들처럼 보였다. 그리고 해마다 같은 집을 빌리는데, 집주인과는 집주인이 그들의 집에서 일했을 때부터 아는 사이일 것 같았다. 나의 하숙집 주인 펠로스 양도 예전에 몇몇 훌륭한 집안에서 요리사로 일했는데 셰퍼드 마켓을 걸어 다니며 장을 보는 것만 봐서는 과거를 짐작조차 할 수 없었다. 흔히들 생각하는 요리사와 다르게 그녀는 뚱뚱 하지도 얼굴이 붉지도 너부데데하지도 않았다. 호리호리하고 아주 꼿꼿한 몸매에 깔끔하면서도 유행에 맞는 옷차림을 하고 이목구비가 야무진 중년 여성이었다. 입술에는 립스틱을 발랐고 단안경을 꼈다. 그리고 사무적이고 조용하며 냉소적이고 돈을 시원시원하게 썼다.

내가 빌린 방은 1층에 있었다. 오래된 대리석 무늬 벽지를 바른 응접실 벽에는 말을 탄 기사가 귀부인에게 작별 인사를 고하거나 널찍한 홀에서 고풍스러운 연회를 여는 낭만적인 수 채화들이 걸려 있었다. 큰 고사리 화분이 몇 개 있었고, 팔걸 이의자들은 가죽이 바랬다. 1880년대의 경쾌한 분위기가 도 는 방이라 창밖을 내다보면 크라이슬러 자동차가 아니라 멋 들어진 개인용 이륜마차가 보일 것만 같았다. 커튼은 두툼한 붉은색 포플린이었다.

3

이틀 뒤 오후 나는 할 일이 많았지만 머릿속 추억의 길을 거닐었다. 방에 들어선 순간 그제 로이와 나눈 대화와 그날의 인상, 아직은 그리 늙지 않은 남자의 마음에 자리한 옛 기억이 왠지 모르게 평소보다 더 강하게 환기된 탓이었다. 예전에 이 셋집에 살았던 사람들, 길고 넓적한 구레나룻을 기르고 프록코트를 입은 남자들과 버슬 치마 차림의 여자들이 우르르 몰려들어 내게 구시대의 풍속과 이상한 옷차림을 강요하는 기분이었다. 기분 탓인지 아니면 정말인지 모를 런던의 소음과 (내가 사는 집은 하프 문 스트리트 꼭대기에 있었다.) 화창한 6월의 아름다움("처녀처럼 활기차고 아름다운 오늘")[11]이 나의 몽상

---

11) 19세기 후반 프랑스 시인 스테판 말라르메의 시구.

에 아릿함을 더했다. 나는 실재감을 잃은 과거를 관조했다. 관찰자로서 연극의 한 장면을 보듯 어두운 객석 뒷줄에서 그것을 바라보았다. 하지만 장면들이 꽤나 생생했다. 실제 삶은 끊임없는 인상들의 연속 때문에 윤곽이 허물어져 흐릿하지만, 그것들은 빅토리아 중기의 화가가 유화로 그려 낸 풍경화처럼 선명하고 또렷했다.

삶은 사십 년 전에 비해 더 즐거워졌고 사람들도 더 쾌활해진 것 같다. 옛날이 더 훌륭하다고, 더 방대한 지식을 가졌으므로 확고한 도덕관을 지녔을 것이라고 하는데 나는 잘 모르겠다. 내가 알기로 그때 사람들은 쉽게 화를 냈고 너무 많이 먹었다. 많은 이들이 과음을 하고 운동은 거의 하지 않았다. 간이 고장 나고 소화 기관은 자주 망가졌다. 그들은 성미가 불같았다. 런던 이야기를 하는 것은 아니다. 나는 성인이 될 때까지 런던에 대해 아무것도 몰랐다. 사냥을 하고 사격을 하는 화려한 사람들이 아니라 시골에 사는 소박한 사람들, 적은 재산을 보유한 신사들, 성직자들, 은퇴한 공무원들 같은 지역 사회를 구성하는 사람들을 말하는 것이다. 그들이 영위하는 삶의 단조로움은 상상을 초월했다. 골프장은 전혀 없었고, 관리가 부실한 테니스장이 몇몇 집에 있었지만 아주 젊은 사람들만 테니스를 쳤다. 일 년에 한 번 마을 회관에서 무도회가 열렸다. 마차가 있는 사람들은 오후에 드라이브를 나갔고, 마차가 없는 사람들은 '건강을 위한 산책!'을 했다. 기상천외한 놀이는 기대하지 않았고, 소소하게 즐기는 자리를(악보를 가져가서 모드 발레리 화이트와 토스티의 노래를 부르는 차 모임을) 번

갈아 가끔씩 제공하는 것으로 스스로 유흥을 만들어 즐겼다고 볼 수 있다. 하루하루가 아주 길고 지루했다. 반경 1~2킬로미터[12] 내에 모여 살도록 운명 지어진 사람들이 서로 심하게 싸우고 나면 날마다 읍내에서 마주치면서도 이십 년씩 관계를 끊은 채 살아갔다. 허영심 많고 고집이 센 데다 별난 사람들이었다. 괴짜가 나올 수밖에 없는 삶이었다. 이들은 요즘 사람들과 달리 서로 비슷하지 않았고, 저마다 가진 독특한 개성으로 나름 유명 인사였지만 더불어 살기에 쉬운 사람들은 아니었다. 지금의 우리는 경박하고 부주의하다고 할 수 있지만 구시대적 의혹이 없이 서로를 인정한다. 태도가 거칠고 즉각적이긴 해도 친절하다. 주고받는 데 더 적극적이고 그리 괴팍하지도 않다.

나는 켄트주에 위치한 바닷가 소도시 외곽에서 숙부 내외와 함께 살았다. 블랙스터블이라 불리는 곳이었고, 내 숙부는 교구 목사였다. 숙모는 독일인이었는데, 신분이 대단히 높았지만 가난한 집안 출신이어서 결혼할 때 가져온 것이 17세기 조상 중 한 분이 제작한 쪽매붙임 책상 하나와 컵 세트뿐이었다. 내가 그 집에 살 때는 컵들이 몇 개 남지 않아 응접실에서 장식품으로 쓰이고 있었다. 나는 전체적으로 웅장한 문장이 새겨진 그 컵들을 좋아했다. 컵에는 숙모가 점잖게 설명해 준 결합 문장[13]이 무수히 많았는데 문장을 받치는 동물들이

---

12) 원문은 1마일로 정확히는 1.6킬로미터다.
13) 여러 개의 방패가 하나의 방패를 형성하는 문장으로 혼인을 통해 병합된 가문임을 의미한다.

정교하고 왕관에서 솟아난 투구는 굉장히 낭만적이었다. 숙모는 소박한 노부인으로 온화한 기독교인의 성향을 지녔지만, 봉급 외에 부수입이 거의 없는 평범한 목사와 결혼한 지 삼십 년이 넘은 처지에도 자신의 '고귀한 태생'을 결코 잊지 않았다. 한번은 오늘날 금융계에서 이름이 널리 알려진 런던의 부유한 은행가가 이웃집을 빌려 여름휴가를 보낸 적이 있었다. 숙부는 그를 찾아갔지만(목자 협회의 기부금을 얻어 보려는 마음이었을 것이다.) 숙모는 그가 장사꾼이라는 이유로 방문하지 않았다. 아무도 숙모를 거만하다고 생각하지 않았다. 지극히 당연한 처사라고 생각했다. 그 은행가에게는 내 또래의 사내아이가 있었는데, 자세한 경위는 기억나지 않지만 나는 그 아이와 친해지게 되었다. 내가 그 아이를 목사관에 데려와도 되느냐고 물었을 때 이어졌던 대화가 아직도 기억난다. 망설임 끝에 허락이 떨어졌지만 그 아이의 집에는 가지 말라는 금지령이 내려졌다. 숙모는 나더러 다음에는 석탄 상인의 집에 가겠다고 하겠구나 했고, 숙부는 이렇게 말했다.

"나쁜 언사는 행실을 망친단다."

그 은행가는 일요일 아침마다 교회에 꼬박꼬박 나와 매번 헌금 접시에 10실링짜리 금화를 냈는데 만약 후한 헌금으로 인심을 얻어 볼 요량이었다면 큰 오산이었다. 블랙스터블 전체가 그것을 돈 자랑이라고 생각하고 있었으니 말이다.

블랙스터블에는 바다로 이어지는 길고 굽이진 길을 따라 작은 이층집들이 늘어서 있었다. 대부분 일반 주택이었지만 상점도 상당히 많았다. 이 길에서 뻗어 나간 여러 개의 짧은 길들은 최근에 만들어진 것들로, 한쪽 끝은 시골 쪽에서 끝나고 다른 끝은 늪지대에서 끝났다. 항구 주변에는 비좁고 구불구불한 골목길이 복잡하게 얽혀 있었다. 석탄선이 뉴캐슬에서 블랙스터블로 석탄을 실어 왔고, 항구는 생동감이 넘쳤다. 나는 혼자 외출할 만한 나이가 되었을 때 몇 시간씩 그 주변을 돌아다니면서 저지 셔츠 차림의 거칠고 지저분한 사내들을 바라보고 석탄 하역 작업을 구경했다.

내가 에드워드 드리필드를 처음 만난 곳은 여기 블랙스터블이었다. 당시 나는 열다섯 살이었고 멀리서 학교를 다니다가 여름 방학을 맞아 돌아와 있었다. 집에 돌아온 이튿날 아침에 수건 하나와 수영복을 들고 바닷가로 내려갔다. 하늘에 구름 한 점 없고 공기는 뜨겁고 맑았지만 북해의 톡 쏘는 내음이 실려 있어 그저 살아서 숨만 쉬어도 즐거웠다. 블랙스터블 토박이들은 겨울철이면 매서운 동풍을 되도록 피하려고 몸을 잔뜩 옹송그리고 걸음을 재촉하며 텅 빈 거리를 걸어가는데 지금은 어슬렁어슬렁 돌아다녔다. '듀크 오브 켄트'와 '베어 앤드 키' 사이의 작은 공터에 사람들이 여러 무리로 나뉘어 서 있었다. 동남부 지방 사람들의 말소리가 웅성웅성 들려왔다. 조금 길게 끄는 말투에 거친 억양이 섞여 있었지만 내게는 귀에 익은 소리라 느긋하고 매력적으로 들렸다. 그들은 건강한 혈색에 파란 눈과 도드라진 광대뼈를 가지고 있었고 머리색은 연한 빛깔이었다. 표정은 깨끗하고 정직하고 순박했다. 지금 생각해 보면 그리 똑똑하지 않지만 속임수를 모르는 사람들이었다. 건강해 보였고 키는 크지 않아도 대부분 강인하고 활달했다. 그 시절 블랙스터블에는 자동차가 별로 없어서 길가에 모여 서서 이야기를 나누는 사람들이 의사 양반의 마차나 빵집 마차가 오면 모를까 여간해서는 길을 비키지 않아도 되었다.

나는 은행 앞을 지나다가 숙부의 교구 위원[14]인 점장에게 인사하러 은행에 들렀고, 밖으로 나왔을 때 숙부의 교회 부목사와 만났다. 부목사는 걸음을 멈추고 나와 악수했다. 그는 내가 모르는 사람과 같이 걸어가던 중이었는데 나를 그 사람에게 소개하지 않았다. 낯선 사람은 몸집이 작고 턱수염을 기른 남자였고, 몸에 딱 붙는 연갈색 니커보커스 정장과 긴 남색 양말, 검은 부츠, 중산모자를 갖춘 차림새가 조금 화려해 보였다. 니커보커스는 당시 적어도 블랙스터블에서는 흔하지 않았다. 아직 어리고 학교에서 갓 돌아온 나는 그 남자를 난봉꾼이라고 단정해 버렸다. 하지만 내가 부목사와 이야기를 나누는 동안 남자는 미소 띤 연푸른색 눈으로 나를 다정하게 바라보았다. 나는 그가 대화에 낄 것 같아서 짐짓 거들먹대는 태도를 취했다. 사냥터지기처럼 니커보커스를 입은 사람과는 말을 섞고 싶지 않았다. 그의 온화한 표정에서 풍기는 친숙한 느낌도 마음에 들지 않았다. 나는 하얀 플란넬 바지와 가슴 주머니에 학교 문장이 박힌 푸른색 재킷, 챙이 아주 넓은 단색의 밀짚모자로 흠 잡을 데 없는 차림새였다. 부목사는 그만 가 봐야 한다면서(길거리에서 누구를 만나면 도무지 이야기를 끊

---

14) 교구의 재산을 관리하는 신도 대표.

을 줄을 몰라 수줍은 성격에 그 고통을 견디면서 속절없이 눈치만 계속 보는 나로서는 참으로 다행이었다.) 이따가 오후에 목사관으로 올라갈 테니 숙부에게 전해 달라고 했다. 헤어질 때 낯선 남자가 고개를 끄덕이며 미소를 지었지만 나는 차가운 눈으로 그를 가만 쳐다보았다. 그를 여름철 여행객으로 생각했던 것이다. 우리 블랙스터블 사람들은 여름철 여행객과 어울리지 않았다. 우리는 런던 사람들을 저속하다고 생각했다. 해마다 도시에서 어중이떠중이와 댄디들이 죄다 내려오는 것이 끔찍하다고 우리끼리 말하곤 했는데 물론 상인들에게는 좋은 일이었다. 그렇지만 9월이 지나고 블랙스터블이 평소의 평온 속으로 다시 침잠하게 되면 상인들도 안도의 한숨을 내쉬었다.

점심을 먹으려고 덜 마른 머리카락을 축 늘어뜨린 꼴로 집에 돌아갔을 때 나는 부목사를 만났다고, 그가 오후에 집에 들를 거라고 말했다.

"간밤에 셰퍼드 할머니가 돌아가셨다." 숙부가 설명했다.

부목사는 이름이 갤러웨이였고, 큰 키에 마른 몸, 부스스한 검은 머리와 작고 누르께한 얼굴이 볼품없는 남자였다. 당시에 꽤나 젊은 나이였겠지만 내 눈에는 중년처럼 보였다. 말이 아주 빠르고 제스처가 많아서 사람들은 그를 이상한 사람이라고 생각했다. 숙부도 그가 대단히 활동적이지만 않았어도 고용하지 않았을 테지만, 숙부는 워낙 게으른 사람이라 많은 일을 도맡아 하는 사람이 있다는 데 만족했다. 갤러웨이 씨가 목사관으로 올라온 용무를 끝낸 뒤 인사하러 들어오자 숙모는 그에게 잠시 앉아서 차를 마시고 가라고 했다.

"오늘 아침에 같이 있었던 사람 누구예요?" 그가 자리에 앉았을 때 내가 물었다.

"오, 에드워드 드리필드였어. 일부러 소개하지 않았지. 숙부님이 네가 그 사람과 알고 지내는 걸 바라실지 확신이 들지 않아서 말이야."

"그건 아주 바람직하지 않지." 숙부가 말했다.

"왜요, 누군데요? 블랙스터블 사람이 아니죠, 그죠?"

"이 교구에서 태어난 사람이긴 해." 숙부가 말했다. "그 사람 아버지가 예전에 울프 양의 편 코트를 관리하던 자였어. 하지만 회중교[15]였단다."

"블랙스터블 여자와 결혼했어." 갤러웨이 씨가 말했다.

"교구 교회에서 했을걸." 숙모가 말했다. "레일웨이 암스에서 일하던 여급이라는데 사실인가?"

"그런 일도 할 것 같은 여자이긴 해요." 갤러웨이 씨가 씩 웃으며 말했다.

"여기서 오래 살 생각일까?"

"네, 그럴 겁니다. 회중 교회가 있는 거리에 살림집을 얻었어요." 부목사가 말했다.

그때 블랙스터블 사람들은 새로 생긴 거리에 버젓이 이름이 있는데도 알지 못했고 사용하지도 않았다.

"그 사람이 교회에 나오려나?" 숙부가 물었다.

---

15) 17세기에 영국 국교 성공회에서 이탈한 소수 종파로 여러 차례 박해를 받은 독립 교회파.

"아직 그 얘긴 나누지 못했어요." 갤러웨이 씨가 대답했다. "고등 교육을 받은 사람이에요."

"그건 좀체 믿을 수가 없구먼." 숙부가 말했다.

"제가 알기로 하버샴 고등학교를 다녔고 장학금과 상을 많이 탔어요. 장학금을 받고 옥스퍼드의 워덤 칼리지에 붙었는데 바다로 도망쳐 선원이 되었죠."

"듣자 하니 무책임한 사람이라고 하던데." 숙부가 말했다.

"뱃사람 같아 보이지는 않았어요." 내가 말했다.

"오, 바다는 오래전에 포기했지. 이후 이것저것 하고 있어."

"재주 많은 사람이 뭐 하나 똑 부러지게 하는 일이 없는 법이지." 숙부가 말했다.

"지금은 작가라고 하던데요."

"그게 얼마나 갈까." 숙부가 말했다.

나는 작가를 안 적이 없었기 때문에 호기심이 일었다.

"무슨 글을 쓰는데요?" 내가 물었다. "책?"

"그런가 보더라." 부목사가 말했다. "기사도 쓰고. 지난봄에는 소설도 출간했대. 내게 빌려준다고 약속했어."

"내가 자네라면 쓰레기에 시간 낭비를 하진 않겠네." 숙부가 말했다. 숙부는 《더 타임스》와 《가디언》 말고는 아무것도 읽지 않았다.

"책 제목이 뭔데요?" 내가 물었다.

"그 사람이 제목을 말해 주었는데 잊어버렸어."

"그런 건 알아서 뭐 하게." 숙부가 말했다. "난 네가 소설 나부랭이나 읽는 건 절대 반대야. 방학에는 뭐니 뭐니 해도 외부

활동을 하는 것이 상책이야. 방학 숙제도 있을 테지, 응?"

있었다. 숙제는 『아이반호』[16]였다. 열 살 때 이미 읽은 소설이어서 다시 읽고 독후감을 쓸 생각을 하니 지루해 하품이 나왔다.

이후 에드워드 드리필드가 성취한 업적을 생각하면 그가 숙부의 집에서 어떤 취급을 받으며 화제에 올랐는지 기억이 나서 나도 모르게 미소를 짓게 된다. 얼마 전 드리필드가 세상을 떠났을 때 그를 웨스트민스터 사원에 안장하려는 움직임이 추종자들 사이에서 일자 다다음으로 숙부의 뒤를 이은 현재의 목사는 《데일리 메일》에 기고한 글에서 드리필드가 이 교구 출생이며 오랜 세월, 특히 이십오 년간 여기서 노년을 지냈을 뿐 아니라 대표작들 중 몇 권의 배경을 이곳으로 설정했다는 점을 지적했다. 그러므로 그의 부모가 느릅나무 아래 평안히 잠든 이곳 켄트주 교구 교회 묘지에 유해를 모셔야 마땅하다는 얘기였다. 웨스트민스터의 주임 사제가 사실상 딱잘라 웨스트민스터 매장을 거절한 데 이어 드리필드 부인이 신문사에 보낸 편지에서 생전에 알고 지냈고 너무나 사랑했던 소박한 사람들 사이에 묻히고 싶다는 남편의 간절한 바람을 이루어 주고 싶다는 확신을 피력하고 나서야 블랙스터블은 마음을 놓을 수 있었다. 내가 살던 시절 이후 블랙스터블에서 유명인에 대한 인식이 많이 바뀌지 않았더라면 아마 주민들의 대다수는 그 '소박한 사람들'이라는 표현을 탐탁히 여

---

16) 영국 작가 월터 스콧의 역사 소설.

기지 않았을 것이다. 하지만 나중에 알게 된 바에 의하면 이
곳 사람들은 드리필드의 두 번째 부인을 한 번도 따른 적이
없다고 한다.

4

앨로이 키어와 점심을 먹고 나서 이삼일 후 나는 에드워드 드리필드의 미망인에게서 뜻밖의 편지를 받았다. 그 내용은 다음과 같았다.

친애하는 친구에게

지난주 에드워드 드리필드에 관해 로이와 긴 이야기를 나누셨다고 들었어요. 선생님께서 우리 그이를 좋게 말씀해 주셨다니 얼마나 기쁜지 모릅니다. 그이는 선생님 이야기를 자주 했어요. 선생님의 재능에 감탄했고, 선생님이 우리와 점심을 같이 하러 오셨을 때는 아주 기뻐했지요. 혹시 선생님 수중에 그이에게 받은 편지가 있는지, 보관하신 것이 있다면 제가 사본을 만들어도 괜찮을지 궁금합니다. 선생님께서 제 집에 내려오셔서 이삼일 같이 지내신다면 저에게는 크나큰 기쁨이 되겠지요. 저는 대단히 조용한 삶을 살고 있고 현재 같이 지내는 사람도 없으니 선생님께서 편하신 시간을 정하시면 되겠습니다. 다시 만나 뵙고 옛 시절의 이야기라도 나눈다면 즐거운 시간이 될 것입니다. 선생님께 부탁드릴 것도 있으니 돌아가신 남편을 봐서라도 부디 거절하지 말아 주세요.

에이미 드리필드

나는 드리필드 부인을 단 한 차례 만났을 뿐이고 별다른 관심을 느낀 적도 없었다. '친애하는 친구'로 불리는 것 자체가 못마땅해 이것만으로도 초대를 거절하고 남을 일이었지만, 그곳에 가지 않을 기발한 핑계를 만들어 낸다 해도 결국 가지 않겠다는 의중을 드러낼 수밖에 없으니 참으로 성가신 일이었다. 나는 드리필드의 편지를 가지고 있지 않았다. 오래전에 간단한 편지를 몇 번 받은 적이 있지만 그때만 해도 그는 무명작가에 불과했다. 설령 내가 편지를 보관하는 습관이 있었다고 해도 어찌 그의 편지를 보관할 생각을 했겠는가. 그가 당대의 가장 위대한 소설가로 추앙받게 될 줄 어떻게 알고? 다만 드리필드 부인이 내게 부탁할 일이 있다고 한 말이 마음에 걸렸다. 분명 귀찮은 일이겠지만 할 수 있는 일을 하지 않는다면 실례를 범하는 것이었다. 그리고 어쨌든지 그녀의 남편은 대단한 유명인이었다.

편지는 첫 우편으로 배달되었다. 나는 아침을 먹고 로이에게 전화를 걸었다. 내가 이름을 대자마자 비서는 전화를 그에

62

게 곧장 연결했다. 만약 내가 탐정 소설을 쓰고 있었다면 그가 내 전화를 기다리고 있었나 곧장 의심했을 것이고, "여보세요." 하는 로이의 남자다운 목소리에서 그 짐작이 맞았음을 확인했을 것이다. 누구도 아무런 이유 없이 이렇게 이른 아침에 이렇게 활기찬 사람은 없었다.

"내가 자네를 깨운 게 아닌가 모르겠군." 내가 말했다.

"그럴 리가!" 그의 건강한 웃음소리가 전화선을 따라 전해졌다. "7시부터 일어나 있었네. 공원에서 말도 탔어. 이제 아침을 먹을 참일세. 이리 건너와서 같이 아침 먹지."

"자네를 꽤나 아끼네만, 로이." 나는 대답했다. "아침을 같이 먹고 싶은 사람은 아니야. 게다가 아침은 이미 먹었네. 그나저나 집에 내려와 머물러 달라는 드리필드 부인의 편지를 방금 받았네."

"안 그래도 자네에게 부탁해 보겠다고 부인이 말하더군. 둘이 같이 내려가도 좋겠지. 그 집에 괜찮은 잔디 코트가 있고, 부인도 테니스를 꽤 친다네. 자네 마음에 들 거야."

"그분이 내게 무슨 볼일이 있을까?"

"아, 그건 당사자가 직접 말하고 싶을 거야."

로이의 목소리에서 아내의 임신을 고대하는 남편에게 써먹을 법한 상냥함이 묻어났다. 나한테는 어림없는 수작이었다.

"집어치우게, 로이." 나는 말했다. "산전수전 다 겪은 나한테 그런 능치는 소리 하지 말라고. 그냥 실토해."

전화기 저편에서 잠시 침묵이 흘렀다. 로이가 내 표현을 못마땅해하고 있다는 느낌이 들었다.

"오늘 아침에 바쁜가?" 그가 느닷없이 물었다. "내가 그쪽으로 가지."

"좋아, 오게. 1시까지는 집에 있을 테니까."

나는 수화기를 내려놓고 파이프 담배에 다시 불을 붙였다. 그리고 드리필드 부인의 편지를 다시 읽어 보았다.

나는 드리필드 부인이 거론한 그 오찬을 생생히 기억하고 있었다. 당시 나는 터캔베리로부터 멀지 않은 호드마시 부인 댁에서 주말을 낀 긴 휴가를 보내게 되었다. 호드마시 부인은 사냥을 좋아하고 똑똑하지는 않지만 행동거지가 훌륭한 준남작의 현명하고 아름다운 미국인 아내였다. 그녀는 가정생활의 무료함을 달래려는 것인지 예술과 관련된 인사들을 접대하는 습관이 있었다. 그녀의 파티는 다양한 사람들이 모인 활기찬 자리였다. 귀족과 신사 계층 사람들은 신기해하면서도 거북한 마음으로 화가들과 작가들, 배우들과 섞여 어울렸다. 호드마시 부인은 초대한 작가들의 책을 읽은 적이 없었고 화가들의 그림 또한 본 적 없었지만 그들과 어울리는 것을 즐겼고 그 과정에서 예술계의 사정에 밝아지는 것을 좋아했다. 그러던 중 그 자리에서 부인의 가장 유명한 이웃 에드워드 드리필드가 잠시 화제에 올랐고, 내가 한때 그와 잘 아는 사이였다고 말하자 부인은 많은 손님들이 런던으로 돌아가는 월요일에 그분 댁을 방문해 점심을 같이 하자고 제안했다. 나는 난색을 표했다. 드리필드를 만난 것이 삼십오 년도 더 지난 일이라 그가 나를 기억할 리 만무했고, 기억한다 해도(이 말은 입 밖에 꺼내지 않았지만) 즐거운 기억은 아닐 거라는 생각이 들었기 때문이다. 하지만 그 자리에 문학열을 뜨겁게 불태우는 스캘리언 경이라는 청년이 있었다. 나라를 다스리는 법률가의 소임에 충실하기보다 탐정 소설 창작에 기운을 빼는 자였다. 그는 드리필드를 만나고 싶은 호기심을 주체하지 못하고 호드마시 부인이 말을 꺼내자마자 아주 훌륭한 제안이라고 나섰다. 파티의 주빈은 젊고 뚱뚱한 공작 부인이었는데, 그녀마저 그날 런던의 약속을 취소하고 오후에 출발하는 것을 감수할 만큼 그 유명한 작가를 열렬히 숭배하는 모양이었다.

"그럼 우리 넷이 되겠네요." 호드마시 부인이 말했다. "더 많으면 그들도 난처할 거예요. 드리필드 부인에게 즉시 전보를 보내죠."

나는 도저히 그 사람들과 같이 드리필드를 만날 수 없을 것 같아서 이 계획에 찬물을 끼얹으려 했다.

"그분에게 폐를 끼치게 될 겁니다." 나는 말했다. "모르는 사람들이 우르르 들이닥치는 걸 싫어하실 테니까요. 그분은 연세가 아주 많으십니다."

"그렇다면 더더욱 찾아뵈어야지요. 그분은 얼마 더 살지 못하실 테니까요. 드리필드 부인은 그분이 사람들 만나는 걸 좋아한다고 했어요. 만나 봐야 의사와 교구 목사뿐이니 그들에게 기분 전환이 되겠지요. 드리필드 부인은 내게 언제든 재미난 사람들을 데려오라고 했어요. 물론 부인 입장에서는 대단히 조심스러울 수밖에 없을 거예요. 단순한 호기심에 찾아오는 별별 사람들에다 인터뷰 기자들, 자기 책을 읽어 달라고 조르는 작가들, 어리석고 히스테리한 여자들까지 그분을 귀찮게 하니까요. 하지만 드리필드 부인은 대단한 분이세요. 부인은 그분이 만나야 할 사람이라고 판단한 경우 외에는 모두 거절하시죠. 만나자고 청하는 사람들을 모두 만났다가는 일주일도 못 가 돌아가실 거예요. 부인으로서는 그분의 기력을 감안하실 수밖에요. 그렇지만 우리는 다르죠."

물론 나는 '나야 다르지.'라고 생각했지만 공작 부인과 스캘리언 경 역시 자기들을 특별하다고 생각하는 눈치였다. 그러니 더는 반대하지 않는 것이 상책인 듯했다.

우리는 연노란색 롤스로이스를 타고 그쪽으로 건너갔다. 펀 코트는 블랙스터블에서 5킬로미터 정도 거리에 있었다. 1840년에 지어졌다고 추정되는 펀 코트는 벽토를 바른 집으로 단순하고 꾸밈이 없지만 웅장한 건물이었다. 전면과 후면은 생김새가 같았고, 납작한 현관문 양쪽에 큰 아치형 출창이 두 개씩 나 있었다. 2층에도 큰 아치형 출창이 두 개 있었고, 낮은 지붕은 단조로운 난간에 가려 보이지 않았다. 집은 1200평쯤 되는 정원에 자리하고 있었는데 나무들이 지나치게 큰 듯했지만 말끔히 다듬어졌고, 응접실 창문에서는 숲과 초록빛 목초지가 어우러진 멋진 풍경이 내다보였다. 응접실은 규모가 적당한 농가의 응접실에 있을 법한 것들을 딱딱 갖추고 있어서 살짝 불안감을 자극했다. 산뜻하고 화려한 사라사를 씌운 푹신한 의자와 소파가 있었고, 커튼도 똑같은 산뜻하고 화려한 사라사 직물이었다. 작은 치펀데일 탁자들 위에는 마른 꽃잎이 가득한 큰 도자기 그릇들이 놓여 있었다. 크림색 벽에는 금세기 초반의 유명한 화가들이 그린 예쁜 수채화들이 걸려 있었다. 큼직한 꽃다발들이 매력적으로 배치되었고, 그랜드 피아노 위에는 유명한 여배우들과 작고한 작가들, 소소한 왕족들의 사진이 은제 액자에 담겨 진열돼 있었다.

공작 부인이 아름다운 방이라고 소리친 것도 무리는 아니었다. 저명한 작가가 하루 중 저녁 시간을 보내기에 그만인 방이었다. 드리필드 부인은 품위 있고 의연하게 우리를 맞이했다. 나이는 마흔다섯 정도 되어 보였고, 작고 누르께한 얼굴에 이목구비가 깔끔하고 날카로웠다. 검은색 클로슈17)를 눌러쓰고 회색 윗옷과 치마를 입고 있었다. 몸은 날씬했고 키는 크지도 작지도 않았다. 말쑥하고 유능하며 기민해 보였다. 대지주의 딸로서 특출한 능력으로 영지를 운영하는 미망인 같은 분위기를 풍겼다. 드리필드 부인은 우리가 안으로 안내되었을 때 자리에서 일어났던 목사 부부에게 우리를 소개했다. 그들은 블랙스터블의 교구 목사와 그 아내였다. 호드마시 부인과 공작 부인은 즉시 사근사근하게 알랑거리는 태도를 취했다. 지체 높은 사람들이 신분이 낮은 사람들을 대할 때 신분 차이를 전혀 의식하지 않는다는 것을 보여 주려고 취하는 태도였다.

그때 드리필드가 안으로 들어왔다. 그간 주간지에서 그의 사진을 간간이 보았던 나는 실물을 보고 실망을 금할 수가 없었다. 그는 내가 기억한 것보다 작고 비쩍 마른 모습이었다. 머리에는 가느다란 백발이 몇 가닥뿐이었고, 깨끗이 면도한 얼굴 피부는 거의 투명할 만큼 얇았다. 푸른 눈은 몹시 창백했

---

17) 얇은 챙이 아래쪽을 향한 종 모양의 여성 모자.

고 눈시울은 붉었다. 그는 죽기 직전 목숨이 간당간당한 늙은이, 일개 늙은이 같았다. 새하얀 치아 때문에 미소가 억지웃음을 웃듯 딱딱해 보였다. 턱수염이 없는 그를 보는 것은 이번이 처음이었다. 입술은 얇고 파리했다. 입은 옷은 고급스러운 파란색 새 서지 정장이었고, 두세 사이즈는 큰 듯한 셔츠의 낮은 목깃 사이로 주글주글하고 앙상한 목이 보였다. 그는 검은 넥타이를 단정하게 매고 진주 핀을 꽂고 있었다. 어쩐지 스위스에서 여름휴가를 보내는 평복 차림의 주임 사제 같은 느낌이 났다. 그가 들어왔을 때 드리필드 부인은 그를 쓱 훑어보고 나서 격려하듯 미소를 지었다. 말끔한 차림새에 만족한 모양이었다. 그는 손님들과 일일이 악수를 나누면서 덕담을 건넸다. 그리고 나에게 다가와서는 이렇게 말했다.

"잘나가는 양반이 바쁠 텐데 이 늙다리를 보러 여기까지 와 주다니 참 고맙구려."

나는 나를 처음 보는 사람 대하듯 말하는 그의 말투가 황당했다. 친구들이 한때 그와 친하게 지냈다는 내 말을 허풍으로 생각할까 봐 걱정이 되었다. 이 양반이 나를 완전히 잊은 게 아닐까 하는 생각마저 들었다.

"마지막으로 만나 뵙고 시간이 얼마나 흘렀는지 잘 모르겠네요." 나는 애써 유쾌함을 끌어내며 말했다.

그가 나를 잠시 쳐다보았는데 불과 몇 초 되지 않는 그 짧은 시간이 내게는 상당히 길게 느껴졌다. 그러고는 놀라운 일이 일어났다. 그가 내게 한쪽 눈을 찡긋했던 것이다. 워낙 순식간에 일어난 일이라 나 말고는 아무도 알아채지 못했고, 나이 든 유명 인사의 얼굴에서 보리라고 전혀 기대하지 않은 것이었기 때문에 나는 내 눈을 믿을 수가 없었다. 즉시 그의 얼굴은 다시 차분해지면서 지적이고 온화하며 조용히 관조하는 빛을 띠었다. 오찬이 준비되었다는 말에 우리는 다 같이 식당으로 몰려갔다.

이곳 역시 취향이 탁월하다고 표현할 수밖에 없었다. 치펜데일 탁자 위에 은촛대들이 놓여 있었다. 우리는 치펜데일 의자에 앉아 치펜데일 탁자에서 식사를 했다. 탁자 중앙에 장미꽃들이 담긴 은제 꽃병이 놓였고, 꽃병을 중심으로 초콜릿이나 박하 크림 사탕이 든 은접시들이 있었다. 반짝반짝하게 광을 낸 은제 소금병은 조지 왕조 시대의 것으로 보였다. 크림색 벽에는 피터 렐리 경의 여인 동판화들이 걸려 있었고, 벽난로 선반에는 파란 채색 도기 장식품이 하나 있었다. 갈색 제복 차림의 하녀 둘이 식사 시중을 들었고, 드리필드 부인은 유창하게 대화를 이어 가면서도 하녀들을 놓치지 않고 지켜보았다. 그녀가 이 켄트 지방의 풍만한 처녀들을(건강한 혈색과 도드라진 광대뼈는 이들이 현지인임을 말해 주었다.) 어떻게 훈련시켰는지 몰라도 일을 효율적으로 척척 해내는 이들의 모습이 감탄스러웠다. 음식은 자리에 맞게끔 성찬이면서도 과하지 않았다. 돌돌 말아 화이트소스를 뿌린 가자미 살, 햇감자와 완두콩을 곁들인 구운 닭고기, 아스파라거스, 구스베리 풀[18]이었다. 식당과 오찬, 식사 매너 등 모든 면면이 명성은 대단하지

18) 삶아 으깬 과일에 크림이나 커스터드를 섞어 차게 먹는 디저트.

만 재산은 평범한 문인에게 걸맞은 수준이었다.

드리필드 부인은 문인의 아내들이 대부분 그렇듯 말이 많았다. 그녀는 주변에서 대화가 시들해지는 걸 가만두지 않았고, 우리는 탁자 반대편에 앉은 남편이 무슨 말을 하는지 들을 기회를 박탈당했다. 그녀는 명랑하고 활기찼다. 에드워드 드리필드가 건강이 좋지 않고 나이가 많기 때문에 연중 대부분을 시골에서 살아야 했지만 자주 도시에 올라가 세상과 보조를 맞추려 애쓰고 있었다. 곧 그녀는 스캘리언 경을 상대로 런던 극장가의 연극들과 왕립 미술원에 몰려든 엄청난 인파에 대해 활발한 대화를 나누었다. 전시된 그림들을 모두 보려고 두 번이나 방문했는데도 수채화는 볼 시간이 없었다고 했다. 꾸미지 않은 점이 좋아 수채화를 대단히 좋아했고 지나치게 꾸민 것은 싫어했다.

집주인 양반과 아내가 탁자 머리와 끝에 각각 앉고 목사는 스캘리언 경 옆에, 목사의 아내는 공작 부인 옆에 앉아 있었다. 공작 부인은 목사의 아내하고 노동자 계층의 주택 사정에 대한 이야기를 나누었는데 목사의 아내보다 그 문제에 대해 훨씬 많이 아는 듯했다. 그래서 나는 주의를 드리필드 쪽으로 돌려 자유롭게 그를 관찰했다. 그는 호드마시 부인과 대화를 나누고 있었다. 호드마시 부인이 그에게 소설 쓰는 법을 말하고 그가 읽어 볼 만한 책 몇 권을 줄줄이 읊는 듯했다. 그는 관심이 있는 것처럼 정중하게 귀를 기울이다가 때때로 한마디씩 말을 건넸지만 목소리가 너무 작아서 내게는 들리지 않았다. 그녀가 농담을 던지면(그녀는 자주 농담을 했고 재미난 농담도 많았다.) 큭큭 웃고는 그녀를 흘끔거렸는데 그 눈빛은 이 여자가 못 말리는 바보는 아니로군 하고 말하는 듯했다. 나는 옛일이 기억나 그가 무슨 생각을 하고 있을까 자문해 보았다. 이 신분이 높은 사람들, 매사 일처리가 유능하고 신중하며 옷차림이 깔끔한 아내, 그가 살아가는 우아한 환경을 어떻게 생각하고 있을까. 모험을 감행한 젊은 시절을 후회하고 있을까. 지금 이 시간을 즐기고 있을까, 아니면 못 견디게 지루한데 예의상 즐거운 척 체면을 차리는 걸까? 내 시선을 느꼈는지 눈을 들었다. 그의 시선은 생각에 잠긴 눈빛, 온화하면서도 묘하게 분석하는 듯한 눈빛을 담고 잠시 내게 머물렀다. 별안간 그가 내게 한쪽 눈을 찡긋했다. 이번에는 의심의 여지가 없었다. 시든 노인의 얼굴이 시도한 발랄한 제스처는 놀라움을 넘어서 민망함을 유발했고, 나는 무얼 어떡해야 할지 알지 못했다. 내 입가에 어정쩡한 미소가 떠올랐다.

하지만 공작 부인이 탁자 상석 쪽 이야기에 끼어들었고, 목사의 아내가 내게 고개를 돌렸다.

"오래전에 이분과 알고 지냈다면서요?" 그녀가 낮은 목소리로 내게 물었다.

"네."

그녀는 우리를 주목하는 사람이 있는지 사람들의 눈치를 살폈다.

"아내분께서 당신이 작가님의 고통스러운 옛 기억들을 들추지 않을지 걱정이 많으세요. 작가님은 대단히 쇠약하신 상태라 작은 일에도 충격을 받으시거든요."

"제가 각별히 조심하죠."

"아내분이 작가님을 돌보는 것을 보면 감탄하지 않을 수 없어요. 아내분의 헌신은 우리 모두가 본받을 만하죠. 본인 스스로 그것이 얼마나 소중한 임무인지 알고 계세요. 이분의 이타심은 말로 다 못 할 정도예요." 그녀는 목소리를 조금 더 낮추었다. "물론 작가님은 아주 연로하시고, 나이 드신 분들은 가끔 속을 썩이기 마련인데, 나는 아내분이 인내심을 잃는 것을 한 번도 본 적이 없어요. 아내분도 나름의 방식으로 작가님만큼 훌륭한 분이세요."

대꾸하기 어려운 종류의 대화였지만 나는 무슨 말이든 해야 할 것 같았다.

"전체적으로 작가님은 상당히 건강해 보이시는데요." 내가 중얼거렸다.

"그게 다 아내분 덕분이지요."

우리는 점심 식사를 마치고 응접실로 돌아갔다. 다 같이 이삼 분쯤 서 있었을 때 에드워드 드리필드가 내게 다가왔다. 나는 목사와 이야기를 나누다가 딱히 할 말이 없어서 아름다운 풍경을 언급하던 참이었다. 나는 집주인을 향해 말했다.

"저 아래 줄줄이 늘어선 작은 오두막들이 얼마나 그림 같은지 이야기하던 중입니다."

"바로 여기요." 드리필드는 윤곽선만 보이는 허름한 오두막들을 쳐다보았고, 그의 입술에 아이러니한 미소가 떠올랐다. "나는 저 집들 중 한 곳에서 태어났소. 얄궂지요?"

하지만 드리필드 부인이 경쾌한 걸음으로 우리에게 다가왔다. 그녀의 목소리는 발랄하고 상냥했다.

"오, 에드워드, 공작 부인께서 당신 작업실을 구경하고 싶으실 거예요. 이제 곧 떠나셔야 한대요."

"정말 아쉽지만 터캔베리에서 3시 18분 기차를 타야 한답니다." 공작 부인이 말했다.

우리는 드리필드의 작업실 안으로 우르르 들어갔다. 집 반대편에 위치한 큰 방이었는데, 식당에서 보이는 풍경이 여기서도 보였고 출창 하나가 나 있었다. 글 쓰는 남편을 위한 헌신적인 아내의 정성이 느껴지는 방이었다. 대단히 깔끔했고, 큰 꽃병들은 여성스러운 분위기를 더했다.

"이게 우리 그이가 후기 작품들을 썼던 책상이에요." 드리필드 부인은 책상에 엎어진 채 펼쳐져 있던 책을 접으면서 말했다. "고급판 전집 3권의 권두 삽화에 실렸죠. 고가구예요."

우리는 모두 그 책상에 감탄했고, 호드마시 부인은 다른 사람들이 안 본다고 생각하고는 진짜인지 확인하기 위해 손가락으로 책상 가장자리를 쓱 쓸면서 만져 보았다. 드리필드 부인은 우리를 향해 짧게 환한 미소를 지었다.

"그이의 원고를 좀 보시겠어요?"

"그러죠." 공작 부인이 말했다. "그리고 나는 부리나케 달려가야겠어요."

드리필드 부인은 선반에서 파란색 모로코가죽으로 묶은 원고 뭉치를 꺼냈다. 다른 사람들이 경건하게 원고를 구경하는 동안 나는 방 안에 즐비한 책들을 둘러보았다. 여느 작가들처럼 내 책이 있나 재빨리 훑어보았지만 없는 듯했다. 그렇기는 해도 앨로이 키어의 전집을 비롯해 표지가 화려하고 들춰 본 적조차 없을 듯한 소설책들이 꽤나 많이 보였다. 작가들이 이 거장의 재능을 기릴 겸 출판사 광고에 써먹을 몇 마디 추천사를 얻어 낼 요량으로 보낸 책들 같았다. 하지만 모든 책들이 아주 가지런히 정렬된 데다 너무 깨끗해서 나는 이것들이 거의 읽히지 않았다는 느낌을 받았다. 『옥스퍼드 사전』이 있었고, 표지가 근사한 표준판들은 필딩, 보즈웰, 해즐릿 등 영국의 고전 작품들이 거의 총망라되어 있었다. 알록달록하고 지저분한 해양 서적들은 해군성에서 펴낸 항로 안내지였다. 원예책도 많았다. 그 방은 작가의 작업실이라기보다 어느 위인의 기념관 같았다. 즉흥적인 여행객이 할 일을 찾아 방랑하다가 우연히 들어오는 장면이 그려지고, 찾는 사람이 거의 없는 박물관처럼 퀴퀴한 냄새가 날 듯한 그런 곳이었다. 나는 요즘 드리필드가 뭔가를 읽는다면 『원예사 연대기』나 《해상 관보》일 거라고 생각했고, 실제로 구석 탁자에 그것들이 한 무더기 쌓여 있었다.

여자들이 구경을 마친 뒤 우리는 집주인 부부에게 작별 인사를 했다. 호드마시 부인은 눈치가 빠른 여자였다. 그녀는 내가 오늘 모임의 단초를 제공한 장본인인데도 정작 에드워드 드리필드와 이야기를 거의 나누지 않았다는 생각이 들었는지 문 앞에서 내게 다정한 미소를 짓고는 그에게 말했다.

"선생님과 어셴든 씨가 예전에 서로 아는 사이였다는 아주 흥미로운 이야기를 들었어요. 그때 어셴든 씨는 착한 아이였나요?"

드리필드는 특유의 침착하고 아이러니한 시선으로 잠시 나를 쳐다보았다. 그 자리에 다른 사람들이 없었다면 내게 혀를 쭉 내밀 듯한 인상이었다.

"부끄럼이 많았지요." 그가 대답했다. "내가 자전거 타는 법을 가르쳐 줬어요."

우리는 큰 노란색 롤스로이스에 다시 올라타고 출발했다.

"정말 다정한 분이세요." 공작 부인이 말했다. "여기 오기 참 잘한 것 같아요."

"예절이 참 바르던데요, 그쵸?" 호드마시 부인이 말했다.

"설마 그분이 나이프로 콩을 먹을 거라 기대하신 겁니까?" 내가 물었다.

"그랬다면 좋았을걸." 스캘리언 경이 말했다. "그랬다면 대단한 구경거리였을 거예요."

"그거 진짜 어려워요." 공작 부인이 말했다. "내가 여러 번 시도해 봤는데 나이프를 쓰면 콩이 가만히 있지를 않거든요."

"콩은 그냥 찍어 드세요." 스캘리언 경이 말했다.

"그건 아니죠." 공작 부인이 받아쳤다. "균형을 잡아 포크 위에 콩을 얹어야 한다고요. 안 그러면 마구 굴러다녀요."

"드리필드 부인은 어땠어요?" 호드마시 부인이 말했다.

"본분에 충실하던데요." 공작 부인이 말했다.

"그분은 너무 늙었어요, 가엽게도. 누군가 돌봐 줄 사람이 필요해요. 아내분이 병원 간호사였다는 거 알아요?"

"어머, 그래요?" 공작 부인이 말했다. "난 그분의 비서였거나 속기사였겠거니 생각했는데요."

"꽤 괜찮은 여자예요." 호드마시 부인이 친구를 감싸며 말했다.

"오, 그렇더라고요."

"그분이 이십 년 전에 중병을 앓으셨는데 그때 그분의 간호사였어요. 그분이 회복된 후 결혼했고요."

"남자들이란 참 이상하죠. 한참 어린 여자인데 말이에요. 아내분 나이가 기껏해야…… 얼마나 됐을까? ……마흔 아니면 마흔다섯?"

"아뇨, 그럴 리가요. 마흔일곱은 됐을걸요. 그분에게 아주 잘해 주는 모양이에요. 말하자면 그분을 남 앞에 나설 만하게 만든다는 거예요. 앨로이 키어가 그러는데 그분은 예전에 보헤미안이나 다름없었대요."

"작가의 아내들은 대체로 끔찍하잖아요."

"아내들이 동석하면 정말 따분해요. 안 그래요?"

"말해 뭐 해요. 정작 본인은 왜 그걸 모르는지 원."

"딱한 여자들. 종종 그 여자들은 자기가 사람들한테 인기가 있다고 생각하는데 큰 착각이죠." 나는 중얼거렸다.

우리는 터캔베리에 도착해 공작 부인을 기차역에 내려 주고 계속 달렸다.

5

에드워드 드리필드가 나에게 자전거 타는 법을 가르쳐 준 것은 사실이었다. 그를 처음 만나게 된 것도 그 때문이었다. 세이프티 자전거가 언제 발명됐는지 모르지만 당시 내가 살던 켄트주 외곽 지역에서 자전거는 결코 흔하지 않은 물건이어서 누가 솔리드 타이어[19]를 타고 달려가면 고개를 돌려 그 사람이 사라질 때까지 쳐다보았다. 중년 신사들은 여전히 그것을 꼴사나운 짓이라 생각하고 두 다리면 충분하다고 말했고, 나이 든 여자들은 다가오는 자전거를 보면 길가로 얼른 물러났다. 나는 자전거를 타고 학교 마당에 들어서는 친구들을 보며

---

19) 안에 공기를 넣지 않고 고무만으로 된 타이어이며 현재는 일부에 국한 돼 사용되고 있다.

케이크와 맥주

한동안 부러운 마음을 가눌 수 없었다. 교문을 지날 때 핸들에서 손을 떼는 순간이 자랑할 절호의 기회였다. 나는 숙부를 졸라 여름 방학이 시작될 무렵에 자전거를 한 대 사기로 했다. 숙모는 목이 부러질 거라면서 반대했지만 숙부가 내 고집을 꺾지 못하고 결국 허락해 주었다. 물론 자전거 살 돈은 내가 낼 것이라는 사실이 더 크게 작용하긴 했지만. 나는 방학 전에 자전거를 주문했고, 며칠 뒤 배달부가 터캔베리에서 자전거를 가져왔다.

나는 혼자 자전거 타는 법을 터득하리라 결심했다. 학교 친구들은 삼십 분 만에 타는 법을 익혔다고 했다. 하지만 시도하고 또 시도한 끝에 나라는 아이는 보기 드문 머저리라는 결론에 도달했고, 자존심을 굽히고 정원사에게 자전거를 붙잡아 달라고 부탁까지 하면서 오전 내내 연습했지만 첫날에는 시작할 때와 다를 바 없이 혼자서는 자전거를 탈 수 없었다. 이튿날 나는 목사관의 마찻길이 연습을 하기에 너무 휘어진 것 같아 자전거를 끌고 멀지 않은 도로로 나갔다. 바닥이 완전히 고르고 똑바로 뻗은 데다 대단히 한적한 길이라 바보짓을 해도 구경거리가 될 일은 없을 것 같았다. 나는 몇 번 올라타려고 시도했으나 번번이 넘어졌다. 정강이가 페달에 긁혀 까졌고, 몹시 덥고 짜증도 났다. 그렇게 한 시간쯤 흐르자 하느님은 내게 자전거를 허락하지 않으실 모양이다 하는 생각이 슬슬 들었지만, 기필코(하느님의 블랙스터블 쪽 대변자인 숙부에게 핀잔을 들을 수는 없었으므로) 타고야 말리라 마음을 다잡았다. 그런데 웬걸, 두 사람이 자전거를 타고 이 인적 없는 길을 따라 다가오고 있는 것이 보였다. 나는 재빨리 자전거를 길가에 대고는 말뚝 울타리에 걸터앉았고, 자전거를 타다가 막 거기 앉아 광대한 바다를 보며 생각에 잠긴 것처럼 태연히 바다를 바라보았다. 두 사람이 나를 향해 다가왔지만 나는 그들에게 눈길을 주지 않고 멍하니 딴 곳을 쳐다보았다. 그러나 느낌으로 그들이 가까이 오는 것을 알 수 있었다. 곁눈질로 흘끔거리니 남자와 여자였다. 그들이 나를 지나는 순간 느닷없이 여자가 길가의 내 쪽으로 홱 꺾어지며 나를 들이받고는 땅바닥에 쓰러졌다.

"어머, 미안해." 그녀가 말했다. "널 봤을 때부터 꼭 넘어질 것 같더라니."

더 이상 무관심을 가장하기는 불가능한 상황이어서 나는 새빨개진 얼굴로 괜찮다고 말했다.

남자는 여자가 넘어졌을 때 자전거에서 내린 상태였다.

"다치지 않았니?" 남자가 물었다.

"아, 아뇨."

그제야 나는 그 남자가 에드워드 드리필드인 것을 알아보았다. 며칠 전 부목사와 함께 걸어가는 것을 보았던 그 작가였다.

"자전거 타는 법을 배우는 중이야." 그의 동행이 말했다. "그런데 길에서 뭘 보기만 하면 자꾸 넘어지지 뭐니."

"너 목사님 조카 맞지?" 드리필드가 말했다. "저번에 봤어. 갤러웨이한테 네가 누구인지 들었어. 이 사람은 내 아내야."

여자는 묘하게 소탈한 몸짓으로 손을 내밀고는 내가 그 손을 잡자 따스하고 다정하게 내 손을 꼭 쥐었다. 그녀는 입술과 눈으로 미소를 지었는데 경황이 없는 중에도 그녀의 미소 안에서 특별히 발랄한 빛을 감지할 수 있었다. 혼란스러웠다. 나는 모르는 사람들 앞에서 부끄러움을 많이 탔기 때문에 여자의 생김새를 자세히 파악할 겨를이 없었다. 그저 큰 금발 여자라는 것만 간신히 인식했을 뿐이다. 당시 알아챘는지 아니면 나중에 기억이 났는지 모르지만, 그때 그녀는 긴 파란색 서지 치마에다 앞판과 깃에 풀을 먹인 분홍색 셔츠 차림이었고, 숱이 많은 금발 머리 위에 당시 흔히들 '보터'라고 부르던 밀짚모자를 쓰고 있었다.

"자전거 참 재밌어, 그치?" 그녀는 말뚝 울타리에 세워진 나의 새 자전거를 쳐다보며 말했다. "잘 타면 정말 신날 텐데."

나는 내 실력에 감탄하는 말인 줄 알고 대답했다.

"연습하면 다 된다던데요."

"난 이번이 세 번째 연습이야. 드리필드 씨는 내 실력이 쑥쑥 늘고 있다지만 나 자신이 너무 한심해서 내 머리를 쥐어박고 싶다니까. 넌 자전거 타기까지 얼마나 걸렸니?"

나는 두피까지 빨개져서는 창피한 말을 겨우 끌어냈다.

"못 타요." 내가 말했다. "이 자전거는 산 지 얼마 안 됐고, 오늘이 연습 첫날이에요."

나는 조금 꾸며 말하기는 했지만 어제 집 정원에서 연습한 것만 빼고 필요에 의한 거짓말을 조금 가미해 비교적 양심에 따라 말했다.

"원하면 내가 가르쳐 줄 수 있어." 드리필드가 특유의 쾌활한 어조로 말했다. "해보자."

"오, 아니에요." 내가 말했다. "그럴 수는 없어요."

"왜 안 돼?" 그의 아내가 물었다. 그녀의 파란 눈은 여전히 상냥한 미소를 짓고 있었다. "드리필드 씨가 그러고 싶다잖니. 덕분에 나도 좀 쉬자."

드리필드가 내 자전거를 붙잡았다. 나는 망설였지만 그의 다정한 강권을 물리칠 수 없어서 쭈뼛거리며 자전거에 올라탔다. 나는 좌우로 흔들렸지만 그가 힘센 손으로 나를 잡아 주었다.

"더 빨리." 그가 말했다.

나는 페달을 밟았다. 내가 이리저리 휘청거리는 동안 그는 나랑 같이 달렸다. 그가 애를 썼는데도 나는 결국 넘어졌다. 우리 둘 다 열이 후끈 올랐다. 목사의 조카가 울프 양의 관리인 아들에게 보여야 할 냉랭한 태도를 도저히 유지하기 힘든 상황이었다. 내가 다시 출발해 삼사십 미터쯤 혼자 짜릿하게 달리자 드리필드 부인이 길 한가운데로 달려 나와 옆구리를 양손으로 짚더니 소리쳤다. "달려, 달려, 우리 편 이겨라!" 나는 웃음이 제대로 터져서 나의 사회적 위치를 까맣게 잊고 말았다. 나는 의기양양한 성취감에 취했을 얼굴로 자전거를 멈추고 자전거에서 내렸고, 첫날치고 잘 타는 것이라는 드리필드의 칭찬을 쑥스러워하지 않고 받아들였다.

"나도 혼자 탈 수 있는지 해 볼래." 드리필드 부인이 말했다. 나는 다시 말뚝 울타리에 걸터앉았고, 나와 남편이 지켜보는 동안 그녀는 헛된 도전을 계속했다.

그녀는 다시 쉬려고 실망스럽지만 명랑한 기색으로 내 옆에 앉았다. 드리필드는 파이프 담뱃대에 불을 붙였다. 우리는 이야기를 나누었다. 그때는 몰랐지만 그녀의 태도에는 상대가 경계심을 풀고 마음을 놓게 만드는 솔직함이 있었다. 그녀는 생기가 넘치는 어린아이처럼 열정적으로 재잘거렸고, 반짝거리는 눈에는 언제나 황홀한 미소가 어른거렸다. 나는 웬지 그 미소가 좋았다. 조금은 능청스러운 미소라고나 할까. 능청스럽다는 말에서 불쾌한 측면을 뺄 수 있다면 말이다. 능청스럽다고 하기에는 너무나 순수한 미소였다. 어쩐지 짓궂은 미소였다. 말썽을 피우는 줄 알면서도 재미난 장난을 치고 싶어 하는 아이, 큰 말썽이 날 리 없다는 걸 알고 금세 들키지 않으면 스스로 그것을 털어놓는 아이의 미소였다. 물론 그때 나는 그녀의 미소에서 편안함을 느꼈을 뿐이었다.

얼마 후 드리필드가 손목시계를 보며 그만 가야 한다면서 셋이 함께 폼 나게 자전거를 타고 돌아가자고 했다. 생각해 보니 하필 날마다 마을을 산책하는 숙부와 숙모가 산책을 나갔다가 집으로 돌아올 시각이었다. 숙부 내외가 못마땅히 여기는 사람들과 같이 있다가 들키는 위험을 감수하기는 싫었기 때문에 나는 두 사람에게 나보다 속도가 빠르니까 먼저 가라고 말했다. 드리필드 부인은 그러지 않으려 했지만 드리필드는 이상야릇하고 즐거운 눈빛으로 나를 쳐다보았다. 핑계를 꿰뚫어 본 것만 같아서 얼굴이 빨개지자 그가 말했다.

"혼자 가게 두자고, 로지. 혼자서 더 잘 탈 거야."

"알았어. 내일 여기 올 거니? 우린 올 거야."

"올게요." 나는 대답했다.

그들이 자전거를 타고 떠났고, 나는 몇 분 뒤 출발했다. 상당히 뿌듯한 기분을 느끼면서 나는 넘어지지 않고 목사관 대문까지 계속 달렸다. 그날 저녁을 먹을 때 꽤나 자랑을 해 댔지만 드리필드 부부를 만난 것은 말하지 않았다.

이튿날 11시쯤 나는 마차 차고에서 자전거를 꺼냈다. 이름만 마차 차고이지 조랑말이 끄는 이륜마차 하나 없었다. 정원사는 그곳에 제초기와 정지기를 보관하고 메리앤은 닭 모이자루를 놓아두었다. 나는 자전거를 대문께로 밀고 가서 어렵사리 올라타고는 터캔베리 거리를 따라 달리다가 예전 요금소 자리에서 꺾어져 조이 레인으로 들어갔다.

하늘은 푸르고 공기는 따뜻하면서도 상쾌했다. 말 그대로 열기가 쨍쨍하게 피어올랐다. 햇살은 거침없는 기세로 하얀 도로에 곧장 충돌했다가 고무공처럼 튀어 올랐다.

나는 자전거를 타고 이리저리 돌아다니며 드리필드 부부를 기다렸다. 얼마 뒤 그들이 오는 것이 보였다. 나는 손을 흔들어 보이고는 방향을 돌렸다.(자전거에서 내려 돌아서야 했다.) 우리는 함께 페달을 밟았다. 드리필드 부인과 나는 실력이 늘었다면서 서로를 칭찬했다. 우리는 맹렬히 달렸다. 핸들을 죽어라 붙들어야 했지만 기분이 정말 좋았다. 드리필드는 자신감이 붙으면 다 함께 자전거를 타고 이 지역 곳곳을 돌아다니자고 했다.

"이 근방 황동 기념패의 탁본을 한두 개 떠 볼까 해."

나는 그가 무슨 말을 하는지 알지 못했지만 그는 설명하지 않았다.

"두고 보면 알아." 그가 말했다. "내일 22킬로미터쯤 달릴 수 있겠니? 갈 때 11킬로미터, 올 때 11킬로미터."

"할 수 있을 거예요." 내가 말했다.

"네가 쓸 종이랑 밀랍을 가져올 테니 너도 탁본을 떠 봐. 하지만 가고 싶으면 먼저 숙부에게 허락을 받는 게 좋겠다."

"안 그래도 되는데요."

"그래도 받는 게 좋을걸."

드리필드 부인이 내게 그 짓궂지만 살가운 표정을 지었고, 나는 얼굴을 벌겋게 붉혔다. 숙부에게 물어봤자 안 된다고 할 게 뻔했다. 차라리 아무 말도 하지 않는 편이 나았다. 그런데 같이 자전거를 타고 가는 중에 의사의 이륜마차가 이쪽으로 다가오는 것이 보였다. 의사가 우리를 지나칠 때 나는 내가 쳐다보지 않으면 의사도 못 보고 지나치려니 하는 헛된 기대를 품고 앞만 똑바로 바라보았다. 불안했다. 의사가 나를 봤다면 이 사실이 숙부와 숙모의 귀에 금세 들어갈 텐데 감출 수 없는 비밀을 나 혼자 감춘다고 해서 더 안전한 것이 아니었다. 목사관 문 앞에서 헤어질 때(거기까지 같이 올 수밖에 없었다.) 드리필드는 다음 날 같이 갈 수 있다면 되도록 일찍 오라고 말했다.

"우리가 어디 사는지 알지? 회중 교회 바로 옆이야. 집 이름은 라임 코티지."

나는 저녁 식사 자리에 앉았을 때 우연히 드리필드 부부를 마주쳤다는 이야기를 자연스럽게 꺼낼 기회를 노렸지만 그 소식은 이미 블랙스터블에 파다했다.

"오늘 아침에 같이 자전거를 탄 사람들 누구니?" 숙모가 물었다. "시내에서 의사 양반 앤스티 씨를 만났는데 그분이 널 봤다고 하시더라."

"드리필드 부부요." 나는 아무렇지 않게 말했다. "아시잖아요, 그 작가. 갤러웨이 씨가 안다는 사람들."

"평판이 형편없는 사람들이다." 숙부가 말했다. "그들과 어울리지 않았으면 좋겠구나."

"왜 안 되는데요?" 내가 물었다.

"그 이유를 너한테 말할 필요는 없지. 이유는 내가 탐탁지 않게 여긴다는 것으로 충분해."

"그 사람들과는 대체 어떻게 알게 된 거니?" 숙모가 물었다.

"그냥 자전거를 타고 있는데 그들도 자전거를 타고 있었고 나한테 같이 자전거를 타지 않겠냐고 물었어요." 나는 사실을 살짝 비틀어 말했다.

"하여간 나대기는." 숙부가 말했다.

나는 기분이 상하기 시작했다. 그래서 내 딴에 어깃장을 놓느라고 사족을 못 쓰는 라즈베리 타르트가 디저트로 나왔는데도 손을 대지 않았다. 숙모가 몸이 좋지 않느냐고 물었다.

"아뇨." 나는 최대한 토라진 투로 말했다. "아주 건강해요."

"조금만 먹어 봐." 숙모가 말했다.

"배 안 고파요." 내가 대꾸했다.

"숙모를 봐서라도."

"아주 배가 불렀구나." 숙부가 말했다.

나는 숙부에게 부루퉁한 표정을 지었다.

"작은 조각 하나만요." 내가 말했다.

숙모는 내게 큼직한 조각을 하나 주었고, 나는 짐짓 정말 싫은 일을 굳은 의무감에 의해 억지로 하는 사람처럼 그것을 먹었다. 맛있는 라즈베리 타르트였다. 메리앤이 만든 타르트와 파이는 입에서 살살 녹았다. 하지만 숙모가 더 먹겠냐고 물었을 때 나는 딱 잘라 거절했다. 숙모는 더 권하지 않았다. 숙부가 식후 감사 기도를 올렸고, 나는 잔뜩 부아가 난 상태에서 응접실로 갔다.

하인들이 저녁 식사를 마쳤을 시각에 나는 부엌으로 갔다. 에밀리는 뒷방에서 은그릇을 닦고 있었고, 메리앤은 설거지를 하는 중이었다.

"대체 드리필드 부부가 뭘 잘못한 거야?" 나는 메리앤에게 물었다.

메리앤은 열여덟 살 때 목사관에 왔다. 어린 나를 목욕시켰고, 필요하면 자두잼에 가루 설탕을 뿌려 주었고, 학교에 갈 때 책가방을 싸 주었고, 아플 때는 병간호를 해 주었고, 심심할 때는 책을 읽어 주었고, 말썽을 부리면 꾸짖기도 했다. 하녀인 에밀리는 철부지 덜렁이라 메리앤은 에밀리가 나를 돌보았으면 내가 어찌 되었을지 알 수 없다고 했다. 메리앤은 블랙스터블 토박이였다. 런던에는 가 본 적이 없었고, 터캔베리도 기껏해야 서너 번 간 것이 전부였다. 병 한 번 앓은 적 없었고, 휴가를 간 적도 없었다. 일 년 치 봉급은 12파운드였다. 일주일에 하루 저녁은 목사관의 빨래를 해 주는 어머니를 만나러 시내로 내려갔고, 일요일 저녁에는 교회에 갔다. 하지만 블랙스터블의 사정을 훤히 꿰고 있었고 모르는 사람이 없었다. 누가 누구와 결혼했는지, 누구의 아버지가 무엇 때문에 죽었는지, 어느 여자가 자식이 몇 명이 있고 그 아이들 이름은 각각 무엇인지.

내가 묻자 메리앤은 젖은 행주를 설거지통에 탁 내던졌다.

"숙부님 탓 아니에요." 그녀가 말했다. "도련님이 내 조카는 아니지만 나라도 그런 사람들과 어울리게 가만두지 않았을 거예요! 도련님한테 자전거를 같이 타자고 했다니 원. 하여간 사람들이 별짓을 다 하지."

식당에서 오간 대화가 메리앤에게 전해진 것이 분명했다.

"나 어린애 아니야." 내가 말했다.

"그래서 더 문제죠. 어디 뻔뻔하게 여길 기어들어!" 메리앤은 h 발음을 생략했다.[20] "집을 빌려서는 신사 숙녀인 척 행세하다니! 그 파이 손대지 말아요!"

부엌 탁자에 라즈베리 타르트가 있어서 나는 손가락으로 부스러기를 하나 집어 입에 넣었다.

"그거 우리 저녁 끼니라고요. 하나 더 먹고 싶었으면 아까 먹지 왜 안 먹었어요? 하여간 테드 드리필드는 무엇 하나 끝까지 하는 게 없어. 그래도 교육 하나는 잘 받았죠. 어머니만 딱하지 뭐야. 그 남자는 태어날 때부터 그렇게 어머니 속을 썩이더니 그도 모자라 로지 갠이랑 결혼을 하고 말이에요. 어머

---

20) 영국 토박이들은 h 음을 곧잘 빼고 발음한다.

니는 아들한테 그 이야기를 듣고는 그대로 침대로 가서 삼 주를 누워 아무하고도 말을 안 했대요."

"드리필드 부인이 결혼 전에 로지 갠이었어? 누구네 갠을 말하는 거야?"

갠은 블랙스터블에서 가장 흔한 성씨였다. 교회 묘지에 그들의 무덤이 즐비했다.

"오, 도련님은 모를 거예요. 조사이어 갠 영감이 아버지예요. 제멋대로이기는 그 아버지도 마찬가지예요. 군에 지원했다가 나무 의족을 달고 돌아왔죠. 그림을 그리러 돌아다녔지만 일은 안 하고 판판 놀 때가 태반이었어요. 라이 레인의 우리 옆집에 살던 사람들이에요. 나랑 로지는 주일 학교를 같이 다닌 사이고요."

"하지만 그 여자는 메리처럼 늙지 않았던데." 나는 아직 어려서 말을 가리지 못했다.

"그 여자도 서른 넘었어요."

메리앤은 몸이 작고 들창코에다 이가 썩었지만 혈색이 좋았는데 아마 그때 서른다섯 살은 넘지 않았을 것이다.

"로지가 아무리 아닌 척해도 나보다 어려 봤자 네다섯 살이에요. 한껏 꾸미고 다녀서 몰라볼 정도라고 그러더라고요."

"그 여자가 술집에서 일했다는 거 사실이야?" 내가 물었다.

"사실이죠. '레일웨이 암스'에 있다가 하버샴의 '프린스 오브 웨일스 페더스'에 있었죠. '레일웨이 암스'의 리브스 부인이 그 여자를 데려다 바 직원으로 썼는데 골치 아픈 일이 생겨서 쫓아낼 수밖에 없었죠."

'레일웨이 암스'는 '런던 채텀 앤드 도버 레일웨이'역 건너편의 대단히 수수하고 작은 펍이었고, 음산하면서도 흥겨운 분위기가 돌았다. 겨울밤 그곳을 지나다 보면 유리창 너머로 안에 늘어져 있는 남자들이 보였다. 목사인 숙부는 그곳을 눈엣가시처럼 여겨 오랫동안 영업 허가를 취소시키려고 갖은 노력을 기울였다. 철도역 짐꾼과 광부, 농장 일꾼 들이 그곳을 찾았다. 블랙스터블의 점잖은 주민들은 그곳에 발걸음을 하지 않았고, 흑맥주를 한잔 걸치고 싶을 때는 '베어 앤드 키'나 '듀크 오브 켄트'로 갔다.

　"왜, 그 여자가 무슨 짓을 했길래?" 나는 눈이 동그래져서 물었다.

　"무슨 짓을 했냐고요?" 메리앤이 말했다. "내가 도련님에게 이런 이야기를 한 걸 주인어른이 알면 뭐라고 하실까? 거기 들러 술 한잔 걸친 남자치고 그 여자랑 놀아나지 않은 사람이 없어요. 그 여자는 누구든 상대를 가리지 않았어요. 누구랑 오래 사귀지를 못하고 이 남자 저 남자 갈아 치웠다니까요. 아주 가관이었다고 하대요. 그러던 와중에 조지 경이랑 얽히게 된 거죠. 워낙 고급스러운 사람이 좋아할 만한 곳은 아니었지만 어느 날 기차가 연착되는 바람에 우연히 들어갔다가 로지를 본 거죠. 이후 거기서 죽치고 지내면서 거친 평민들과 어울렸는데, 물론 모두들 그 사람이 거기 있는 이유를 알고 있었어요. 아내랑 자식이 셋이나 딸린 남자가. 에휴, 그 아내가 어찌나 불쌍하던지! 소문이 났고, 결국 리브스 부인도 더 이상 못 견디겠다면서 로지에게 봉급을 주고 짐 싸서 내보낸 거예요. 내가 말했어요, 그 못된 쓰레기, 잘 쫓아냈다고!"

　나는 조지 경을 잘 알고 있었다. 이름은 조지 켐프였고, '경'이라는 말은 배포가 워낙 커서 붙은 별명이었다. 그는 이 고장 석탄 상인이었다. 부동산업에도 손을 댔고, 석탄선 한두 척에 지분을 가지고 있었다. 자기 땅에 지은 새 벽돌집에 살면서 자기 마차를 몰았다. 그는 뾰족한 턱수염을 기른 투실투실한 남자였다. 발그레한 혈색에 파란 눈은 부리부리했다. 돌이켜 보면 옛날 네덜란드 그림에 흔히 보이는 붉은 얼굴의 유쾌한 상인과 흡사했다. 복장은 언제나 화려하기 그지없었다. 큼직한 단추가 달린 짧은 연갈색 외투와 옆으로 비스듬히 쓴 갈색 중산모 차림의 그가 단춧구멍에 장미를 꽂은 채 마차를 타고 시내 한복판을 달리는 것을 보면 누구든 다시 쳐다보지 않을 수 없었다. 일요일에는 반질반질한 실크해트와 프록코트 차림으로 교회에 왔다. 교구 위원 자리를 노린다는 것은 모두가 아는 사실이었다. 정력적인 조지 경이라면 유능한 교구 위원이 될 것이 분명했지만 숙부는 "내가 죽기 전에는 어림없다."라고 말했고 조지 경이 항의 차원에서 회중 교회를 일 년이나 나가는데도 고집을 꺾지 않았다. 시내에서 조지 경을 마주치면 알은체도 하지 않았다. 둘 사이에 화해 분위기가 조성되어 조지 경이 다시 교구 교회에 나오게 되었지만 숙부는 조지 경을 교구 위원 시보에 임명했을 뿐 그 이상은 양보하지 않았다. 신사 계층 사람들은 조지 경을 천박하게 여겼다. 내 생각에도 조지 경이 허영심이 많고 허풍이 셌다는 것은 의심할 여지가 없다. 사람들은 그의 우렁찬 목소리와 요란한 웃음소리를 불평했고, 행동거지도 형편없다고 생각했다. 그가 길거리에서 누구와 이야기라도 나누면 말소리가 하나하나 다 들렸다. 게다가 지나치게 다정했다. 사람들한테 이야기할 때면 마치 상인이 아닌 양 이야기를 했다. 사람들은 그가 너무 극성맞다고 말했다. 그가 보인 싹싹한 태도와 공적 활동, 매년 보트 경주나 추수 축제 때 쾌척하는 기부금, 누구든 돕는 적극적 선행이 그를 가로막는 블랙스터블 내의 장벽을 무너뜨려 주리라는 기대감에서 출발한 것이라면 헛다리를 짚은 셈이었다. 그가 사교에 쏟은 노력들은 무표정한 반감에 부딪혔다.

마을 의사의 아내가 숙모를 만나러 찾아왔을 때의 일이 기억난다. 에밀리가 들어와서는 숙부에게 조지 켐프 씨가 와서 숙부를 뵙기를 청한다고 말했다.

"하지만 현관문 벨 소리가 났는데, 에밀리." 숙모가 말했다.

"네, 그 사람이 현관문으로 왔어요."

순간 분위기가 어색해졌다. 모두들 뜻밖의 사건에 어찌 대처해야 할지 몰라 난색이었다. 누구는 현관문으로 오고 누구는 옆문으로 오고 누구는 뒷문으로 와야 하는지 아는 에밀리마저도 조금 당황한 표정이었다. 심성이 착한 숙모는 누군가 잘못된 위치에 서는 일이 벌어져 진심으로 난감했던 것 같다. 하지만 의사의 아내는 기가 차다는 듯 살짝 콧방귀를 뀌었다. 마침내 숙부가 정신을 차리고 마음을 다잡았다.

"내 서재로 안내해, 에밀리." 숙부가 말했다. "차를 마시는 대로 가 볼 테니까."

하지만 조지 경은 변함없이 활기차고 화려하고 떠들썩하고 극성스러웠다. 그는 마을이 죽었다면서 자기가 마을을 깨우겠다고 호언장담했다. 철도 회사를 움직여 관광 열차를 운행하도록 하겠다고 했다. 우리 마을도 마게이트[21]처럼 되지 말란 법이 없다고. 왜 우리는 시장(市長)을 가지면 안 되는가? 펀 베이에도 시장이 있지 않은가.

"본인이 시장이 되고 싶은 게지." 블랙스터블 사람들은 말했다. 그들은 입을 꾹 다물었다. "자만하다가 큰코다치지."

숙부는 말을 물가로 데려갈 수는 있어도 말에게 물을 먹이지는 못한다고 말했다.

모두들 그랬듯 나도 조지 경을 조롱하고 깔보았다는 것을 덧붙여 둔다. 그가 거리에서 나를 붙잡아 세우고 내 이름을 불러 대면서 우리 사이에 신분의 차이가 없는 양 이야기할 때면 화가 났다. 그는 내게 아들들이 나랑 같은 또래라면서 같이 크리켓을 해 보라는 말도 했다. 하지만 그의 아들들은 하버샴의 중등학교에 다녔고 당연히 나는 그 아이들과 아무런 관련이 없었다.

메리앤의 이야기는 충격적이면서도 흥미진진했지만 도무지 믿기지가 않았다. 소설을 너무 읽은 데다 사랑을 알기에는 학교 공부가 너무 많아서 사랑이란 그저 젊은 사람들이나 하는 것으로 막연히 알고 있었는데, 턱수염이 난 데다 내 또래의 아들들을 둔 남자가 그런 감정을 느낄 수 있다니 상상조차 못한 일이었다. 그런 것은 결혼하면 끝나는 게 아니던가. 서른이

---

21) 잉글랜드 켄트주의 해안 휴양지.

넘은 사람들이 사랑을 한다니 속이 좀 울렁거렸다.

"그래도 두 사람이 실제로 무얼 한 건 아니지?" 나는 메리앤에게 물었다.

"듣자 하니 그 로지 갠이라는 여자는 하지 않은 게 거의 없는 모양이던데요. 그리고 상대는 조지 경만이 아니었어요."

"그런데 왜 그 여자는 아기가 안 생겼지?"

내가 읽은 소설에서는 예쁜 여자가 어리석은 짓에 휩쓸리면 반드시 아기를 낳았다. 원인이 되는 장면은 애매모호하게 설명되었고 가끔은 숨김표로 암시되었지만 그 결과는 불가피했다.

"처신을 잘했다기보다 운이 좋았다고 봐야죠." 메리앤은 그렇게 말하고는 퍼뜩 정신을 차리고 바쁘게 접시를 닦던 손길을 멈추었다. "우리 도련님이 필요 이상으로 많은 걸 아네."

"당연히 알지." 나는 거드름을 피우며 말했다. "참 나, 나도 이제 다 컸어, 왜 이래?"

"하나 확실한 건요……." 메리앤이 말했다. "리브스 부인이 여자를 해고하니까 조지 경이 그 여자를 하버샴에 있는 '프린스 오브 웨일스 페더스'에 취직시켜 줬고, 날마다 마차를 몰고 거기 나타났다는 거예요. 거기 맥주 맛이랑 여기 맥주 맛이 뭐가 다르겠어요."

"그럼 테드 드리필드는 왜 그 여자랑 결혼한 거야?" 내가 물었다.

"나야 모르죠." 메리앤이 말했다. "그이는 '페더스'에서 그 여자를 만났어요. 결혼하겠다는 여자가 없었나 보죠 뭐. 얌전한 여자치고 누가 그 남자와 결혼하려 했겠어요."

"그 여자에 대해 알고 있었을까?"

"그건 당사자에게 물어봐야죠."

나는 입을 다물었다. 모든 것이 의문투성이였다.

"요새 그 여자 신수가 어떻던가요?" 메리앤이 물었다. "결혼식 때 보고는 쭉 못 보았거든요. 난 '레일웨이 암스'에서 벌어진 이야기를 듣고 나서는 아예 말도 붙이지 않아요."

"괜찮아 보였어." 나는 말했다.

"그 여자한테 나를 기억하는지 한번 물어봐요. 뭐라고 대답할지 궁금하네."

6

나는 드리필드 부부와 다음 날 오전에 외출하기로 사실상 마음을 굳힌 상태였다. 숙부에게 물어봐야 허락할 리 없었다. 나중에 숙부가 알게 되어 야단이 난다고 해도 할 수 없다는 마음이었고, 테드 드리필드가 숙부의 허락을 받았는지 물으면 받았다고 말할 생각이었다. 하지만 거짓말은 할 필요가 없게 되었다. 그날 오후 밀물일 때 나는 해수욕을 하러 해변으로 내려갔고, 시내에 볼일이 있던 숙부가 얼마간 나와 같이 걸어갔다. 막 '베어 앤드 키'를 지나는데 안에서 테드 드리필드가 나왔다. 그는 우리를 보고 숙부에게 곧장 다가왔다. 나는 그의 침착한 태도에 놀라고 말았다.

"안녕하세요, 목사님." 그가 말했다. "저를 기억하시는지 모르겠네요. 어릴 때 성가대에서 노래한 적이 있습니다. 테드 드리필드라고 합니다. 제 부친은 울프 양의 관리인이었고요."

숙부는 대단히 소심한 남자였고 그 말에 당황했다.

"오, 그래, 잘 지내는가? 부친이 돌아가셨다는 얘기를 듣고 안타까웠네."

"제가 목사님 조카분과 알게 되었습니다. 혹시 조카분이 내일 저와 같이 자전거를 타고 외출하는 걸 허락해 주실 수 있을까요. 조카분이 혼자 자전거를 타면 심심할 텐데, 제가 마침 편 교회 황동 기념패의 탁본을 뜨러 가게 되었거든요."

"말은 고맙네만……."

숙부가 거절하려고 운을 뗐는데 드리필드가 끼어들었다.

"조카분이 장난을 치지 않도록 제가 신경 쓰겠습니다. 조카분이 탁본을 만들어 보고 싶어 할 것 같았어요. 아주 재밌을 거예요. 종이랑 밀랍은 제가 마련할 테니 돈은 들지 않을 거고요."

원래 논리적인 성격이 못 되는 숙부는 내 종이와 밀랍 값을 대겠다는 테드 드리필드의 제안에 기분이 몹시 상해서 나를 못 가게 하려던 원래의 생각을 까맣게 잊고 말았다.

"우리 애도 자기 종이랑 밀랍 값 정도는 낼 수 있네." 숙부가 말했다. "용돈을 충분히 받고 있으니까. 게다가 돈을 사탕 같은 것에 써서 병이 나느니 그런 데 쓰는 편이 더 낫겠지."

"그럼 헤이우드 문구점에 가서 내가 산 종이와 밀랍을 달라고 하면 같은 것으로 내줄 겁니다."

"지금 다녀올게요." 나는 숙부의 마음이 언제 바뀔지 몰라 얼른 길 반대편으로 내달렸다.

7

드리필드 부부가 왜 내게 마음을 썼는지 그 이유는 알 수 없다. 그저 친절한 마음씨에서 그랬으리라 짐작할 뿐이다. 나는 재미없는 사내아이였다. 말수도 없어서 테드 드리필드가 조금이나마 나로 인해 즐거웠다면 분명 무심결에 일어난 일일 것이다. 우쭐거리는 내 태도가 귀엽게 보였는지도 모른다. 나는 울프 양의 관리인 아들과 어울리는 것이 나로서는 손해를 보는 일이고 숙부의 말마따나 그는 싸구려 글쟁이에 지나지 않는다는 생각을 가지고 있었다. 내가 시건방지게 보였을 법한 태도로 그가 쓴 책을 한 권 빌려 달라고 청했을 때 그는 내가 재미있게 읽을 만한 책들은 아니라고 대답했고, 나는 그의 말을 그대로 믿고 더는 부탁하지 않았다. 숙부는 드리필드 부부와 외출해도 된다고 허락한 이후 그들과 어울리는 것에 아무런 제지를 가하지 않았다. 우리는 가끔씩 배를 타기도 하고 가끔은 경치 좋은 곳을 찾아갔다. 거기서 드리필드는 수채화를 조금 그리기도 했다. 지금보다 날씨가 더 좋았던 시절이어서 그랬는지 아니면 단순히 청춘의 환상이었는지 모르지만 그해 여름에는 화창한 날씨가 계속 이어졌다. 나는 높낮이가 있고 풍요롭고 우아한 전원 풍경에 묘한 애정을 느끼기 시작했다. 우리는 멀리까지 나가 교회들을 차례로 찾아다니면서 갑옷 입은 기사, 빳빳한 파딩게일[22]을 착용한 여인 등 놋쇠 기념비의 탁본을 떴다. 테드 드리필드가 열정을 가지고 이 일에 임하자 나도 덩달아 열심히 탁본을 떴다. 그리고 숙부에게 그 성과물들을 자랑스레 보여 주었다. 숙부는 동행이 누구든 내가 교회에서 뭔가를 열심히 하는 이상 해가 되지 않을 거라고 생각했던 듯하다. 우리가 작업을 하는 동안 드리필드 부인은 교회 마당에 남아 책을 읽지도 자수를 놓지도 않고 그저 멍하니 있었다. 아무것도 안 하고 하염없이 그냥 있어도 지루하지 않은 모양이었다. 가끔 나는 밖에 나가서 잠시 그녀와 풀밭에 앉아 있기도 했다. 우리는 나의 학교생활과 학교 친구들, 선생님들, 블랙스터블 사람들, 그리고 되는대로 아무것이나 이야기했다. 나는 그녀가 나를 '어셴든 군'이라고 부르는 것이 좋았다. 나를 그렇게 부른 사람은 그녀가 처음이었고, 어른 대접을 받는 기분이었다. 나는 사람들이 나를 윌리 도련님이라고 부르면 왈칵 성질이 났다. 누구든 우스꽝스럽게 만들어 버리

22) 치마의 모양을 부풀리고 지탱해 주는 지지대.

는 호칭 같았다. 사실 내 이름도 탐탁지가 않아서 무엇이 내게 더 어울릴까 생각하며 많은 시간을 보냈다. 로더릭 레이번스워스가 마음에 쏙 들어서 종이에 몇 장씩 멋지게 휘갈겨 서명하는 연습을 하기도 했다. 루도빅 몽고메리도 나쁘지 않았다.

나는 메리앤이 드리필드 부인에 대해 들려준 이야기를 잊을 수가 없었다. 이론상으로는 결혼한 사람들이 무얼 하는지 알았고 노골적인 언어로 그것을 표현할 수 있었지만 사실상 아무것도 모르고 있었다. 그것이 역겨운 짓처럼 생각되어서 도무지, 도무지 믿기지가 않았다. 지구가 둥글다는 인식은 하지만 평평하다고 아는 셈이었다. 드리필드 부인은 소탈하기 그지없고 웃음소리가 아주 시원시원하며 행동거지에 젊고 천진한 면이 있었기 때문에 나는 그녀가 뱃사람들과 '놀아났다'는 것을 믿기 어려웠다. 더군다나 다른 사람도 아니고 그 느글느글하고 끔찍한 조지 경이라니. 그녀는 내가 소설에서 읽은 사악한 여자들과 전혀 달랐다. 물론 품행이 반듯한 맛은 없었다. 말할 때 블랙스터블 억양이 강했고, 때때로 h 발음을 탈락시켰다. 가끔은 어법도 엉망진창이었지만 나로서는 도저히 좋아하지 않을 수 없는 여자였다. 결국 나는 메리앤이 터무니없는 거짓말을 했다고 결론지었다.

어느 날 나는 우연히 그녀에게 메리앤이 우리 집 요리사라는 말을 하게 되었다.

"예전에 메리앤이 라이 레인에서 부인의 옆집에 살았다던데요." 나는 드리필드 부인에게서 모르는 여자라는 말이 나올 것을 기대하며 덧붙였다.

하지만 그녀는 미소를 짓더니 파란 눈을 반짝였다.

"맞아. 메리앤이 나를 주일 학교에 데려가곤 했었어. 나를 조용하게 하는 희한한 재주가 있었지. 목사관에 일하러 다닌다는 얘기는 들었는데 아직도 거기 있을 줄이야! 언제 만났는지 까마득하네. 다시 만나서 옛날이야기라도 나누고 싶다. 내 얘기 좀 해 주고, 언제 저녁에 한번 우리 집에 와 줄 수 있는지 물어봐 줘. 차 한잔 대접하고 싶어."

그 말에 나는 적잖이 당황했다. 드리필드 부부는 지금 사는 집을 구입할까 이야기하는 중이었고 잡일을 해 주는 사람도 고용하고 있었다. 그런 그들이 메리앤을 초대해 차를 마신다는 것은 가당찮은 일이었고 내가 보기에는 상당히 어색한 상황이었다. 그들은 해도 될 일과 해서는 안 될 일에 대한 인식이 아예 없어 보였다. 나라면 절대 거론하지 않을 일들을 지나간 과거사처럼 이야기하는 그들의 태도는 끊임없이 나를 민망하게 만들었다. 그때 내가 실제보다 더 부유하고 화려하게 보이도록 꾸미는 사람들의 틈바구니에서 산 것일 수도 있지만, 돌이켜 보면 당시 사람들은 가식이 가득한 삶을 살았던 것 같다. 이들은 체면이라는 가면을 쓰고 살았다. 셔츠 바람으로 다리를 탁자 위에 올려놓는 꼴은 절대 남에게 보이지 않았다. 여자들은 화려한 드레스를 입었고 한껏 치장하기 전에는 모습을 드러내지 않았다. 평소 검소한 살림을 살았지만 식사한 끼 하자고 들른 사람에게는 갖은 음식으로 성찬을 차려 대접했다. 집안에 우환이 있어도 머리를 꼿꼿이 들고 아무 일도 없는 척했다. 아들이 여배우와 결혼하겠다고 나올 경우 집에서는 그 일을 쉬쉬하고 이웃들은 그 집에 큰일이 난 것처럼 이야기하다가 마음고생 중인 그 집 사람들 앞에서는 티가 나게 극장 이야기를 삼가곤 했다. 스리 게이블스라고 불리는 집에 이사 온 그린코트 소령의 아내가 장사꾼 집안이라는 것을 모르는 사람이 없었지만 소령이나 아내에게 그 불미스러운 비밀을 거론하는 사람은 없었다. 우리는 뒤에서 그들을 조롱하면서도 앞에서는 예의를 차린답시고 '도자기 그릇'이라는 말을 쓰지 않았다.(도자기 그릇은 그린코트 부인이 쏠쏠하게 올리는 수입의 원천이었다.) 그 시절 화가 난 부모가 푼돈을 던져 주고 아들과 연을 끊는다거나 딸에게 두 번 다시 친정 문턱을 넘지 말라고 말하는 것은 드문 일이 아니었다.(사무 변호사와 결혼한 우리 어머니도 이 경우에 해당했다.) 나는 이런 일들을 익숙하고 자연스럽게 받아들였다. 그러니 테드 드리필드가 예전에 홀본의 식당에서 웨이터로 일했다고 세상에서 가장 평범한 일인 양 말했을 때 나로서는 충격을 받을 수밖에 없었다. 그가 바다로 도망쳤다는 것은 알고 있었다. 낭만적인 일이었다. 소설에서는 소년들이 자주 그런 행각을 벌였고 짜릿한 모험을 하다가 결국은 갑부나 백작의 딸과 결혼했다. 하지만 테드 드리필드는 메이드스톤에서 전세 마차를 몰았고, 버밍엄에서는 매표원으로 일했다. 같이 자전거를 타고 '레일웨이 암스'를 지나갈 때 드리필드 부인은 누구나 하는 일인 양 아무렇지 않은 투로 여기서 삼 년 동안 일했었다고 말했다.

"내 첫 직장이었어." 그녀가 말했다. "그 후에는 하버샴의 '페더스'에서 일했고. 거기서 쭉 일하다가 결혼할 때 그만뒀지."

케이크와 맥주

그녀는 즐거운 추억인 양 소리 내어 웃었다. 나는 뭐라고 말해야 할지, 어디를 봐야 할지 몰라서 얼굴을 빨갛게 붉혔다. 한번은 멀리까지 나갔다가 돌아오는 길에 편 베이를 지나게 되었다. 더운 날이라 모두들 목이 말랐고 그녀는 돌핀에 들러 맥주 한잔 마시자고 제안했다. 그녀는 바 뒤의 여자와 이야기를 주고받기 시작했다. 그녀가 오 년 동안 이 일을 했었다고 말하는 소리를 듣고 나는 놀라 자빠질 뻔했다. 주인장이 우리와 합석했고, 테드는 그에게 술을 한잔 따라 주었다. 드리필드 부인은 바 뒤의 여자에게도 와인을 한잔 권했다. 한동안 그들은 술장사가 어떻고 직영 술집이 어떻고, 물가가 다 올랐느니 하면서 즐겁게 이야기를 나누었다. 그동안 나는 어쩔 줄 몰라서 열이 뻗쳤다가 싸늘해졌다가 하며 서 있었다. 그곳을 나올 때 드리필드 부인이 말했다.

"그 여자 참 괜찮네, 테드. 분명히 성공할 거야. 여자한테도 말했지만 고단하기는 해도 즐거운 직업이야. 돌아가는 상황을 파악하면서 잘 처신하면 결혼도 얼마든지 잘할 수 있고. 그 여자 손가락에 반지를 꼈더라고. 남자들에게 치근덕거릴 기회를 주려고 일부러 낀 거래."

드리필드는 웃음을 터뜨렸다. 그녀는 고개를 내게 돌렸다.

"나 예전에 술집 여급으로 일했었어. 물론 계속 그렇게 살 수야 없지. 미래를 생각해야 하니까."

하지만 그보다 더 펄쩍 뛸 일이 나를 기다리고 있었다. 9월이 중반을 지나고 여름 방학이 끝나 갈 무렵이었다. 내 머릿속은 드리필드 부부의 생각으로 가득했지만 집에서는 숙부 때문에 그들 이야기를 마음껏 할 수가 없었다.

"온종일 네 친구들 얘기를 꾸역꾸역 듣고 싶지는 않구나." 숙부가 말했다. "더 바람직한 화제도 많잖니. 한데 테드 드리필드는 이 교구 태생이고 너랑은 날마다 만나다시피 하니 가끔은 교회에 얼굴을 비칠 만도 하잖아."

어느 날 나는 드리필드에게 말했다. "숙부님은 아저씨가 교회에 나오기를 바라시나 봐요."

"알았어. 다음 일요일 저녁에 교회에 가자, 로지."

"그러지 뭐." 그녀가 말했다.

나는 메리앤에게 드리필드 부부가 올 거라고 말해 두었다. 그날 나는 대지주들 바로 뒷자리, 목사 가족석에 앉아 있었고 뒤를 돌아볼 수 없었지만 통로 반대편 사람들의 행동으로 미루어 드리필드 부부가 왔다는 것을 알 수 있었다. 이튿날 나는 틈이 나자마자 메리앤에게 그들을 봤냐고 물었다.

"봤지요." 메리앤이 퉁명스럽게 말했다.

"예배 끝나고 이야기 나눈 거야?"

"내가요?" 그녀는 벌컥 화를 냈다. "부엌에서 나가요. 왜 하루 종일 따라다니면서 귀찮게 굴고 그래요? 그렇게 도련님이 자꾸 거치적거리면 나더러 어떻게 일을 하라는 거예요?"

"알았어." 내가 말했다. "짜증 내지 마."

"도련님이 그런 인간들과 어울려 사방팔방 돌아다니는데도 숙부님은 왜 그냥 두시는지 도대체 모르겠어. 그 여자 모자에 주렁주렁 달린 꽃들이라니! 무슨 염치로 얼굴을 디미는 건지 원. 이제 가 봐요, 나 바쁘니까."

나는 메리앤이 왜 이렇게 발끈하는지 알 수 없었다. 이후 다시는 드리필드 부인의 이야기를 꺼내지 않았다. 그런데 이삼일 후 나는 무얼 가지러 부엌에 들렀다. 목사관에는 부엌이 두 개 있었다. 요리를 하는 작은 부엌 외에 시골 성직자들이 대가족을 거느리고 주변의 신사 계급 사람들에게 성대한 만찬을 대접하던 시절에 지어진 것으로 짐작되는 큰 부엌이 또 있었다. 메리앤은 일이 끝나면 여기 앉아 바느질을 했다. 우리는 8시에 저녁으로 찬 음식을 먹었기 때문에 메리앤은 티타임 후에는 할 일이 별로 없었다. 7시가 다 된 시각이었고 날은 어둑어둑 저물고 있었다. 에밀리가 외출하는 날이었기 때문에 메리앤 혼자 있겠거니 생각했는데 복도를 지날 때 목소리와 웃음소리가 들렸다. 누가 메리앤을 찾아온 것 같았다. 램프 불이 켜져 있었지만 두툼한 초록색 전등갓 때문에 부엌 안은 아주 침침했다. 탁자 위에 찻주전자와 찻잔들이 보였다. 메리앤은 늦은 시각에 친구와 차를 마시는 중이었다. 내가 문을 열자 대화를 나누던 말소리가 끊기더니 목소리가 들려왔다.

"안녕."

나는 메리앤의 친구가 드리필드 부인인 것을 보고 깜짝 놀랐다. 메리앤은 내가 놀라자 살짝 웃음을 터뜨렸다.

"로지 갠이 나랑 차를 마시러 잠깐 들렀어요." 메리앤이 말했다. "옛날이야기를 나누던 참이에요."

내가 그녀를 거기서 보고 놀라자 메리앤은 조금 쑥스러워했지만 나만큼 쑥스러웠을라고. 드리필드 부인은 내게 특유의 천진하고 짓궂은 미소를 지었다. 지극히 편안해 보였다. 어찐지 드레스가 눈에 띄게 돋보였는데 아마도 그녀의 차림새가 전에 없이 화려했기 때문이었을 것이다. 옅은 파란색 옷감에 허리가 딱 맞았고 소매산이 봉긋하고 소맷부리가 좁은 소매에 긴 치마 밑단에는 주름 장식을 댄 옷이었다. 여러 개의 장미 꽃송이와 이파리, 나뭇가지가 달린 크고 검은 밀짚모자를 쓰고 있었다. 일요일에 교회에서 썼던 모자가 분명했다.

"메리앤이 보러 오기를 기다리다가는 내가 먼저 죽겠다 싶어서 그냥 내가 찾아오는 게 상책이라고 생각했지."

메리앤은 쑥스럽게 함박웃음을 웃었지만 기분이 상한 낌새는 없었다. 나는 원하는 것을 달라고 해 받아 들고는 얼른 그곳을 나왔다. 정원에 나가 어슬렁거리다가 길 쪽으로 건너가서 대문 건너편을 쳐다보았다. 이미 밤이 찾아와 있었다. 잠시 후 슬슬 거니는 남자가 보였다. 나는 그 남자에게 주의를 기울이지 않았지만 왔다 갔다 서성거리는 것이 누군가를 기다리는 모양이었다. 언뜻 테드 드리필드인가 싶어 말을 걸려는데 남자가 멈춰 서서 파이프 담뱃대에 불을 붙였다. 조지 경이었다. 저 사람이 무얼 하고 있는 걸까 궁금했는데 곧 의문이 풀렸다. 드리필드 부인을 기다리고 있었다. 나는 심장이 두근거리기 시작했다. 어둠에 가려져 있는데도 물러나 나무 그림자 속으로 들어갔다. 그렇게 몇 분쯤 기다리자 메리앤이 옆문을 열더니 드리필드 부인이 밖으로 나왔다. 자갈길을 밟는 발소리가 들렸다. 그녀가 대문으로 가서 문을 열었다. 문이 작게 딸깍 소리를 내며 열렸다. 그 소리에 조지 경이 길을 건너와 그녀가 나가기 전에 안으로 들어왔다. 그가 그녀를 두 팔로 감싸고는 꽉 끌어안았다. 그녀는 작게 웃음을 터뜨렸다.

"내 모자 조심해." 그녀가 속삭였다.

1미터도 떨어져 있지 않았던 나는 그들에게 발각될까 두려웠다. 그리고 그들이 너무나 부끄러웠다. 마음이 어지러워 몸이 덜덜 떨렸다. 그는 잠시 그녀를 안고 있었다.

"여기 정원 어때?" 그가 여전히 속삭이는 목소리로 말했다.

"안 돼. 그 아이가 있어서. 들판으로 가."

그들은 대문 밖으로 나갔고, 그가 팔로 그녀의 허리를 감싸 안고서 밤 저편으로 사라졌다. 나는 심장이 어찌나 거세게 날뛰는지 숨이 잘 쉬어지지 않았다. 너무나 놀라운 장면을 목격한 터라 제대로 생각을 할 수가 없었다. 누구에게든 털어놓을 수만 있다면 무슨 짓이라도 할 것 같았지만 혼자 간직해야 할 비밀이었다. 그 막중한 느낌이 짜릿한 전율을 불러일으켰다. 나는 천천히 집으로 걸어가서 옆문으로 들어갔다. 메리앤이 문소리를 듣고 나를 불렀다.

"윌리 도련님이에요?"

"응."

나는 부엌 안을 쳐다보았다. 메리앤은 식당으로 내갈 저녁밥을 쟁반에 담는 중이었다.

"로지 갠이 찾아온 건 숙부님께 말씀드리지 않을게요." 그녀가 말했다.

"아, 그래야지."

"얼마나 놀랐는지. 옆문을 두드리는 소리가 나서 문을 열어보니 로지가 거기 서 있지 뭐예요. 아주 기절할 뻔했어요. '메리앤.' 하고는 정신없이 내 얼굴에 마구 입을 맞추지 뭐예요. 들어오라고 할 수밖에 없었고, 안에 들어와서는 차 한잔 하라고 말할 수밖에요."

메리앤은 변명을 하느라 열심이었다. 드리필드 부인에 대해 그렇게 말해 놓고 둘이 같이 앉아 수다를 떨면서 웃는 모습을 보였으니 내가 이상하게 생각해도 무리는 아니었다. 하지만 나는 승리를 자축할 기분이 아니었다.

"그리 나쁜 여자는 아니야, 그치?" 내가 말했다.

메리앤은 미소를 지었다. 비록 검고 벌레 먹은 치아였지만 그녀의 미소는 귀엽고 뭉클한 면이 있었다.

"뭐라 꼬집어 말할 수는 없지만 좋아하지 않고는 배길 수 없는 여자예요. 여기 한 시간은 족히 있었는데 단 한순간도 잘난 척을 하지 않네요. 오늘 입은 옷의 옷감이 한 마에 11실링 13펜스나 하는 거라고 자기 입으로 그러는데 맞는 말일 거예요. 예전에 꼬맹이였을 때 내가 머리를 빗겨 준 일하며, 차 마시기 전에 자기 고사리손을 씻겨 준 일들을 모두 기억하고 있더라고요. 그 어머니가 우리랑 같이 차를 마시라고 우리 집에 보내기도 했어요. 그때는 참 그림처럼 예쁜 아이였는데."

과거를 회상하는 메리앤의 우스꽝스럽고 주름진 얼굴에 아쉬운 표정이 떠올랐다.

"그것참." 메리앤은 잠시 머뭇거리다가 말을 이었다. "사실을 알고 보면 다른 여자들보다 유달리 나쁜 여자는 아니라고 봐야죠. 워낙 유혹의 손길이 많다 보니까 그렇게 되는 거거든요.

많은 여자들이 로지를 욕하지만 그 여자들도 로지처럼 기회
가 많았다면 별수 없었을 거예요."

8

날씨가 부쩍 쌀쌀해지면서 비가 많이 내렸다. 이로써 우리의 나들이도 끝나 버렸다. 아쉽지는 않았다. 드리필드 부인이 조지 켐프와 만나는 것을 목격한 뒤로 얼굴을 어찌 마주해야 할지 난감했기 때문이다. 충격을 받았다기보다는 의아했다. 늙은 남자에게 키스받는 것을 어찌 좋아할 수 있는지 도무지 이해가 안 되었고, 그간 소설들을 읽어 댄 내 머릿속에는 조지 경이 그녀를 억압하고 있다는, 그녀의 비밀을 알고 그것을 빌미로 혐오스러운 포옹을 강요하고 있다는 공상이 오갔다. 나의 상상력은 극단적 상황들을 제시했다. 중혼, 살인, 문서 위조. 책 속의 악당치고 무력한 여자를 상대로 이러한 범죄를 들먹이며 협박하지 않는 자가 없었다. 드리필드 부인이 수표에 배서했는지도 몰랐다. 나는 이게 어떤 뜻인지 잘 몰랐지만 그 결과가 치명적이라는 것은 알고 있었다. 그리고 괴로워하는 그녀(밤에 늦게까지 잠을 이루지 못하고 금발을 무릎까지 늘어뜨린 채 잠옷 차림으로 창가에 앉아 하릴없이 새벽을 기다리는 그녀)를 상상하고 영웅적 면모와 기발한 재주가 절묘히 조합된 솜씨로 비열한 협박범의 고통에서 그녀를 구출하는 나(일주일 용돈이 6펜스인 열다섯 살 소년이 아니라 밀랍을 바른 콧수염과 강철 같은 근육, 흠 잡을 데 없는 야회복 차림의 나)를 떠올렸다. 아무리 그래도 조지 경의 애무를 억지로 받아들였다고는 도저히 볼 수 없었고, 귓전에 선한 그녀의 웃음소리를 몰아낼 수도 없었다. 그 웃음소리에는 한 번도 들어 본 적 없는 어떤 것이 어려 있었다. 기분이 묘해지면서 숨이 가빠 오는 느낌이랄까.

이후 여름 방학이 끝나기 전까지 나는 드리필드 부부를 한 번 더 만났다. 시내에서 우연히 마주쳤을 때 그들이 걸음을 멈추고 나에게 말을 걸었다. 나는 갑자기 다시 부끄러움을 심하게 탔다. 드리필드 부인을 쳐다보면 당혹스러워 얼굴을 붉혔다. 얼굴에 죄스러운 비밀을 간직한 기색이 전혀 없었기 때문이다. 그녀는 어린애처럼 장난스럽고 짓궂은 파란 눈으로 나를 부드럽게 바라보았다. 도톰하고 붉은 입술은 금방이라도 미소를 지을 것처럼 자꾸 살짝 벌어졌다. 정직하고 순수한 얼굴이었고 천진한 소탈함이 느껴졌다. 그때 나는 그 느낌을 표현할 길이 없었지만 그 느낌은 또렷했다. 만약 말로 표현할 수 있었다면 그녀는 곧이곧은 사람 같다고 했을 것이다. 그녀가 조지 경과 '놀아날' 리 없었다. 분명 무슨 사연이 있을 듯했다. 내 눈으로 보았지만 도저히 믿을 수가 없었다.

학교로 돌아가야 하는 날이 되었다. 짐이 짐마차에 실려 떠난 뒤 나는 혼자 역으로 걸어갔다. 혼자 가는 편이 더 남자다운 것 같아 숙모의 배웅도 마다했는데 막상 거리를 걸으니 기분이 처졌다. 터캔베리로 가는 지선 철도였고 역은 시내 반대편 바닷가에 있었다. 나는 표를 끊고 나서 삼등칸 구석에 자리를 잡았다. 별안간 "저기 있다." 하는 소리가 들렸다. 드리필드 부부가 쾌활하게 기차에 올랐다.

"네가 떠나는 걸 배웅해야 할 것 같아서." 그녀가 말했다.
"속상하니?"

"아뇨, 그럴 리가요."

"아, 금방 만날 건데 뭐. 크리스마스에 돌아오면 시간 가는 줄 모르게 될걸. 스케이트 탈 줄 알아?"

"아뇨."

"난 탈 줄 알아. 내가 가르쳐 줄게."

그녀의 쾌활한 태도에 나는 기운이 났고 이들이 작별 인사를 하러 역까지 나왔다는 생각에 가슴이 뭉클했다. 나는 그 감정을 내색하지 않으려고 안간힘을 썼다.

"이번 학기에는 럭비를 많이 할 것 같아요." 나는 말했다.
"이군에 들어가게 될 거예요."

그녀는 반짝거리는 눈으로 다정하게 나를 바라보았고, 도톰하고 붉은 입술에 미소를 띠었다. 미소에는 내가 언제나 좋아했던 그 무엇이 있었다. 웃음이든 울음이든 터뜨릴 듯이 그녀의 목소리가 살짝 떨린 것도 같았다. 순간이지만 나는 그녀가 나에게 입을 맞출까 봐 두려웠다. 어찌나 두려운지 순간 눈

앞이 아찔했다. 그녀는 어른들이 학교에 다니는 사내아이들에게 흔히 그러듯 은근히 익살을 떨면서 이야기를 계속했고, 드리필드는 아무 말 없이 서 있었다. 그는 웃는 눈으로 나를 보면서 턱수염을 당겼다. 그때 차장이 호루라기를 빽 불고 깃발을 흔들었다. 드리필드 부인이 내 손을 잡고 흔들었다. 드리필드가 앞으로 다가왔다.

"잘 가렴." 그가 말했다. "이거 네 거란다."

그는 내 손에 작은 꾸러미를 쥐어 주었다. 기차가 증기를 내뿜었다. 풀어 보니 휴지에 싼 반 크라운짜리 은화 두 개였다. 나는 두피까지 온 얼굴이 새빨개졌다. 공돈이 5실링이나 생긴 것은 좋았지만 테드 드리필드가 감히 내게 돈을 주었다는 생각에 분노와 치욕감이 솟구쳤다. 내가 그에게서 무엇이든 받는다니 있을 수 없는 일이었다. 함께 자전거를 타고 배를 탄 것은 사실이지만 그는 사히브[23]가 아니므로(사히브는 그린코트 소령에게 들은 말이었다.) 내게 5실링을 주는 것은 실례였다. 나는 돈을 돌려주고 침묵하는 것으로 그가 저지른 결례와 그에 대한 나의 분노를 표현하기로 하고 머릿속으로 엄중하고 냉랭한 편지를 써 내려갔다. 마음은 고맙지만 신사가 남이나 다름없는 사람에게 돈을 받는 것은 있을 수 없는 일이라는 점을 지적하기로 했다. 그로부터 이삼 일간 이 문제를 두고 고민했는데 날이 갈수록 그 동전 두 개를 포기할 마음이 없어졌다. 드리필드가 친절한 의도에서 그리했다는 것은 분명했다. 물론

---

23) 영국 치하의 인도에서 신분이 높은 유럽인들을 높여 부르던 칭호.

예의범절을 모르고 분간을 못 한 면이 있긴 했다. 나는 돈을 돌려주어 그의 기분을 해치는 것은 가혹한 처사 같아서 그냥 그 돈을 써 버렸다. 하지만 드리필드에게 감사 편지를 보내지 않는 것으로 상처받은 내 자존심을 달랬다.

그래도 크리스마스가 되어 방학을 맞아 블랙스터블에 돌아 갔을 때 가장 보고 싶은 사람은 드리필드 부부였다. 이미 바깥세상은 강렬한 호기심으로 내 상상력을 자극하기 시작했지만 그 작고 정체된 곳에서 바깥세상과 이어진 것은 그들뿐인 듯했다. 다만 수줍음을 극복하지 못해 먼저 찾아가지는 않았고 시내에서 마주치는 것에 기대를 걸었다. 그런데 날씨가 궂어서 뼛속까지 스며드는 거센 바람이 거리에 쌩쌩 몰아쳤다. 강풍에 치마가 고깃배처럼 잔뜩 부풀어 이리저리 휘청거리는 사람들이 어쩌다 있을 뿐이었다. 돌풍이 부는 가운데 차가운 빗줄기가 퍼부었고, 여름에 정겨운 시골을 포근히 감싸 주던 하늘은 이제 독기를 품고 땅을 찍어 누르는 거대한 검은 장막이 되었다. 드리필드 부부를 우연히 만날 가능성은 희박했다. 어느 날 나는 차를 마신 후 용기를 끌어모아 조용히 길을 나섰다. 역까지는 길이 칠흑같이 어두웠지만 거기서부터 침침한 가로등이나마 간간이 있어서 보도를 걷기가 한결 수월했다. 드리필드 부부는 골목길 안쪽의 작은 이층집에 살았다. 거무칙칙한 노란색 벽돌집이었고 출창이 하나 나 있었다. 문을 두드리자 곧 어린 하녀가 문을 열었다. 나는 드리필드 부인이 계시는지 물었다. 그녀는 미심쩍은 얼굴로 나를 보고는 가서 보고 오겠다며 나를 복도에 세워 놓고 들어갔다. 옆방에서 사람들의 목소리가 들려왔지만 하녀가 들어가서 문을 닫자 소리가 그쳤다. 나는 조금 의아했다. 숙부님의 친구들 집에서는 난롯불이 꺼져 있고 가스등을 켜야 하더라도 찾아온 사람은 일단 응접실로 안내했기 때문이다. 그런데 문이 열리고 드리필드가 나왔다. 복도에 불빛이 한 줌뿐이라서 처음에는 누구인지 모르다가 곧 나를 알아보았다.

"오, 너로구나. 그렇지 않아도 널 언제 보러 갈지 생각하던 참이다." 그러고 나서 소리쳤다. "로지, 어셴든 군이 왔어."

외치는 소리가 나더니 어느새 드리필드 부인이 복도로 나와 내 양손을 붙잡고 흔들었다.

"들어와, 들어와. 외투 벗고. 날이 궂지? 엄청 추웠겠다."

그녀는 내가 외투 벗는 것을 거들고 목도리를 벗겨 주고는 손에서 모자를 낚아챈 뒤 나를 방으로 데리고 들어갔다. 덥고 갑갑한 작은 방이었는데 가구가 가득했고 난롯불이 타고 있었다. 목사관에 없는 가스등이 있어서 둥근 간유리 갓 안의 심지 세 개가 눈이 부시도록 방을 환히 비추었다. 방 안에 담배 연기가 자욱했다. 나는 얼떨떨하기도 하고 야단스러운 환대에 당황해서 내가 들어설 때 자리에서 일어선 두 남자를 알아볼 겨를이 없었다. 그러다가 그들이 부목사 갤러웨이와 조지 경이라는 것을 알아보았다. 나와 악수를 나누는 부목사는 긴장한 기색이 역력했다.

"안녕? 나는 드리필드 씨에게 빌린 책을 돌려주려고 방금 왔어. 드리필드 부인께서 차를 마시고 가라고 아주 친절히 말씀해 주셔서 있던 참이야."

얼핏 드리필드가 부목사에게 의아한 표정을 지은 듯했다. 그는 불의의 재물이 어쩌고 하는 말을 했는데 무슨 인용구 같았지만 당시 나로서는 그 뜻을 알 길이 없었다.[24] 갤러웨이 씨가 소리 내어 웃었다.

"그건 모르지요." 갤러웨이 씨가 말했다. "세리와 죄인은 어떻습니까?"

나는 그 말이 참 멋대가리 없다고 생각했지만 곧 조지 경에게 붙잡혀 그를 상대해야 했다. 도무지 가리는 것이 없는 자였다.

"어이, 젊은이, 방학을 맞아 집에 온 건가? 이야, 훌쩍 커서 어른이 다 되었군그래."

나는 조금 쌀쌀맞게 악수를 했다. 오지 말걸 후회가 됐다.

"내가 진한 차를 한잔 타 줄게." 드리필드 부인이 말했다.

"차는 이미 마셨어요."

"한 잔 더 마시지그래." 조지 경이 마치 이 집의 주인인 양 말했다.(참으로 그자다운 언행이었다.) "자네처럼 덩치 큰 친구라면 잼과 버터를 바른 빵 하나쯤은 언제든 뚝딱 해치울 게 아닌가. 게다가 우리 안주인께서 고운 손으로 손수 한 조각 잘라 주실 테니."

찻상이 아직 그대로였고 그들은 탁자에 둘러앉아 있었다. 내가 앉을 의자가 마련되었고 드리필드 부인이 내게 케이크를

---

24) "내가 너희에게 말하노니 불의의 재물로 친구를 사귀라. 그리하면 그 재물이 없어질 때 그들이 너희를 영주할 처소로 영접하리라."라는 「누가복음」 16장 9절의 내용.

한 조각 잘라 주었다.

"테드에게 노래 한 곡 불러 보라고 청하던 참이었지." 조지 경이 말했다. "부탁하네, 테드."

"「군인의 일생」을 불러, 테드." 드리필드 부인이 말했다. "난 그게 좋더라."

"아니, 「우리는 그 남자로 바닥을 닦았네」 불러 보게."

"그러면 두 곡 다 부르는 수가 있어." 드리필드가 말했다.

드리필드는 작은 수형 피아노 위에 놓여 있던 벤조를 집어 들고는 음을 맞추고 노래를 부르기 시작했다. 그는 풍부한 바리톤의 음색을 가지고 있었다. 나는 사람들이 노래하는 광경에 상당히 익숙했다. 목사관에서 다과회가 열릴 때도 그랬고 소령이나 의사의 집에서 열리는 다과회에 가 봐도 사람들은 언제나 악보를 들고 왔다. 그들은 연주나 노래 요청을 바라지 않는다는 표시로 악보를 현관에 놓아두었지만 집주인은 차를 마신 후 그들에게 악보를 가져왔느냐고 물었다. 그들은 가져왔다고 수줍게 인정했고, 장소가 목사관이면 내가 그것을 가지러 가곤 했다. 이따금 젊은 아가씨가 이제 악기 연주는 그만두었고 아무것도 가져오지 않았다고 하면 그 어머니가 끼어들어 자기가 가져왔다고 말하곤 했다. 하지만 우스꽝스러운 노래를 부르지는 않았고 「나 그대에게 아라비아의 노래를 부르리」나 「잘 자요, 내 사랑」, 「내 마음의 여왕」 같은 곡들이었다. 마을 회관에서 매년 열리는 연주회 때 한번은 포목상 스미스슨이 웃기는 노래를 불렀는데 뒤쪽에 있던 사람들은 큰 박수를 보냈지만 신사 계층 사람들은 아무런 재미도 느끼지 못했다. 정말 재미가 없는 노래였을지도 모른다. 어쨌든 곡 선정에 신중을 기하라는 당부가 다음 연주회 전까지 이어지자 ("숙녀들도 참석하는 자리라는 것을 명심하세요, 스미스슨 씨.") 그는 결국 「넬슨의 죽음」을 불렀다. 드리필드가 부른 다음 곡에는 후렴구가 있어서 부목사와 조지 경이 힘차게 노래를 따라 불렀다. 이후 여러 차례 들었지만 지금 기억나는 것은 4절뿐이다.

먼저 우리는 그 남자로 바닥을 닦았네
그를 계단 위로 질질 아래로 질질
그다음엔 방 여기저기로 끌고 다녔네
탁자 밑으로, 의자 위로

노래가 끝났을 때 나는 예의를 차리느라 드리필드 부인에게 고개를 돌렸다.

"한 곡 부르실래요?" 내가 물었다.

"그럴까. 하지만 내 노래는 늘 엉망이라 테드가 부르지 말라고 해."

드리필드는 밴조를 내려놓고 파이프 담뱃대에 불을 붙였다.

"그나저나 책은 어떻게 되어 가나, 테드." 조지 경이 유쾌하게 말했다.

"오, 잘되어 가. 쓰고 있는 중일세."

"우리 착한 테드가 책을 다 쓰고 참." 조지 경이 웃음을 터뜨렸다. "때로는 진득하니 점잖은 일을 해 보면 어떻겠나? 내

사무실에 자리를 하나 마련해 주겠네."

"오, 난 괜찮아."

"그냥 놔둬, 조지." 드리필드 부인이 말했다. "이이는 글 쓰는 걸 좋아해. 그래서 내가 늘 하는 말이 있어, 이이가 행복하면 안 될 것 없지 않느냐고."

"뭐, 내가 책에 대해 잘 안다는 얘기는 아니고." 조지 경이 말했다.

"그럼 말하지 말게." 드리필드가 웃는 얼굴로 끼어들었다.

"「페어헤이븐」을 쓴 작가라면 부끄러워할 필요가 없지." 갤러웨이 씨가 말했다. "비평가들이 뭐라든 난 신경 안 써."

"이보게, 테드, 어릴 때부터 자네와 알고 지낸 내 입장에선 아무리 애써도 그걸 읽을 수가 없었네."

"아이, 왜들 이래, 책 이야기는 꺼내지 마." 드리필드 부인이 말했다. "우리랑 같이 노래 한 곡 더 불러, 테드."

"난 그만 가 보겠네." 부목사가 말했다. 그는 내게 고개를 돌렸다. "둘이 같이 걸어가면 되겠군. 내가 읽을 만한 것 좀 없나, 드리필드?"

드리필드는 구석 탁자 위에 쌓인 새 책 더미를 가리켰다.

"골라 봐."

"세상에, 많기도 하네!" 나는 그것들을 탐욕스럽게 쳐다보며 말했다.

"오, 모두 쓰레기야. 내게 서평을 써 달라고 보낸 것들이지."

"이거 다 어떻게 할 거예요?"

"터캔베리에 가져가서 팔아야지. 고깃값에 보탬이 될 거야."

둘이 같이 그 집을 나설 때 부목사는 책 몇 권을 팔 밑에 긴 채 내게 물었다.

"숙부님한테 말씀드리고 여기 온 거야?"

"아뇨, 산책하러 나왔다가 갑자기 생각나서 들렀어요."

물론 이것은 사실과 거리가 멀었다. 하지만 이제 나는 사실상 어른이라 할 수 있는데도 숙부가 여전히 깨닫지 못하고 본인이 못마땅해하는 사람들은 나도 만나지 못하게 한다는 것을 부목사에게 밝히고 싶지 않았다.

"네가 말씀드릴 수밖에 없다면 모를까 그렇지 않으면 나는 아무 말 하지 않을게. 드리필드 부부는 괜찮은 사람들이지만 네 숙부님이 별로 탐탁지 않게 여기시니까."

"알아요." 나는 말했다. "어이없는 노릇이죠."

"물론 저속한 사람들이긴 한데 그의 소설은 그렇게 형편없지 않아. 게다가 출신을 생각하면 글을 쓰는 것 자체가 대단하지."

나는 돌아가는 형세를 파악하고 마음이 놓였다. 갤러웨이 씨는 드리필드 부부와의 친분을 숙부에게 들키고 싶지 않은 것이 분명했다. 그런 그가 내 이야기를 발설할 리 없었다.

숙부의 부목사가 오랫동안 후기 빅토리아 시대의 최고 소설가로 인정받고 있는 작가를 아랫사람처럼 대하던 것을 생각하면 실소가 터질 일이지만 당시 블랙스터블에서는 대부분 그를 그렇게 대접했다. 한번은 우리가 그린코트 부인의 집에 차를 마시러 갔을 때 일이다. 그때 그 집에 부인의 사촌이 묵고 있었는데 옥스퍼드 대학교 교수의 아내였다. 들기로는 고등 교육을 받은 여자라고 했다. 그녀는 인컴 부인으로 몸집이 작고 주름진 얼굴이 진지한 여자였다. 짧게 자른 반백의 머리와 앞코가 네모난 부츠 상단까지만 덜렁 내려온 검은색 서지 치마에 우리는 크게 놀랄 수밖에 없었다. 그녀는 블랙스터블에 등장한 신여성의 첫 사례였다. 우리는 휘청하고는 즉시 방어 태세를 취했다. 그녀가 풍기는 지성인의 면모에 우리 자신이 부끄럽게 느껴졌다.(이후에는 모두들 그녀를 비웃었고, 숙부는 숙모에게 이렇게 말했다. "당신이 그렇게 똑똑하지 않으니 망정이지 하마터면 나도 그 꼴을 당할 뻔했지 뭐요." 숙모는 따뜻하게 덥히려고 난롯가에 놓아둔 숙부의 슬리퍼를 당신 부츠에 대더니 말했다. "이래 봬도 나 신여성이에요." 이후에는 모두들 이렇게 말했다. "그린코트 부인 참 재밌어. 도무지 다음을 예상할 수 없다니까. 어차피 별 볼일 없겠지만." 우리는 그 아버지가 도자기를 제작하고 할아버지는 공장 일꾼이었다는 것을 잊기 힘들었다.)

하지만 인컴 부인이 들려주는 지인들의 이야기는 우리 모두의 흥미를 끌었다. 숙부도 옥스퍼드 출신이었는데 숙부가 묻는 사람들은 전부 세상을 뜬 것 같았다. 인컴 부인은 험프리 워드 부인을 안다면서 『로버트 엘즈미어』[25]를 칭찬했다. 숙부는 그것을 몹쓸 작품이라고 생각하던 차에 자칭 기독교도라는 글래드스톤 씨가 호평하자 몹시 놀랐다. 그들은 그 책을 두고 상당한 논쟁을 벌였다. 숙부는 그것이 사람들의 의견

---

25) 종교는 인류에 봉사할 때만 의의가 있다는 주제 의식으로 논란을 일으켰던 소설.

을 분열시키고 차라리 모르는 게 나을 온갖 생각들을 퍼뜨린다고 말했다. 인컴 부인은 숙부가 워드 부인을 안다면 절대 그런 생각은 못 할 거라고 대꾸했다. 워드 부인은 인품이 대단히 고상하며 매슈 아널드 씨의 조카딸이고 숙부가 어떻게 생각하든(인컴 부인도 몇 군데는 삭제하는 편이 낫겠다고 인정했다.) 워드 부인이 대단히 훌륭한 동기에서 쓴 것은 분명하다고 했다. 인컴 부인은 브로턴 양과도 아는 사이였고, 집안이 아주 좋은 여자가 왜 그런 책을 쓰는지 이상한 일이라고 말했다.

"그것들이 해롭다는 생각은 들지 않던데요." 의사의 아내인 헤이포스 부인이 말했다. "나는 재미있게 읽었어요. 특히 『장미처럼 붉은 그녀』가 좋더라고요."

"따님들에게 읽으라고 권하실 수 있겠어요?" 인컴 부인이 물었다.

"당장은 말고요." 헤이포스 부인이 말했다. "하지만 딸들이 결혼하고 나면 반대하지 않을 생각이에요."

"그렇다면 이건 어떨까요." 인컴 부인이 말했다. "제가 지난 부활절에 피렌체에서 소개받은 작가가 있어요. 위다[26]라고."

"그건 좀 다른 문제죠." 헤이포스 부인이 대답했다. "숙녀가 되어 가지고 어떻게 위다의 책을 읽을 수 있겠어요."

"나는 호기심에 한 권 읽었어요." 인컴 부인이 말했다. "영국의 숙녀라기보다는 프랑스 남자가 쓴 소설 같아요."

---

26) Ouida(1839~1908). 상류 사회를 배경으로 멜로드라마풍 소설을 쓴 여류 소설가.

"오, 그런데 그 여자는 정말 영국인이 아니잖아요. 듣기로는 본명이 '마드무아젤 드 라 라메'인가 그랬어요."

그때 갤러웨이 씨가 에드워드 드리필드 이야기를 꺼냈다.

"여기도 작가가 한 명 살아요." 그가 말했다.

"그 사람은 그다지 자랑거리는 아니지요." 소령이 말했다. "울프 양의 예전 관리인의 아들인 데다 술집 여급이랑 결혼했어요."

"그 사람이 글을 쓴다고요?" 인컴 부인이 물었다.

"그 사람이 신사가 아니라는 건 금세 알 수 있습니다." 부목사가 말했다. "하지만 극복해야 했던 불리한 환경들을 생각하면 글을 쓰는 것만으로도 대단하죠."

"윌리의 친구랍니다." 숙부가 말했다.

모두들 나를 쳐다보았고, 나는 몹시 곤란한 지경에 처했다.

"지난여름에 그들과 같이 자전거를 타고 다녔지요. 윌리가 학교로 돌아가고 나서 대체 무슨 책인가 싶어 그 사람 책을 도서관에서 빌렸어요. 첫 권을 읽고는 그냥 반납해 버렸습니다. 사서에게 항의 편지를 보냈고, 사서한테 그것을 대여 목록에서 뺐다는 답장을 받았어요. 그것이 내 소유의 책이었다면 즉시 부엌 아궁이에 던져 넣었을 겁니다."

"나도 그 사람 책을 하나 훑어본 적이 있어요." 의사가 말했다. "이곳이 배경이라 흥미롭던데요. 몇몇 사람들은 알아보겠더군요. 하지만 좋다고는 말할 수 없었어요. 지나치게 저속했거든요."

"나도 그 점을 그에게 지적했어요." 갤러웨이 씨가 말했다.

"그랬더니 그 사람 말이 뉴캐슬로 올라가는 석탄선의 사내들과 어부들, 농장 일꾼들은 신사나 숙녀처럼 행동하지 않는다는 거예요."

"아니 굳이 왜 그런 인물들에 대해 쓰냐고?" 숙부가 말했다.

"내 말이 그거예요." 헤이포스 부인이 말했다. "세상에 저속하고 사악하고 악랄한 사람들이 있다는 걸 모르는 사람이 없는데 그런 사람들의 이야기를 써서 무슨 도움이 되겠어요."

"그 사람을 옹호할 생각은 없습니다." 갤러웨이 씨가 말했다. "그저 당사자에게 들은 대로 그가 설명한 것을 전할 뿐입니다. 물론 그 사람은 디킨스 이야기를 꺼내기도 했어요."

"디킨스는 많이 다르지." 숙부가 말했다. "「피크윅 클럽 여행기」를 싫어할 사람은 없잖은가."

"그건 취향의 문제 아니겠어요." 숙모가 말했다. "나는 항상 디킨스가 참 저속하게 느껴졌거든요. h 발음도 똑바로 못 하는 사람들의 이야기는 읽고 싶지 않아요. 요새 날씨가 많이 궂어서 윌리가 드리필드 씨와 어울려 자전거를 타지 않으니 얼마나 다행인지 몰라요. 그 사람은 윌리가 알고 지낼 만한 사람은 아닌 것 같아요."

갤러웨이 씨와 나는 둘 다 눈을 내리깔았다.

9

블랙스터블에서 지루한 크리스마스 행사가 열릴 때면 나는 회중 교회 옆에 자리한 드리필드의 작은 집을 찾아갔다. 갈 때마다 조지 경은 늘 있었고 갤러웨이는 종종 있었다. 갤러웨이와 나는 침묵의 공범으로서 친구가 되어 목사관이나 예배 후 제의실에서 마주치면 눈썹을 쓱 추켜올리며 서로를 쳐다보았다. 우리는 우리의 비밀에 대해 이야기를 나누지는 않았지만 그것을 즐기고 있었다. 둘 다 숙부를 조롱하는 데서 꽤나 큰 만족감을 느꼈던 것 같다. 하지만 거리에서 숙부와 마주친 조지 켐프가 나를 드리필드네 집에서 자주 만난다고 무심코 말하면 어쩌나 걱정도 되었다.

"조지 경은 어떡하죠?" 내가 갤러웨이 씨에게 말했다.

"아, 내가 다 손을 써 놨지."

우리는 큭큭 웃었다. 나는 슬슬 조지 경이 좋아지기 시작했다. 처음에는 아주 차갑게 굴면서 그를 깍듯이 대했지만, 그가 우리의 신분 차이를 전혀 의식하지 않았기 때문에 내가 아무리 거만하게 예의를 차려 봤자 자신의 위치를 알 리 없다는 결론에 도달했다. 그는 항상 친근하고 태평하고 활기찼다. 그가 저속하게 나를 놀려 대면 나는 고등학생의 재치로 받아쳤다. 우리는 모두를 웃게 만들었고, 그를 대하는 내 태도는 자연히 부드러워졌다. 그는 본인의 포부를 끝도 없이 자랑하면서도 내가 그 거창한 상상력을 놀리면 내 농담을 기분 좋게 받아 주었다. 그가 하는 말을 들으면 블랙스터블의 멋쟁이 귀족들이 꼭 바보들 같아서 그렇게 재미날 수가 없었다. 그가 그들의 특이한 버릇을 흉내 낼 때마다 나는 웃음보가 터졌다. 그는 능청스럽고 저속했으며, 옷차림은 늘 기가 찼다.(나는 뉴마켓[27]에 간 적도 말 조련사를 본 적도 없었지만 뉴마켓의 말 조련사가 어떤 복장일지 알 것 같았다.) 식사 예절도 엉망이었는데 나는 갈수록 그것이 크게 거슬리지 않았다. 그가 매주 럭비 주간지를 주면 나는 그것을 외투 주머니에 잘 숨겨 집으로 가져와 침대에서 읽었다.

나는 늘 목사관에서 차를 마시고 나서야 드리필드의 집에 갔지만 거기서도 되도록 차를 마셨다. 차를 마시고 나면 테드 드리필드는 우스꽝스러운 노래를 불렀다. 노래를 부르면서 벤조를 퉁기거나 피아노를 치기도 했다. 근시였기 때문에 악보

---

27) 경마로 유명한 잉글랜드 남동부 도시.

를 뚫어져라 쳐다보았고 한번 노래하면 한 시간씩 불렀다. 입가에 늘 미소가 어려 있었고 다 같이 후렴구를 합창하는 것을 좋아했다. 우리는 휘스트[28]를 했다. 나는 휘스트를 꼬마 때 배웠다. 기나긴 겨울 저녁에 숙부와 숙모하고 목사관에서 휘스트를 자주 했는데 숙부는 항상 더미[29]와 편을 먹었다. 재미로 한 게임이었지만 숙모랑 내가 지면 나는 식당 탁자 밑에 들어가 울곤 했다. 테드 드리필드는 영 소질이 없다면서 카드놀이는 하지 않았다. 우리가 휘스트를 시작하면 그는 난롯가에 앉아 연필을 들고 런던에서 배달된 서평용 책들을 읽었다. 나는 세 사람과 하는 휘스트는 처음이었고 잘하지도 못했지만 드리필드 부인은 카드놀이에 천부적 재능이 있었다. 평소 행동이 신중한 그녀가 카드놀이만 하면 신속하고 기민했다. 머리싸움에서 나머지 우리를 능가했다. 평소에는 말이 많지 않고 말투도 느렸는데 한 판이 끝나고 좋은 뜻에서 내 실수를 지적할 때는 말이 명료하고 유려했다. 조지 경은 모두에게 그러듯 그녀도 놀려 먹었다. 그녀는 소리 내어 웃는 일이 좀체 없었기 때문에 그의 우스갯소리에 그저 미소를 지었고 가끔씩 깔끔하게 받아쳤다. 그들은 애인이라기보다 허물없는 친구처럼 행동했다. 만약 그녀가 가끔 그에게 짓는 표정을 보고 당황하지 않았더라면 나는 그들에 대한 소문도, 직접 목격한 장면까지도 잊어버렸을 것이다. 그녀의 시선은 남자가 아닌 의자

---

28) 브리지 게임의 전신으로 네 명이 둘씩 편을 먹고 하는 카드놀이.
29) 휘스트 게임에서 공개하는 패.

나 테이블을 보듯 그에게 조용히 머물렀고, 그 눈에는 짓궂고 천진한 미소가 어려 있었다. 그러면 그의 얼굴이 갑자기 부풀어 오르면서 불편한 듯 그가 의자에서 몸을 꿈지럭거리는 것이 보였다. 나는 부목사가 눈치채면 어떡하나 싶어 얼른 부목사를 쳐다보았지만 부목사는 카드에 정신이 팔렸거나 파이프 담뱃대에 불을 붙이고 있었다.

담배 연기가 자욱한 덥고 비좁은 방에서 거의 매일 한두 시간씩 지내다 보니 시간이 번개처럼 흘러 방학이 끝나 갔다. 앞으로 석 달간 학교에서 따분하게 지낼 생각을 하니 기운이 다 빠졌다.

"네가 없으면 우린 어떡한다니." 드리필드 부인이 말했다. "더미 게임이나 해야지 뭐."

나는 나의 부재와 함께 카드놀이도 끝나리라는 것을 알고 기분이 좋았다. 내가 자율 학습을 하는 동안 이들이 나를 까맣게 잊고 그 작은 방에 둘러앉아 재미나게 노는 것은 싫었다.

"부활절 방학이 얼마나 길지?" 갤러웨이 씨가 물었다.

"삼 주쯤 돼요."

"그때 재미나게 놀면 되겠다." 드리필드 부인이 말했다. "날씨가 좋을 테니까 아침에 자전거를 타고 와서 차 마시고 휘스트 하자. 너 실력이 많이 늘었어. 이번 부활절 방학 때 일주일에 서너 번씩 하고 나면 앞으로 누구랑 게임을 하든 끄떡없을 거야."

10

드디어 학기가 끝났다. 블랙스터블역에서 기차 밖으로 나오자 기분이 끝내주게 좋았다. 그새 나는 조금 더 자랐다. 터캔베리에서 새 정장을 한 벌 맞추었고 넥타이도 하나 새로 장만했다. 차를 마시자마자 곧장 드리필드네 집으로 달려갈 생각이었다. 제때 배달이 되었다면 새 양복을 입고 갈 수 있겠구나 싶었다. 그 옷을 입으면 상당히 어른처럼 보였다. 콧수염을 기르려고 밤마다 윗입술 위쪽에 바셀린을 바르고 있었다. 시내를 지날 때는 드리필드 부부가 보일까 싶어 그들이 사는 집 쪽을 쳐다보았다. 마음 같아서는 그 집에 들러 인사를 하고 싶었지만 오전에 드리필드는 글을 썼고 드리필드 부인은 남 앞에 모습을 드러내지 않았다. 그들에게 들려줄 흥미진진한 이야기가 많았다. 체육 대회에서 100야드[30] 달리기 예선을 통

과한 데다 장애물 달리기는 2등을 차지했다. 하절기 역사 과목 우등상을 노리고 있었기 때문에 이번 방학에는 잉글랜드의 역사를 열심히 파 볼 생각이었다. 동풍이 불었지만 하늘은 파랗고 봄기운이 감돌았다. 바람에 빛깔이 선명해진 시가지는 새 펜으로 그은 듯 윤곽이 또렷해서 새뮤얼 스콧의 그림처럼 조용하고 순진하고 아늑해 보였다. 이것은 지금 돌이켜 보니 드는 생각일 뿐이고 그때는 그저 평소 블랙스터블의 시가지로 보였다. 철도교에 갔을 때 건축 중인 집이 두세 채 보였다.

"세상에." 나는 말했다. "조지 경이 짓고 있나 본데!"

저쪽 들판에 작고 하얀 양들이 뛰놀았다. 느릅나무들은 이제 막 초록 옷을 갈아입기 시작했다. 나는 옆문을 통해 집 안으로 들어갔다. 숙부는 난롯가 팔걸이의자에 앉아 《더 타임스》를 읽고 있었다. 내가 숙모를 소리쳐 부르자 숙모가 아래층으로 내려왔다. 숙모는 나를 보고 수척한 양쪽 뺨이 발그레해지도록 흥분해 노쇠하고 마른 두 팔을 내 목에 두르더니 지극히 당연한 말을 했다.

"어른이 다 됐구나! 어머나 세상에, 곧 콧수염도 나겠어!"

나는 숙부의 벗어진 이마에 입을 맞추고는 벽난로 앞에 섰다. 두 다리를 벌리고서 벽난로를 등지고 있었다. 완전히 다 자라 성인이 된 것 같아 약간 우쭐거리는 기분마저 들었다. 그리고 2층으로 올라가 에밀리에게 인사를 하고 부엌에 가서 메리앤과 악수한 뒤 정원사를 보러 밖으로 나갔다.

---

30) 91미터에 해당한다.

나는 배가 고파 식탁에 앉았다. 숙부가 양고기 다리를 자를 때 나는 숙모에게 물었다.

"그동안 무슨 일 없었어요?"

"대단한 일은 없었다. 그린코트 부인이 육 주 동안 망통에 내려갔다가 며칠 전에 돌아왔어. 소령님이 통풍을 앓으셨고."

"네 친구 드리필드 부부는 달아났단다." 숙부가 덧붙였다.

"뭐가 어쨌다고요?" 내가 외쳤다.

"달아났어. 어느 날 밤 짐을 싸서 그냥 런던으로 올라가 버린 거야. 여기저기 외상을 깔아 놓고, 집세도 안 내고, 가구값도 안 내고 말이다. 해리스 고깃간에는 외상값이 30파운드는 된다더라."

"어떻게 그런 일이." 나는 말했다.

"그뿐이 아니야." 숙모가 말했다. "부렸던 하녀 봉급도 석 달치나 밀린 모양이더라."

나는 아연실색했다. 토할 것처럼 속이 울렁거렸다.

"앞으로는 말이다……." 숙부가 말했다. "좀 더 현명하게 처신해서 네 숙모와 내가 탐탁지 않게 여기는 사람과는 어울리지 않도록 해라."

"돈을 떼인 사람들이 가엾어서 어쩐다니." 숙모가 말했다.

"당해도 싸지." 숙부가 말했다. "그런 사람들을 믿은 대가야! 한눈에 사기꾼들이라는 걸 알아챘어야지."

"그들이 왜 여기까지 내려왔는지 난 늘 그게 궁금했어요."

"뽐내고 싶었던 거지. 그리고 여기서는 사람들과 안면이 있으니까 외상을 더 쉽게 질 수 있겠다고 생각했을 테고."

나는 그것이 억측이라고 생각했지만 너무 상심해 따질 정신이 없었다.

나는 기회가 나자마자 메리앤에게 자초지종을 묻고 아는 대로 말해 달라고 했다. 놀랍게도 메리앤은 이 일에 대해 숙부와 숙모하고 전혀 다른 반응을 보였다. 그녀는 깔깔 웃었다.

"모두들 아주 깜빡 속았지 뭐예요." 그녀가 말했다. "돈을 거침없이 쓰니까 모두들 그 사람들의 형편이 넉넉한 줄 안 거죠. 고기를 사면 최고급 목살로 사고, 스테이크도 쇠고기 안심 이하로는 안 먹었어요. 아스파라거스니 포도니 셀 수도 없어요. 가게마다 외상이 쫙 깔렸다니까요. 사람들이 어쩜 그리 바보 같은지 모르겠어요."

하지만 그것은 장사꾼들의 사정이지 드리필드 부부의 이야기는 아니었다.

"그런데 어떻게 아무도 모르게 도망을 갔지?" 내가 물었다.

"다들 그걸 궁금해하고 있어요. 조지 경이 그들을 도와주었을 거라고 하던데요. 그 사람이 마차로 옮겨 주지 않았으면 어떻게 짐을 역까지 가져갔어요?"

"조지 경은 뭐라고 그러는데?"

"자기가 어떻게 아느냐고, 아무것도 모른다고 하죠. 사람들이 드리필드 부부가 야반도주했다는 걸 알고는 아주 난리가 났었거든요. 난 웃음이 나더라고요. 조지 경은 그 부부가 무일푼인 줄 몰랐다면서 다른 사람들처럼 자기도 놀랐다고 발뺌이죠. 하지만 나는 그 사람 말을 한마디도 못 믿겠어요. 결혼 전 그 사람과 로지의 관계는 모두가 아는 사실이잖아요. 우리끼리니까 하는 말인데 로지가 결혼했다고 둘의 관계도 거기서 끝이 났을지 난 의문이에요. 지난여름에는 둘이 들판을 거니는 걸 본 사람들이 있어요. 그 남자는 거의 매일 그 집에 드나들었고요."

"사람들은 어떻게 알게 된 거야?"

"어떻게 된 거냐면 그들이 하녀를 데리고 있었거든요. 하녀에게 집에 가서 하룻밤 어머니랑 같이 자고 이튿날 아침 8시까지 돌아오라고 한 거죠. 아침에 하녀가 돌아와 보니까 집 안으로 들어갈 수가 없더래요. 문을 두드리고 초인종을 울려도 아무도 나오지 않아 옆집에 가서 그 집 안주인에게 어쩌면 좋냐고 했더니 그 안주인이 경찰서에 가 보라고 한 거예요. 하녀가 데려온 경찰이 문을 두드리고 초인종을 눌렀지만 아무런 응답이 없었어요. 경찰이 봉급은 받았느냐 물으니까 하녀는 못 받았다, 석 달 치가 밀렸다 그랬고, 경찰이 내 말 믿어라, 그들은 야반도주한 거다 한 거죠. 그러고 나서 안에 들어가 보니까 옷이며 책이며, 테드 드리필드가 책이 그렇게나 많았다는데 하여튼 가진 걸 몽땅 가지고 사라졌더래요."

"그 후로 아무런 소식도 없었어?"

"없긴, 있었죠. 그들이 사라지고 나서 일주일쯤 됐을 때 그 하녀가 런던에서 편지를 한 통 받았어요. 열어 보니까 글은 없고 밀린 봉급이 우편환으로 들어 있더래요. 그래도 불쌍한 하녀의 돈을 떼먹지 않았으니 딴에는 하느라고 한 거예요."

그러나 내가 받은 충격은 메리앤보다 훨씬 더 컸다. 나는 체면을 중시하는 청춘이었다. 독자들은 눈치채고도 남았겠지만 나는 내 계급의 관습을 자연법처럼 따랐다. 책에 나오는 어마어마한 빚은 차라리 낭만적으로 느껴졌고 빚쟁이나 대금업자야 익히 상상한 인물들이었지만 가게 외상값을 떼먹다니 비열하고 쩨쩨한 짓이라는 생각이 들 수밖에 없었다. 그래서 사람들이 내 앞에서 드리필드 부부의 이야기를 하면 심란하게 듣고만 있었고, 그들과 친구가 아니었냐고 누가 물으면 "기가 차서! 그냥 좀 알고 지냈을 뿐이에요." 했다. 또 누가 "아주 천박한 사람들 아니에요?" 하고 물으면 "귀족31)처럼 굴지는 않았어요." 하고 대답했다. 가엾은 갤러웨이 씨는 몹시 분개했다.

"물론 나도 그들이 부유하다고 생각한 건 아니야." 그가 말했다. "하지만 먹고살 정도는 된다고 생각했어. 집 안에 아주 좋은 가구들이 있었고 피아노도 새것이었거든. 그들이 한 푼도 치르지 않았을 줄은 상상도 못 했지. 그들은 돈을 아끼는 법이 없었어. 내가 속상한 건 말이야, 기만당했다는 거야. 그들과 꽤나 자주 만났고, 그들이 나를 좋아하는 줄 알았어. 항상 환영해 주었으니까. 이런 말 하면 믿기지 않겠지만 마지막으로 만난 날 나와 악수를 나누면서 드리필드 부인은 나더러 내일 또 오라고 했고, 드리필드는 이렇게 말했어. '내일 차 마실 때 머핀이 나올 걸세.' 그때 이미 모든 짐을 2층에 싸 놓고 바로 그날 밤 런던행 막차를 탔던 거야."

"조지 경은 뭐라고 하는데요?"

---

31) 원문의 Vere de Veres는 영국 시인 앨프리드 테니슨의 시 「Lady Clara Vere de Vere」에서 따온 말로 귀부인 클라라의 성씨다.

"솔직히 말하면 요즘 난 그자와 만나는 게 달갑지 않아. 하나 깨달은 바가 있거든. '나쁜 동무'에 대한 짧은 격언[32]을 가슴에 깊이 새겼지."

나 역시 조지 경에 대해 같은 심정이었고 조금 불안하기도 했다. 만약 그자가 작심하고 내가 크리스마스 방학 때 거의 매일 드리필드를 보러 갔었다고 사람들에게 말한다면, 그래서 그 말이 숙부의 귀에 들어간다면 야단이 날 것은 불 보듯 뻔했다. 숙부는 기만이니 변명이니 반항이니 신사답지 못한 행동이니 하면서 나를 꾸짖을 테고, 나는 제대로 대꾸조차 못 할 것이다. 내가 아는 숙부는 그 문제를 거기서 끝내지 않고 나의 허물을 두고두고 지적할 사람이었다. 나는 조지 경을 만나지 않은 것이 천만다행이라고 생각했다. 하지만 어느 날 시가지에서 그와 정면으로 마주치고 말았다.

"안녕, 젊은이!" 그는 내가 질색하는 호칭으로 나를 불렀다. "방학이라 돌아왔나 보군."

"참 잘도 아는군요." 내 딴에 지지 않으려고 나는 비꼬아 대꾸했다.

안타깝게도 그는 호탕하게 웃어 젖힐 뿐이었다.

"서슬이 하도 퍼래서 조심하지 않으면 본인이 베이겠어." 그는 유쾌하게 대꾸했다. "자, 자네나 나나 휘스트는 물 건너갔네. 이제 자네도 분수에 넘치게 생활하면 어떻게 되는지 알겠

---

32) 「고린도 전서」 15장 33절의 "나쁜 동무가 좋은 습성을 망친다."라는 구절을 이르는 말.

지. 내가 아들들에게 늘 하는 말이 있어. 1파운드 벌어서 19실 링 6펜스를 쓰면 부자가 되지만 20실링 6펜스를 쓰면 가난뱅이가 된다. 작은 돈을 아끼게, 젊은이, 그럼 돈이 떨어질 일은 없을 거야."

말은 그렇게 해도 불쾌한 기색은 없었다. 오히려 자꾸 큭큭 웃어 대는 꼴이 속으로 이 훌륭한 금언을 비웃는 것 같았다.

"사람들이 그러는데 도망가는 걸 당신이 도와주었다면서요?" 나는 그에게 물었다.

"내가?" 그의 얼굴은 지극히 놀라는 표정을 지었지만 눈은 능글능글한 웃음기로 반짝거렸다. "사람들이 나를 찾아와 그들이 야반도주했다고 했을 때 나야말로 기절할 뻔했는걸. 나도 석탄값 4파운드 17실링 6펜스를 못 받았네. 우리 모두가 깜빡 속아 넘어간 거야, 차랑 머핀을 대접받지 못한 갤러웨이 씨까지도."

내 눈에 조지 경이 이때보다 더 능글맞게 보인 적은 없었다. 나는 그의 코를 납작하게 만들 결정타를 날리고 싶었지만 아무 말도 생각나지 않아 그만 가 보겠다고 말하고는 고개만 한 번 딱딱하게 까딱거린 뒤 자리를 떴다.

11

나는 지난날을 곱씹으며 앨로이 키어를 기다렸다. 노년에 엄청난 명예를 누린 에드워드 드리필드가 무명 시절 저지른 어이없는 사건을 생각하니 킁킁 웃음이 났다. 그동안 평론가들이 그의 놀라운 가치를 극찬해도 내가 인정하지 않았던 것은 어린 시절 내 주변 사람들에게 하찮은 작가로 취급받던 그가 내 기억 속에 남아 있기 때문은 아닐까 생각해 보았다. 그는 문장력이 형편없다는 평가를 오랫동안 받았다. 그의 글은 마치 뭉툭한 몽당연필로 쓴 글 같은 인상을 주었다. 정통과 비속이 어수선하게 뒤섞인 문체가 부자연스러웠고, 대화는 인간의 입에서 나올 법한 것이 아니었다. 구술로 글을 썼던 후반기 작품에 가서야 자연스러운 대화체가 나오면서 유려하고 명료한 문체가 되었다. 원숙기에 쓰인 소설들로 돌아간 평론가들은 문체에서 상황과 절묘하게 어우러지는 불안하면서도 짜릿한 활력을 찾아냈다. 전성기는 미사여구가 한창 유행하던 시절과 맞물린다. 그의 작품에서 발췌한 묘사구는 영국의 모든 문집에 실려 있다. 봄을 맞이한 켄트 지방의 숲이나 템스강 하류의 석양, 바다를 묘사한 글이 유명한데 나는 그것들을 읽으면 매번 마음이 불편해지니 안타까운 일이다.

내가 젊었을 때만 해도 그의 책은 판매가 부진했고 그나마 한두 권은 도서관에서 대여가 금지되었지만 그를 추앙하는 강한 문화적 토대가 형성되었다. 그는 대담하고 사실주의적이라는 평을 받았다. 그는 속물들을 다스리기에 아주 좋은 몽둥이였다. 어떤 사람은 드리필드의 뱃사람과 농부가 셰익스피어적이라는 영감을 용케 떠올렸고, 유행을 선도하는 자들은 한자리에 모여 드리필드가 창조한 촌사람들의 무덤덤하고 맛깔나는 유머에 환호성을 올려 댔다. 이는 에드워드 드리필드가 어렵지 않게 배출하는 산물이었다. 나는 그를 따라 배의 선실이나 펍의 바에 들어갈 때마다 마음이 무거워졌다. 앞으로 대여섯 쪽에 걸쳐 인생과 윤리, 불멸에 대해 논하는 얄팍한 대화가 방언으로 이어질 것을 알았기 때문이다. 셰익스피어의 광대는 물론이고 이후 태어난 무수한 자손들을 늘 지루하게 생각하는 나로서는 어쩔 수 없는 일이었다.

드리필드의 힘은 뭐니 뭐니 해도 본인이 가장 잘 아는 농장주와 농장 일꾼, 점원, 바텐더, 범선 선장, 항해사, 요리사, 갑판원에 대한 묘사에 있었다. 자신보다 신분이 높은 인물들을 등장시킬 때는 그의 추종자마저 부족함을 느낄 수밖에 없었다.

그의 훌륭한 신사들은 지나칠 정도로 멋지고 귀부인들도 너무 선량하고 너무 순수하고 너무 고귀해서 다음절어로 위엄을 세우는 것 외에는 자신을 표현하지 못한다. 여자 인물들은 현실감이 없다. 하지만 어디까지나 나의 사견이라는 것을 다시 덧붙여 둔다. 대부분의 세상 사람들과 일류 비평가들은 그의 여성들이 매력적인 영국 여성의 전형으로서 활달하고 정중하며 숭고한 정신의 소유자라는 데 의견을 같이한다. 또한 그들은 셰익스피어의 여주인공들과 자주 비교되어 왔다. 그러나 여자들이 곧잘 변비에 걸린다는 것을 모르는 사람이 없거늘 소설에서 여자들을 항문이 없는 존재처럼 그리는 것은 기사도 정신의 과잉이라고밖에 안 보인다. 그런데도 여자들은 자기들을 그런 식으로 그리는 것을 좋아하니 나로서는 놀라울 따름이다.

평론가는 형편없는 작가에게 세상의 이목을 집중시킬 수 있고 세상은 전혀 가치 없는 자에게 열광할 수 있지만 두 경우 모두 오래가지는 못한다. 세상의 어떤 작가도 상당한 재능 없이 에드워드 드리필드처럼 오랫동안 대중을 사로잡기란 불가능하다고 봐야 한다. 선택된 자들은 대중성을 비웃는다. 그들은 대중성을 평범함의 증거로 치부하는 경향이 있으나 이는 후대 사람들의 선택이 한 시대의 무명작가들이 아니라 유명한 작가들 중에서 이루어진다는 점을 간과하는 것이다. 불후의 명작이 언론의 외면 속에 사장되는 일이 계속되어 왔을지 몰라도 후대 사람들은 그 존재를 알 길이 없다. 또한 후대 사람들이 지금의 베스트셀러를 모조리 폐기 처분하더라도 결국 무엇을 고른다면 지금의 베스트셀러 속에서 고를 수밖에 없는 것이다. 여하튼 에드워드 드리필드는 당선권 안에 있다. 내게 그의 소설은 지루하다. 너무 긴 데다 무딘 독자들의 흥미를 자극하려 동원한 멜로드라마적 사건들도 시시할 뿐이다. 다만 그에게는 진실성이 있다. 그의 최고 작품들에는 생동감이 어려 있고, 그의 글을 읽은 사람이라면 저자의 불가사의한 개성을 느낄 수밖에 없다. 초기에 그의 사실주의는 호평과 비난을 동시에 받았다. 평론가들은 각자의 성향에 따라 진실하다는 극찬 아니면 저속하다는 혹평을 내렸다. 그러나 이제 사실주의는 더 이상 논란의 대상이 아니다. 한 세대 전 도서관 이용자들은 격한 반감을 느꼈겠지만 현재의 도서관 이용자는 아무런 구애를 받지 않을 것이다. 이 내용을 읽고 있는 교양 있는 독자들은 드리필드가 죽었을 때《더 타임스》의 문학 특집에 실렸던 톱기사를 기억할 것이다. 이 기사의 필자는 드리필드의 소설을 소재로 미(美)의 찬가라 할 만한 글을 썼다. 그 글을 읽은 사람은 제러미 테일러[33]의 웅장한 산문을 연상시키는 고조된 문장의 종결, 찬양과 경건함, 그리고 꾸몄지만 과도하지 않고 감미로우나 나약하지 않은 문체의 고상한 감성에 감명을 받았을 것이다. 글 자체가 아름다운 작품이었다. 만약 누군가가 에드워드 드리필드는 해학이 넘치는 사람이었으니 농담을 곳곳에 곁들였으면 한결 경쾌한 부고 기사가 되었을

---

33) Jeremy Taylor(1613~1667). 실감 나는 비유와 생동감 넘치는 문체로 호평받았던 설교가 겸 문필가.

거라는 의견을 냈다면 추도문인데 별수 있겠냐는 대답이 돌아왔을 것이다. 알다시피 아름다움은 어설픈 유머의 행진을 기껍게 바라보지 않는다. 앨로이 키어는 내게 드리필드의 이야기를 하면서 흠결이 있다 해도 작품 전반에 흐르는 아름다움이 흠결을 만회한다고 주장했다. 그날 우리의 대화를 돌이켜보니 가장 거슬린 것은 바로 그 말이었던 듯하다.

삼십 년 전 문단의 화두는 단연 하느님이었다. 신앙은 바른길이었고, 기자들은 구절을 꾸미거나 문장의 균형을 맞추는 데 하느님을 활용했다. 그러다가 하느님이 물러나고(희한하게 크리켓과 맥주를 데리고 퇴장했다.) 판[34]이 등장했다. 수많은 소설의 풀밭 위에 판의 갈라진 발굽 자국이 찍혔고, 시인들은 석양이 내린 런던의 공용지에서 몸을 숨긴 판을 보았다. 문학작품 속 서리[35]의 여자들, 산업화 시대의 미녀들은 어찌 된 영문인지 판의 거친 포옹에 순결을 바쳤다. 그들의 정신세계는 예전과 전혀 같지 않았다. 하지만 판도 물러가고 지금은 아름다움이 득세했다. 사람들은 문장에서만 아니라 가자미, 개, 하루, 사진, 행동, 복장에서도 아름다움을 찾아낸다. 전도유망하고 훌륭한 소설을 써 온 젊은 여자들은 하나같이 정도의 차이만 있을 뿐 암시를 하든 열변을 토하든 강렬한 어조나 매력적인 어조로 아름다움에 대해 뇌까리고, 근래 옥스퍼드를 졸업했지만 여전히 그곳의 찬란한 기운을 간직한 젊은 남자들

---

34) 그리스 신화에서 상반신은 사람이고 하반신은 염소인 목신.
35) 런던 남서쪽 템스강 인근의 자연 경관이 뛰어난 지역.

은 예술과 인생, 우주를 논하는 주간지의 빽빽한 지면에 아름다움이라는 말을 무심코 던져 넣는다. 그 말은 딱할 만큼 너덜너덜해졌다. 하, 그들이 얼마나 조몰락거렸으면! 이상(理想)에는 많은 이름들이 붙어 있고 아름다움은 그중 하나일 뿐이다. 나는 이 아우성이 우리의 어마어마한 기계 문명에 안착하지 못한 사람들의 고통스러운 비명이 아닐까 싶다. 그들의 아름다움에 대한 열정, 이 부끄러운 시대의 소녀 넬[36]이 과연 감상주의 이상의 의미가 있을까. 삶의 스트레스에 더 잘 적응한다면 다음 세대는 현실 도피가 아닌 현실을 적극적으로 수용하는 것에서 영감을 찾을지도 모른다.

다른 사람들은 어떤지 모르겠지만 나는 아름다움을 숙고하는 것이 불가능한 일임을 알고 있다. 키츠가 쓴 시 「엔디미온」의 첫 구절[37]을 보면 키츠보다 더한 거짓말을 한 시인은 없을 듯하다. 아름다운 것이 마법 같은 감성을 불러일으킬 때마다 내 마음은 즉시 방황하기 시작한다. 사람들은 어떤 풍광이나 그림을 몇 시간씩 바라볼 수 있다고 말하지만 나는 그 말이 도무지 믿기지 않는다. 아름다움은 황홀감이고 배고픔만큼이나 단순하다. 이러쿵저러쿵 떠들 만한 거리가 아닌 것이다. 장미 향기와 같아서 한번 냄새를 맡으면 그것으로 끝이다. 이것이 예술 비평이 지루한 이유다. 아름다움과 무관한, 즉 예술과 무관한 내용이라면 모르겠지만. 세상의 모든 그림

---

36) 찰스 디킨스의 『골동품 상점』의 여자 주인공.
37) "아름다운 것은 영원한 기쁨이다.(A thing of beauty is a joy for ever)"

들 중에서 가장 순수한 아름다움을 가졌다고 할 만한 티치아노의 「그리스도의 매장」에 대해 모든 평론가들은 그저 가서 직접 보라고 말하면 된다. 그것 말고 더 할 말이 있다면 역사나 전기 정도뿐이다. 하지만 사람들은 아름다움에 다른 특성들 ─ 숭고함, 인간적 관심, 부드러움, 사랑 ─ 을 덧붙인다. 아름다움이 그들을 오래 만족시키지 않기 때문이다. 아름다움은 완벽하지만 완벽함은 (인간의 본성상) 사람들의 주의를 잠시 잡아 둘 뿐이다. 어느 수학자가 「페드르」[38]를 보고 나서 "케스크 사 프루브?"[39] 하고 물었다면 그가 아무리 평소 어리숙해 보였다고 해도 그리 바보는 아니다. 파에스툼[40]에 있는 도리아 양식의 신전이 시원한 맥주 한 잔보다 더 아름다운 이유를 설명할 수 있는 사람은 세상 어디에도 없다. 아름다움과 무관한 것들을 끌어낸다면 모를까. 아름다움은 막다른 골목이고, 한번 도달하면 어디로도 갈 수 없는 산봉우리다. 그것이 우리가 티치아노보다 엘 그레코에, 라신의 완전한 대작보다 셰익스피어의 불완전한 업적에 도취하는 이유다. 아름다움에 대한 글들이 너무 쏟아져 나왔다. 그래서 나도 조금 끼적여 보았다. 아름다움은 심미적 본능을 만족시킨다. 하지만 대체 누가 만족하기를 원하는가? 배부른 것이 진수성찬 못지않게 좋다는 말은 어리석은 자에게나 해당된다. 아름다움은 지루하다는 것을 직시해야 한다.

---

38) 라신의 5막극.
39) "Qu'est-ce que ça prouve?" 프랑스어로 '그게 어쨌다는 거요?'라는 뜻.
40) 그리스 유적으로 유명한 이탈리아의 고대 도시.

평론가들이 에드워드 드리필드에 대해 쓴 글은 물론 허풍이었다. 그의 뛰어난 가치는 작품에 활력을 부여하는 사실주의도 아니고, 작품에 깔린 아름다움도 아니며, 선원에 대한 그림 같은 묘사도 아니고, 염생 습지, 폭풍과 화창한 날, 아늑한 작은 마을에 대한 시적인 표현도 아니다. 그의 가치는 긴 수명에 있다. 노인을 공경하는 것은 인류가 가진 가장 바람직한 특성들 중 하나인데 이 특성은 다른 어느 나라보다 영국에서 뚜렷하다고 볼 수 있다. 다른 나라에서는 노인을 공경과 사랑으로 대하는 것이 정신적인 측면에 그치고는 하지만 여기서는 실질적으로 행해진다. 목소리를 잃은 늙은 프리마돈나의 노래를 듣겠다고 코번트 가든 극장을 가득 메우는 사람들이 영국인 말고 또 있을까? 너무 노쇠해서 한 다리를 다른 다리 앞에 잘 놓지도 못하는 무용수들의 춤을 돈을 내고 보러 와서는 "세상에, 그 남자가 예순이 훨씬 넘었다는 거 알아요?" 하고 막간에 주고받으며 감탄하는 사람들이 영국인들 외에 어디 있겠는가 말이다. 하지만 정치인이나 작가에 비하면 약과다. 내가 자주 생각하길 젊은 배우는 유달리 낙천적인 성향을 지니지 않고서야 일흔 살이면 본인은 배우의 생명이 끝날 터인데 정치인이나 작가는 그 나이에 전성기를 누리겠구나 하고 비통해하겠다는 것이다. 마흔 살에 정치인이었던 사람이 일흔 살이 되면 정치 거물이 된다. 너무 늙어 점원도 정원사도 즉결 심판 치안 판사도 못 하는 나이가 되어서야 한 나라를 다스릴 만큼 성숙해진다. 그럴 만도 한 것이 예로부터 노인들은 그들이 젊은이들보다 더 현명하다고 젊은이들을 끊임없이 세

뇌했고, 젊은이들은 그것이 허튼소리임을 깨달을 즈음엔 이미 늙은이가 되어 그 기만적 행태에 편승해 이익을 봐 왔다. 또한 정치인들의 세계에 발을 들여놓은 사람치고 국가를 다스리는 데 별다른 지능이 요구되지 않는다는 것을 모를 수가 없다.(결과만 봐도 판단이 가능하다.) 하지만 작가들은 왜 나이가 들어 갈수록 존경을 받아야 하는지 나는 오랫동안 의구심을 품어 왔다. 만약 이십 년째 주목할 만한 작품을 쓰지 못하는 노작가라면 경쟁자로서 젊은 작가들에게 아무런 위협이 되지 못하므로 그의 가치를 극찬해도 괜찮다는 점에서 합리적 찬사라는 생각을 한 적은 있다. 알다시피 두렵지 않은 경쟁자를 칭찬하는 것은 만만찮은 경쟁자를 견제하는 좋은 방법이다. 그러나 이는 인간성을 너무 폄하하는 시각일 수 있고, 싸구려 냉소주의라는 비판을 자초하고 싶은 생각은 없다. 곰곰이 숙고한 끝에 내린 결론은 이렇다. 평균 나이를 넘긴 노작가가 노년에 보편적으로 칭송받는 진짜 이유는 지식인들이 서른 살이 넘으면 글을 전혀 읽지 않기 때문이다. 나이가 들수록 젊었을 때 읽은 책들은 화려한 빛을 발하기 마련이니 그 책을 쓴 저자의 가치는 해마다 높아진다. 물론 계속 글을 쓰고 대중의 시선 안에 머무는 노작가여야 한다. 걸작을 한두 편 쓴 것으로 충분하다고 생각해서는 안 된다. 걸작들을 떠받칠 받침대로 변변찮은 작품을 사오십 편쯤 펴내야 한다. 시간이 걸리는 일이다. 매력으로 독자를 사로잡을 수 없다면 무게로 독자를 압도하겠다는 각오로 대량 생산을 해야 한다.

　내 생각대로 긴 수명이 천재성이라면 당대에 에드워드 드리필드만큼 긴 수명을 오래도록 뚜렷하게 누린 작가는 드물다. 1860년대에 그는 아직 젊은 나이였고(그와 함께 전진하던 지식인들은 그에게 아무런 영향을 주지 않았다.) 문단 내에서 겨우 인정을 받는 정도였다. 일류 비평가들은 그를 칭찬하면서도 미적지근했고, 젊은 사람들은 그를 마음껏 씹어 대는 경향이 있었다. 재능이 있다는 것은 누구나 동의하는 바였지만 그가 영국 문단의 거목들 중 하나로 우뚝 설 거라고 예상한 사람은 없었다. 그러다가 일흔 번째 생일을 맞이하자 동쪽 바다 저 멀리서 다가오는 태풍에 수면이 일렁이듯 문단에 파란이 일기 시작했다. 걸출한 작가가 내내 우리 곁에 있었는데 아무도 알아채지 못했다니. 다수의 도서관들이 드리필드의 책을 서둘러 주문했고, 블룸즈버리, 첼시 등 문필가들이 모인 곳에서는 수많은 펜들이 바삐 움직이며 평론, 연구, 수필 등 그의 소설에 대한 짧고 가벼운 글이나 길고 진지한 글을 쏟아 냈다. 그의 책들이 1실링, 3실링 6펜스, 5실링, 1기니에 전집과 선집으로 재출간됐다. 그의 문체가 분석되었고, 철학이 연구되었고, 기교가 해부되었다. 에드워드 드리필드가 일흔다섯 살이 되자 모두가 그를 천재로 인정했다. 그는 여든 살에 영국 문단의 거장이 되었고, 이 지위는 사망할 때까지 유지되었다.

지금 우리는 아무리 주변을 둘러봐도 그를 이을 마땅한 후계가 보이지 않아 아쉬워하고 있다. 아직 정정하면서 관심을 받고 있는 칠십 대 작가 몇 명이 손쉽게 그 빈자리를 차지할 생각인 모양인데 누가 봐도 그들은 뭔가가 부족하다.

장황하게 떠들었지만 이것들은 모두 내 머릿속에 잠시 떠올랐던 생각들이다. 지난날의 사건, 대화 한 토막이 두서없이 생각나서 독자들의 편의를 위해 내 머릿속도 정리할 겸 기록했다. 한 가지 놀라운 것은 까마득한 옛일이어도 사람들의 생김새와 그들이 나눈 대화의 골자는 또렷이 기억나는데 그들의 차림새는 기억이 희미하다. 물론 사십 년 전의 복장이, 특히 여자 옷이 지금과 많이 다르다는 것은 알지만, 그때 옷을 떠올리려 하면 실제로 본 것이 아니라 훨씬 나중에 본 그림과 사진을 떠올리게 된다.

그렇게 한가로이 공상의 나래를 펴고 있을 때 문 앞에 택시가 도착하는 소리와 초인종 소리, 지배인에게 나와 약속이 있다고 말하는 앨로이 키어의 우렁찬 목소리가 들려왔다. 그는 크고 당당하고 활기찬 모습으로 들어섰다. 그의 활력은 사라진 과거를 빚어 만든 나의 허약한 건축물을 단숨에 허물어뜨렸다. 그는 3월의 거센 바람처럼, 공격적이고 불가피한 현재처럼 등장했다.

나는 말했다. "누가 에드워드 드리필드의 뒤를 이어 영국 문단의 거장으로 등극할까 생각하던 참인데 마침 자네가 도착해 내 의문에 답을 해 주는군."

그는 호탕한 웃음을 터뜨렸지만 의심하는 빛이 언뜻 눈을 스쳤다.

"마땅한 사람이 없는 것 같네." 그가 말했다.

"자네는 어떨까?"

"아, 그것참! 나는 아직 쉰 살도 안 됐잖은가. 이십오 년만 더 기다려 주게." 그는 껄껄 웃었지만 예리한 눈으로 내 눈을 마주했다. "지금 나를 놀리는 건지 뭔지 잘 모르겠군." 별안간 그가 눈을 내리깔았다. "물론 누구나 가끔은 미래를 생각하지 않을 수 없지. 지금 정상에 있는 사람들은 나보다 열다섯에서 스무 살 정도 더 많아. 그들도 평생 살 수는 없으니 그들이 떠나면 누가 그곳에 있을까? 물론 올더스가 있지. 그는 나보다 상당히 젊긴 하지만 그리 건강하지 않고 더구나 건강을 잘 챙기는 것 같지도 않아. 어떤 천재가 갑자기 등장해 세상을 평정하는 사건 하나 없이 어찌 이십 년, 이십오 년이 흘러 세상이 나의 독무대가 되어 있기를 바라겠나. 그저 애쓰면서 남들보다 오래 살기만 하면 되는 거야."

로이는 강건한 몸을 집주인 여자의 팔걸이의자에 축 늘어뜨렸고, 나는 그에게 위스키소다를 건넸다.

"아니, 6시 전에 술은 안 마셔." 그가 말했다. 그는 내 주변을 둘러보았다. "셋집이 참 아늑하군."

"맞아. 그나저나 무슨 볼일로 찾아왔는가?"

"드리필드 부인의 초대 말인데, 자네와 그 이야기를 하는 게 좋을 것 같아서 왔네. 전화상으로 설명하기가 좀 곤란해서 말이지. 사실은 내가 드리필드의 전기를 쓰게 됐네."

"하! 왜 저번에는 그 말을 하지 않았나?"

나는 로이가 친근하게 느껴졌다. 그가 단지 나와 함께하는 시간이 좋아서 나를 오찬에 초대할 리 없다고 의심했는데 역시 그에 대한 내 판단이 틀리지 않았구나 싶었다.

"그때는 결정을 완전히 내리지 못한 상태였어. 드리필드 부인은 내가 꼭 해 주기를 간절히 바라고 있네. 물심양면으로 지원을 아끼지 않을 거야. 보유한 자료를 모두 내게 내줄 거고. 상당히 오랫동안 모은 자료들이지. 쉽지 않은 일이고, 물론 나로서는 절대 실패해서는 안 될 일일세. 하지만 잘해 내기만 한다면 큰 성과가 되겠지. 사람들은 때로는 진지한 글을 쓰는 소설가를 훨씬 더 존경한다네. 내 평론 작품들은 힘이 많이 들었고 전혀 팔리지 않았지만 난 단 한순간도 후회한 적 없어. 그것들이 아니었으면 결코 얻지 못했을 지위를 얻었지."

"꽤나 좋은 계획 같은데. 자네는 지난 이십 년간 어느 누구보다 드리필드와 가깝게 알고 지냈으니까."

"그렇긴 하지. 하지만 나와 처음 만났을 때 그는 이미 예순이 넘은 나이였어. 나는 편지로 그의 작품을 얼마나 좋아하는지 말했고 그가 나를 초대한 거지. 그런데 그의 인생 초반에 대해선 아는 것이 전혀 없어. 드리필드 부인이 그 시절에 대해 그에게 묻고 그가 한 말을 모두 꼼꼼히 기록해 두었고, 그가 가끔 썼던 일기가 있긴 해. 소설 중 많은 부분이 자전적인 내용이기도 하고. 다만 거대한 공백이 있네. 나는 이런 책을 쓰고 싶어. 읽으면 사람의 마음을 훈훈하게 만드는, 소소한 일화가 가득한 친밀한 삶. 여기에 그의 작품에 대한 철저한 평론을 끼워 넣는 거지. 물론 딱딱한 비평이 아니라 공감하고 탐색하는…… 절묘한 비평. 당연히 손이 많이 갈 테지만 드리필드 부인은 내가 할 수 있을 거라고 생각해."

"내 생각에도 자네는 할 수 있을 거야." 내가 거들었다.

"못할 것도 없지." 로이가 말했다. "나는 평론가이면서 소설가니까. 내가 문학적 소양이 있다는 건 분명해. 그런데 도와 줄 수 있는 사람들이 모두 나서서 돕지 않는다면 나는 할 수 있는 게 아무것도 없어."

전에도 들어 본 말이었다. 나는 무표정한 얼굴을 유지하려 애썼다. 로이가 몸을 앞으로 내밀었다.

"저번에 내가 드리필드에 대한 책을 쓸 생각이 있느냐고 물었을 때 자네는 그럴 생각이 없다고 했지. 그 생각 변함없나?"

"없어."

"그럼 자네의 자료를 내게 넘겨주는 것에 이의가 없겠군?"

"참 나, 그런 건 하나도 없다니까."

"오, 왜 이러나." 로이가 유쾌하게 말했다. 의사가 목구멍을 검진하기 위해 아이를 구슬리는 듯한 말투였다. "그분이 블랙스터블에 살았을 때 자주 만났을 거 아닌가."

"그때 나는 아이였어."

"그래도 색다른 경험 하나쯤 기억하고 있을 텐데. 에드워드 드리필드와 한 시간쯤 같이 있다 보면 특이한 개성을 느끼지 않을 수 없잖은가. 아무리 열여섯 살짜리 사내아이라도 모를 수가 없어. 게다가 자네는 또래의 평범한 사내아이들보다 더 관찰력이 좋고 세심했을 거야."

"과연 명성의 뒷받침이 없었어도 그의 성격이 비범한 것이었을지 난 의문인걸. 만약 자네가 간이 좋지 않아 온천 치료를 하러 잉글랜드 서부로 내려간 공인 회계사 앳킨스 씨였다면, 그래도 거기서 만난 사람들에게 개성이 강한 사람이라는 인상을 주었을까?"

"내가 지극히 평범한 공인 회계사는 아니라는 걸 사람들이 금세 눈치채지 않았을까." 로이는 잘난 체하는 느낌을 미소로 무마하며 말했다.

"글쎄, 그 시절 드리필드에 관해 기억하는 건 그가 입었던 니커보커스 반바지가 상당히 요란했다는 거야. 같이 자전거를 많이 탔는데 그와 같이 있는 것이 남의 눈에 띌까 봐 조금 신경이 쓰였지."

"조금 코믹하게 들리는걸. 그분이 무슨 말을 했지?"

"잘 모르겠어. 건축에 관심이 많은 편이었고, 농장 일에 대해 말했었네. 괜찮아 보이는 펍이 있으면 잠깐 들어가서 흑맥주를 한잔하자고 했었고. 그리고 거기 주인장과 작황이며 석탄 가격 같은 이야기를 나누곤 했었어."

로이의 얼굴에 실망한 기색이 역력한데도 나는 계속 지껄였다. 그는 가만 듣고 있었지만 조금 지루한 눈치였다. 지루하면 시무룩한 얼굴이 되는구나 싶었다. 같이 자전거를 타고 긴 나들이를 다닐 때 드리필드가 중요한 말을 했는지는 기억나지 않았지만 그때의 느낌은 아주 생생하게 되살아났다. 블랙스터블은 자갈이 깔린 긴 바닷가에 면한 데다 뒤쪽에는 습지대가 있지만 내륙 쪽으로 1킬로미터 정도만 가면 켄트 지방의 가장 전형적인 시골이 나온다는 점에서 특별한 곳이었다. 풍요로운 초록빛 너른 들판과 거대한 느릅나무 숲 사이로 굽이진 길들이 나 있었는데 거대한 느릅나무들은 좋은 버터와 수제 빵, 크림, 신선한 계란을 먹고 통통하게 살이 오른 켄트 지방 농장주의 혈색이 좋고 튼실한 아내처럼 담백하면서도 당당한 멋이 있었다. 울창한 산사나무가 울타리를 이룬 오솔길뿐일 때도 있었고, 길 양쪽으로 파릇한 느릅나무 잎사귀가 늘어져 고개를 들면 기다란 띠 같은 파란 하늘만 보일 때도 있었다. 온화하고 상쾌한 날 자전거를 타고 달리면 온 세상이 멈춘 듯이 삶이 이대로 영원히 계속될 듯한 기분이 들었다. 기운차게 페달을 밟는데도 느긋한 기분을 맛볼 수 있었다. 말하는 사람이 없어도 꽤나 행복한 순간이었고, 일행 중 누구 하나가 신바람이 나서 별안간 속도를 높여 앞으로 쭉 치고 나가면 모두들 웃음을 터뜨리고는 몇 분쯤 힘껏 페달을 밟는다. 우리는 순수하게 서로를 놀렸고 자기가 던진 농담에 킥킥 웃었다. 때때로 앞쪽에 정원이 딸린 시골집들을 지나기도 했는데, 정원에는 접시꽃과 참나리가 피었고, 그 길에서 조금 떨어진 곳에 큰 헛간과 홉 건조장을 갖춘 농가들이 있었다. 때로는 홉이 지지대에 매달려 익어 가는 홉밭을 지났다. 친근하고 편안한 펍들은 시골집과 크게 다를 바 없이 소박했고 종종 현관에 인동덩굴이 자랐다. 펍이 내건 이름 역시 '유쾌한 뱃사람'이나 '즐거운 쟁기질', '왕관과 닻', '붉은 사자' 같은 평범하고 익숙한 것들이었다.

하지만 당연히 로이는 이런 것들에서 아무런 의미를 찾지 못하고 내 말을 잘랐다.

"그분이 문학에 대한 이야기는 안 했나?" 그가 물었다.

"그런 적 없어. 그는 그런 작가는 아니었어. 글쓰기를 생각하기야 했겠지만 언급한 적은 없었던 것 같네. 부목사에게 책들을 빌려주곤 했지. 그해 겨울 크리스마스 휴가 때 나는 그의 집에서 거의 매일 차를 마시다시피 했는데, 가끔 부목사와 책 이야기를 했지만 우리가 그만하라며 못 하게 했다네."

"그분이 한 말 중에 기억나는 거 없나?"

"하나 있어. 그가 무슨 이야기를 하는데 내가 읽어 본 적 없는 것들이라 찾아 읽은 적이 있어서 기억하고 있네. 그가 말하길 셰익스피어가 스트랫퍼드온에이번으로 물러나 존경을 받게 되었을 때 만약 자기 희곡을 돌이켜 봤다면 「잣대엔 잣대로」와 「트로일러스와 크레시다」 두 편 정도만 관심을 가지고 기억했을 거라고 했지."

"무슨 말인지 잘 이해가 가지 않는군. 셰익스피어 말고 현대인에 대해 말한 적은 없고?"

"글쎄, 그때 그런 이야기는 한 기억이 없어. 하지만 몇 년 전 드리필드 부부와 점심을 먹었을 때 얼핏 흘려들은 말이 있긴 해. 헨리 제임스가 미국의 부상이라는 세계사의 중대 사건은 나 몰라라 한 채 잉글랜드 시골 저택의 다과회에서 나오는 잡담을 기록하느라 바쁘다고 했지. 드리필드는 그것을 가리켜 일 그란 리퓨토[41]라고 했어. 나는 그 노인네의 입에서 이탈리아 말을 듣고는 놀라기도 했고, 또 한편으론 그가 무슨 말을 하고 있는지 알아들은 사람이 덩치 크고 활달한 공작 부인뿐이라 재밌기도 했었지. 그가 이렇게 말했네. '가엾은 헨리, 그는 장중한 공원 안을 돌고 돌면서 시간을 끝없이 쓰고 있어요. 담이 워낙 높아 안을 넘겨다볼 수도 없지요. 게다가 다과회가 너무 멀리 떨어진 곳에서 열리는 바람에 백작 부인이 하는 말

---

41) il gran rifiuto. 이탈리아어로 '위대한 거부'라는 뜻.

은 그에게 잘 들리지도 않아요.'"

로이는 이 일화를 주의 깊게 듣고 나서 생각에 잠긴 듯 고개를 저었다.

"이것도 못 쓰겠어. 헨리 제임스 패거리가 나를 아주 압살하려 들 거야……. 저녁에는 무얼 하고 지냈나?"

"우리가 휘스트를 하는 동안 드리필드는 서평할 책을 읽곤 했지. 그리고 노래도 즐겨 했었어."

"그거 흥미로운데." 로이가 간절하게 몸을 앞으로 내밀었다. "무슨 노래를 불렀는지 기억해?"

"또렷이 기억하지. 「군인의 일생」이랑 「술값이 싼 곳으로 오세요」가 애창곡이었어."

"오!"

로이는 실망한 기색이었다.

"그럼 슈만이라도 부를 줄 알았나?" 내가 물었다.

"못 부를 것도 없지. 그랬으면 좋은 내용이 됐을 텐데. 사실 나는 뱃노래나 잉글랜드의 옛 민요를 불렀기를 기대했네. 흔히들 장터에서 부르는 노래 있잖은가. 눈먼 바이올린 악사, 타작마당에서 아가씨들과 춤추는 마을 청년이 떠오르는. 차라리 그런 노래를 불렀다면 거기서 아름다운 글을 뽑아낼 수 있었을 텐데, 에드워드 드리필드가 보드빌[42]의 노래를 부르는 건 도저히 상상이 안 돼. 한 인물의 초상을 그릴 때는 가치를 바르게 세워야 하네. 결이 다른 것을 넣었다가는 감동에 혼란

---

42) 춤과 노래를 곁들인 대중적 희가극.

만 더하는 꼴이야."

"알겠지만 그는 얼마 뒤 야반도주했어. 모두를 깜빡 속여 넘겼지."

로이는 족히 일 분은 침묵을 지켰고, 골똘히 카펫을 내려다보았다.

"그래, 불미스러운 일이 있었다는 건 나도 알아. 드리필드 부인이 이야기를 해 줬거든. 내가 알기로는 결국 펀 코트를 구입해서 그 고장에 정착하기 전에 그 빚은 모두 갚았어. 그 양반이 성숙하는 과정에서 일어난 사소한 사건 하나에 주목할 필요는 없다고 보네. 어쨌든 거의 사십 년 전에 벌어진 일 아닌가. 하여간 참 흥미로운 면면을 가진 양반이야. 사소한 일이긴 해도 물의를 일으켰으니 다른 사람들 같으면 유명해진 뒤에 여생을 보낼 곳으로 블랙스터블은 절대 선택하지 않았을 텐데. 더구나 본인의 미천한 태생을 간직한 무대잖아. 하지만 그분은 전혀 개의치 않았네. 모든 일을 그저 재미난 농담처럼 생각하는 것 같았어. 오찬 자리에서 손님들에게 그 이야기를 할 정도여서 드리필드 부인을 아주 곤혹스럽게 만들곤 했지. 나는 자네가 에이미를 좀 더 알았으면 하네. 대단히 훌륭한 여성이야. 물론 그 양반이 그 모든 걸작들을 쓴 건 그녀를 만나기 전 일이긴 해. 하지만 마지막 이십오 년 동안 그 양반의 당당하고 위엄 있는 모습을 세상에 선보인 것은 바로 그녀라는 걸 누구도 부인하진 못할 거야. 그녀는 나에게 허심탄회하다네. 그것은 결코 쉽지 않은 일이었어. 노년의 드리필드는 아주 별스러운 기벽을 가지고 있어서 점잖게 행동하도록 단속하려면 요령이 아주 많이 필요했던 모양이야. 어떤 면에서 아주 쇠고집이었어. 내 생각에는 물렁한 여자였으면 낙담하고 말았을 거야. 가엾은 에이미는 그 양반의 습관을 고치느라 엄청 애를 먹었다고 하네. 고기와 채소를 먹고 나서 빵 조각으로 접시를 싹싹 닦아 먹는 버릇이 있었어."

"왜 그랬는지 아나?" 내가 말했다. "하도 오랫동안 굶주리면서 산 탓에 음식 한 톨 낭비할 수가 없었던 거야."

"뭐, 그럴 수도 있지만 유명한 문인의 습관치고는 보기에 좋지 않지. 그리고 술꾼이라고는 할 수 없었지만 블랙스터블의 '베어 앤드 키'로 내려가 거기 펍에서 맥주를 몇 잔 걸치는 걸 좋아했어. 그런다고 해될 건 없지, 그런데 상당히 눈에 띄는 행동이었어, 특히 여행객들이 들끓는 여름철에는. 상대를 가리지 않고 이야기를 나누었고. 본인이 품위를 지켜야 하는 위치에 있다는 걸 알지 못하는 듯했네. 많은 흥미로운 인사들, 예를 들어 에드먼드 고스나 커즌 경 같은 사람들과 점심을 함께하는 사람이 펍에 내려가서 그들에 대한 생각을 배관공이나 빵집 주인, 위생 점검인에게 이야기한다는 건 아무래도 곤란한 행동 아니겠나. 물론 그것 역시 설명을 못 할 것도 없지. 그가 향토색을 즐기고 여러 유형에 관심이 있었다고 보면 돼. 하지만 도저히 받아들이기 힘든 습관들이 있었어. 에이미 드리필드의 가장 큰 고충이 그를 목욕시키는 것이었다는 거 알고 있나?"

"그분은 지나친 목욕은 건강을 해친다고 생각하던 시절에 태어난 사람일세. 그리고 쉰이 되기 전까지 욕실이 있는 집에서 살지 않았을 거야."

"목욕은 일주일에 한 번 이상 하지 않고 살았는데 새삼스럽게 이제 와서 왜 습관을 바꿔야 하는지 모르겠다고 했다는군. 그래서 에이미가 속옷이라도 매일 갈아입으라고 하니까 그것도 싫다고 했어. 항상 위아래 속옷을 일주일씩 입었다면서 헛소리 말라고 했대. 그렇게 자주 빨면 속옷이 금방 해질 거라고. 드리필드 부인은 그 양반을 매일 목욕하게 하려고 갖은 애를 썼어. 목욕 소금이니 향수니 하는 것들을 동원했지만 그 양반은 요지부동이었네. 게다가 나이가 들어 갈수록 일주일에 한 번도 하지 않으려 했다는군. 그녀 말로는 마지막 삼 년은 아예 목욕을 하지 않았대. 물론 우리끼리니까 하는 이야기일세. 내가 자네에게 이런 말을 하는 이유는 그의 일생을 글로 쓰려면 상당한 요령이 필요하다는 걸 알려 주기 위해서야. 누가 봐도 돈 문제에 관한 한 다소 부도덕했고, 아랫사람들과 어울리는 것에서 이상한 즐거움을 찾는 결점도 있었고, 몇몇 개인적 습관은 상당히 불쾌한 것들이었네만, 난 그 양반의 그런 면모가 크게 중요하다고 보진 않아. 사실이 아닌 이야기를 하고 싶지는 않지만 덮고 넘어가는 편이 좋은 점은 말하고 싶지 않아."

"그냥 다 털어놓고 있는 그대로 그리는 게 더 흥미롭지 않을까?"

"오, 그렇게는 못 하지. 그랬다가는 에이미 드리필드가 나랑은 말도 안 섞을걸. 에이미는 나의 신중함을 믿고서 내게 전기를 써 달라고 요청한 거야. 그러니 신사답게 행동해야 하네."

"신사와 작가 노릇을 동시에 하는 건 어려운 일이야."

"못 할 것도 없지. 자네도 평론가들이 어떤지 알지 않나. 진실을 말해 봤자 냉소적이라는 평만 듣게 돼. 작가가 냉소적이라는 평을 들으면 좋을 게 없어. 만약 내가 부도덕하게 모든 걸 폭로한다면 파란을 일으킬 순 있겠지. 그 남자의 아름다움에 대한 열정과 방만한 책임 의식, 세련된 문장과 비누랑 물에 대한 혐오, 이상주의와 싸구려 펍에서 마시는 술이라는 양면성을 보여 준다면 재미는 있을 거야. 하지만 솔직히 그것이 득이 될까? 기껏해야 리턴 스트레이치[43]를 흉내 낸다는 소리나 듣겠지. 그건 싫어. 암시적이고 매력적이면서도 뭔가 절묘하게, 말하자면 부드럽게 나가는 편이 훨씬 좋을 거야. 나는 항상 시작 전에 완성작을 먼저 그려야 한다고 보네. 이번 전기는 정취가 있는 반다이크의 초상화 같아. 어느 정도의 무게감과 귀족적인 뛰어남이 있는. 무슨 말인지 알겠지? 대략 8만 단어면 될 거야."

그는 잠시 심미적 황홀경에 취했다. 고급 종이에 선명하고 반듯한 활자로 인쇄된, 얇고 가볍고 여백이 많은 특대 팔절판 책을 마음의 눈으로 보고 있었다. 매끄러운 검은색 천으로 싸고 금박으로 제목을 찍은 제본을 보고 있었을 것이다. 하지만 조금 전 내가 말했듯이 앨로이 키어도 인간인 이상 그 황홀경을, 아주 잠깐 발현하는 아름다움을 간직할 수는 없다. 그는 내게 솔직한 미소를 지었다.

---

43) Lytton Strachey(1880~1932). 한 인물을 사실 그대로 묘사한 전기로 유명한 영국의 전기 작가이자 평론가.

"그런데 드리필드의 첫 번째 아내를 어떻게 처리해야 할지 모르겠어."

"털어서 먼지 안 나는 사람 없지." 나는 중얼거렸다.

"그 여자는 다루기가 참으로 까다롭단 말일세. 드리필드와 꽤나 오래 결혼 생활을 한 여자이니 말이야. 에이미는 이 문제에 대해 아주 단호한 의견을 가지고 있지만 나로서는 그걸 어떻게 맞춰야 할지 난감하단 말일세. 로지 드리필드가 남편에게 대단히 해로운 영향을 끼쳤다는 것이 에이미의 입장이야. 남편에게 도덕적으로, 신체적으로, 경제적으로 타격이 될 만한 짓은 모두 했다는 거야. 로지는 모든 면에서, 특히 지적으로나 정신적인 측면에서 남편보다 열등한 여자였는데, 그럼에도 그분이 생존했던 것은 순전히 그분의 엄청난 저력과 활력 덕분이었다는 거지. 첫 번째 결혼이 아주 불행했다는 건 분명해. 여자는 이미 오래전에 죽었는데 해묵은 추문을 들쑤시며 남부끄러운 속사정을 내보이는 건 꼴사나운 일 아니겠나. 하지만 드리필드의 모든 명작들이 그 여자와 같이 살 때 쓰였다는 건 틀림없는 사실이야. 나는 후기 작품도 좋아해. 누구도 나보다 더 그 순수한 아름다움을 인식하지는 못할 거야. 그것들에 깃든 절제와 일종의 고전주의적 냉철함은 감탄할 만하지만 전반부 작품들의 자극적 풍미, 생동감, 사람 사는 냄새와 활기가 빠졌다는 건 인정할 수밖에 없네. 아무래도 첫 번째 아내가 그의 작품에 미친 영향을 아예 무시한다는 건 무리일 듯싶어."

"그래서 어찌할 셈인가?" 내가 물었다.

"아주 예민한 심정을 거스르지 않게 되도록 은밀하고 배려하는 방식을 택하면서도 남자다운 소탈함으로, 말하자면 심금을 울리는 방식으로 다룬다면 그분의 인생사에서 그 부분을 못 다룰 것도 없지."

"터무니없는 과제 같은데."

"내가 보기에는 사소한 것들까지 미주알고주알 말할 필요 없어. 얼마나 적절히 손질을 가하느냐가 문제지. 되도록이면 직접적 서술을 피하면서 독자들이 짐작할 수 있게끔 필수적인 것만 제공할 생각이야. 알다시피 아무리 역겨운 소재라도 점잖게 다루면 불쾌감을 완화할 수 있지 않은가. 하지만 진상을 똑바로 파악하지 않으면 나는 아무것도 못 해."

"재료가 없으면 요리를 할 수 없으니까."

로이는 자신이 성공한 강연자임을 유려하고 매끄러운 말솜씨로 입증했다. 나도 저렇게 힘차고 정확하게, 단 한 마디도 버벅거리지 않고 단 한 순간의 머뭇거림 없이 문장을 술술 뽑아낼 수 있으면 얼마나 좋을까 하는 생각이 들었고, 다른 한편으론 로이가 거대하고 열렬한 청중을 향해 말하듯 본능적으로 연설을 하고 있는데도 정작 보잘것없는 일개 개인인 나 혼자 청중 역할을 한다고 생각하니 나 자신이 참 미약하게 느껴졌다. 그런데 그가 잠시 말을 멈추었다. 열정으로 달아오르고 한낮의 더위로 땀이 송골송골한 그의 얼굴에 상냥한 표정이 떠올랐다. 총명함으로 우위를 점하며 나를 사로잡았던 눈이 풀어지면서 미소를 띠었다.

"여기서 자네가 나서 주게나, 친구." 그가 유쾌하게 말했다.

케이크와 맥주

할 말이 전혀 없을 때는 아무 말도 하지 않고 대답이 궁할 때는 그저 입을 다무는 것이 언제나 상책이다. 나는 침묵하면서 로이를 다정하게 바라보았다.

"그 양반이 블랙스터블에서 어찌 살았는지 자네는 누구보다 잘 알지 않나."

"내가 어찌 아누. 그 옛날 블랙스터블에서 그 양반을 목격한 사람은 나 말고도 수없이 많을걸."

"그럴지도. 하지만 그들이야 중요하지 않은 사람들이겠지. 아무런 관련이 없는 자들."

"오호, 알겠어. 까발릴 사람이 나밖에 없다 이 말이로군."

"꼭 그렇게 경박한 표현을 쓰겠다면 대충 그렇다고 해 두세."

보아하니 로이는 그다지 즐거운 기색이 아니었다. 그래도 나는 아무렇지 않았다. 내 농담을 달게 받아들이지 않는 사람들에게 익숙했기 때문이다. 가장 순수한 타입의 예술가는 자기가 던진 농담에 혼자 웃음을 터뜨리는 익살꾼이 아닌가 하는 생각을 종종 한다.

"자네는 그 후에 런던에서도 그 양반을 자주 만났다고 아는데."

"그랬지."

"로어 벨그레이비어 어딘가 아파트에 살던 때였지."

"핌리코의 셋집이었네."

로이가 억지로 미소를 끌어냈다.

"그 양반이 정확히 런던 어디에 살았는지 서로 따지지는 말자고. 그때 자네는 그 양반과 아주 친했던 걸로 아는데."

"꽤 친했지."

"얼마나 그렇게 지냈나?"

"한 이 년 정도."

"그때 자네가 몇 살이었지?"

"스무 살."

"이보게, 자네에게 중요한 부탁을 하나 할까 하네. 시간이 많이 걸리지 않는 일이고 내게는 더없이 가치 있는 일일세. 드리필드에 대해 기억하는 걸 모두 적어 줘. 아내, 아내와 그의 관계에 대해서 기억나는 대로 모두 적어 주게, 블랙스터블과 런던의 일 모두."

"아니, 이 사람아, 그건 무리야. 나도 할 일이 많은 사람이라고."

"시간이 그리 들지 않는 일이야. 그냥 대충 써 줘. 문체니 뭐니 신경 쓰지 않아도 된다고. 문체는 내가 다듬을 테니까. 나는 그저 사실들이 필요할 뿐이야. 누구도 모르는 사실을 자네만 알고 있잖은가. 잘난 척할 생각은 없네만 드리필드는 위인이니 자네는 그를 기리기 위해서, 그리고 영문학을 위해서 아는 걸 모두 말해야 할 의무가 있어. 일전에 자네가 그 양반에 대한 글을 쓸 생각이 없다고 말하지만 않았어도 부탁하지 않았을 거야. 그 자료를 쓸 생각도 없이 그냥 간직하겠다는 건 나는 먹기 싫고 남 주긴 아깝다는 심보이지 뭔가."

로이는 나의 의무감과 나태함, 관용, 정의감에 한꺼번에 호소했다.

"그런데 드리필드 부인은 왜 내가 펀 코트로 내려와서 묵기를 바라는 건가?" 내가 물었다.

"우리가 같이 상의한 일이야. 쾌적하게 묵을 수 있는 집일세. 그녀도 참 자상하고. 더구나 지금은 시골이 한창 멋질 때 아닌가. 그녀는 자네가 조용히 기억을 기록하기에 그곳이 아주 좋지 않겠냐고 생각한 거지. 나는 장담할 수 없다고 말했네만, 그래도 블랙스터블과 무척 가까우니까 잊고 있던 것들이 자연스럽게 생각날지도 몰라. 그리고 그 양반 집에서 지내며 그 양반의 책과 물건들 틈에 있으면 과거가 현실처럼 다가오게 될 거야. 다 같이 그 양반 이야기를 해 보세. 이야기꽃을 피우다 보면 건지는 게 있을 거야. 에이미는 대단히 기민하고 영리한 여자야. 오래전부터 습관적으로 드리필드의 말을 기록해 두었어. 자네도 글로 쓸 때는 생각나지 않을 것도 즉흥적으로 이야기할 가능성이 높으니 그녀가 나중에 모두 기록할 걸세. 테니스도 치고 수영도 하세나."

"사람들과 같이 묵는 건 별로 내키지가 않아." 내가 말했다. "아침 9시에 일어나서 생각도 없는 아침밥을 억지로 먹고 싶지는 않네. 산책 나가는 것도 싫고 다른 사람들의 자질구레한 일들에도 관심 없어."

"그녀는 지금 혼자 외롭게 지내고 있네. 친절을 베푸는 일이 될 거야. 나에게 친절을 베푸는 것이기도 하고."

나는 생각에 잠겼다.

"그럼 이렇게 하지. 블랙스터블로 내려는 가겠지만 나 혼자 가겠네. '베어 앤드 키'에 묵으면서 자네가 거기 있는 동안 그 댁을 방문해 드리필드 부인을 만나 보겠네. 두 사람이 에드워드 드리필드 이야기를 실컷 하든가 마음대로 해. 하지만 나는 싫증 난다 싶으면 자리를 뜰 거야."

로이는 유쾌하게 웃었다.

"좋아. 그거면 됐어. 그리고 기억나는 것 중에 나한테 유용하다고 생각되는 걸 좀 적어 주겠나?"

"그러지."

"언제 올 텐가? 나는 금요일에 내려갈 거야."

"기차 안에서 나한테 말 걸지 않는다고 약속하면 같이 가지."

"좋아. 5시 10분 기차가 가장 좋아. 내가 데리러 올까?"

"빅토리아역으로 혼자 가지 뭐. 거기 플랫폼에서 만나세."

내 마음이 변할까 두려웠는지 로이는 얼른 일어서서 활기차게 악수를 나누고는 떠났다. 내게 테니스 라켓과 수영복을 잊지 말라고 당부했다.

12

로이와의 약속은 런던에서 지냈던 첫해로 나를 데려갔다. 그날 오후 딱히 할 일이 없었으므로 슬슬 걸어가서 예전 집주인 여자와 차나 한잔할까 하는 생각이 들었다. 허드슨 부인은 내가 어리숙한 의대생으로 런던에 갓 도착해 셋집을 찾고 있을 때 세인트루크 의과 대학교의 총무에게 소개받은 사람이었다. 빈센트 스퀘어에 집을 한 채 가지고 있었다. 나는 그 건물 1층의 방 두 칸에서 오 년을 살았고, 위층 객실에는 웨스트민스터 학교 교사가 살았다. 나는 일주일에 1파운드, 그 교사는 1파운드 5실링을 지불했다. 허드슨 부인은 몸이 작고 활달한 성격에 바지런한 여자였고, 누르께한 낯빛과 큰 매부리코, 아주 초롱초롱하고 명랑한 검은 눈망울을 가지고 있었다. 새까만 머리는 숱이 많았는데, 오후 시간이나 일요일에는 온종일 앞머리를 가지런히 내리고 뒷머리는 목덜미에 둥글게 말아 붙인 모양을 하고 있어서 저지 릴리[44]의 옛 사진을 보는 것 같았다. 심성이 착했고(어릴 때는 사람들이 친절을 베풀어도 당연한 것으로 생각하는 법이라 당시 나는 이것을 알지 못했다.) 요리 솜씨도 좋았다. 세상에 그녀보다 수플레 오믈렛을 더 맛있게 만드는 사람은 없었다. 그녀는 매일 아침 일찌감치 일어나 남자들의 응접실에 난롯불을 지폈다. "신사분들이 추위에 덜덜 떨면서 아침을 먹으면 되겠어요, 아이고, 오늘 아침은 지독히 춥네." 냉기가 가시라고 세숫물을 양철 대야에 담아 전날 밤 침대 밑에 미리 넣어 두었는데, 아침에 세수하는 소리가 들리지 않으면 그녀는 "식당 층 사람은 아직인가 보네. 저러다 또 수업에 지각하겠어." 하고는 경쾌한 걸음으로 2층에 올라가 문을 쾅쾅 두드렸다. 그러고는 이런 소리가 들려왔다. "당장 일어나지 않으면 아침 못 먹어요, 오늘 아침은 맛있는 대구인데." 그녀는 온종일 일했고 일하면서 노래를 불렀다. 명랑했고 행복했고 미소를 지었다. 남편은 그녀보다 나이가 훨씬 많았다. 명문가의 집사를 지낸 사람으로 구레나룻을 길렀고 예의범절이 깍듯했다. 인근 교회의 관리인으로 지내면서 큰 존경을 받았으며, 식사 시중도 들고 구두도 닦고 설거지도 도왔다. 허드슨 부인은 저녁 식사를 차려 주고 나서야(나는 6시 30분에, 교사는 7시에 저녁을 먹었다.) 한숨 돌리면서 남자들과 잠시 잡담

---

44) Jersey Lily(1853~1929). 영국의 유명한 여배우이자 사교계 여왕으로 훗날 준남작 휴고 드 베이드와 결혼한 릴리 랭트리를 가리키는 말이다.

을 나누었다. 그녀가 코크니[45] 유머의 대가였던 것을 생각하면 내가 주변머리가 없어 그녀와의 대화를 적어 두지 못한 것이 참으로 아쉽다.(에이미 드리필드는 유명인 남편과의 대화를 적어 두었는데 말이다.) 그녀는 천부적 입담을 자랑했다. 자극적인 방식을 택해 적절하고 생생한 어휘를 구사했고, 우스꽝스러운 은유나 생생한 문장을 거침없이 툭툭 던졌다. 그리고 나름대로 정한 규범이 있어서 여자들에게는 세를 주지 않았다. 여자들은 한없이 손을 벌린다고 했다.("남자, 남자, 남자, 아주 노래를 한다니까요. 오후에는 차를 마셔야 한다, 버터 바른 빵이 왜 이리 얇으냐, 문을 열어젖히지를 않나, 뜨거운 물을 가져오라고 종을 울리지를 않나, 아주 난리예요.") 하지만 대화를 나눌 때 하수구 냄새가 날 법한 비속어를 거침없이 사용했다. 마리 로이드[46]에 대해 한 말은 본인에게도 해당되는 말이었다. "난 그 여자가 참 좋더라고요. 어찌나 사람을 웃기는지 말이야. 끝장을 낼 것처럼 덤비지만 막상 선을 넘지는 않잖아요." 허드슨 부인은 본인의 농담을 즐겼고, 하숙인들과 이야기하는 걸 더 좋아했던 것 같다. 남편은 평소 무게를 잡고("그이는 결혼식이니 장례식에 참석해야 하는 교회 관리인인 걸 어쩌겠어요.") 농담을 잘하는 사람이 아니었기 때문이다. "내가 남편한테 늘 하는 이야기가, 웃을 수 있을 때 웃어 두라는 말이에요. 죽어 땅에 묻히면 웃고 싶어도 못 웃는다고."

---

45) 런던 이스트 엔드 지역의 토박이.
46) Marie Lloyd(1870~1922). 코미디언 겸 뮤지컬 배우.

허드슨 부인의 농담은 계속 쌓여 갔다. 14번가에서 하숙을 치는 부처 양과는 앙숙이었는데 그 이야기는 해가 거듭될수록 불어나는 코믹 대하소설이었다.

"못돼 먹은 늙은 살쾡이. 하지만 어느 멋진 날 주님이 그 여자를 데려가신다면 난 그리울 거예요. 주님도 데려가 봤자 딱히 써먹을 데가 없겠지만. 그 여자가 한창때에는 나를 많이 웃겨 주긴 했었지요."

허드슨 부인은 충치로 고생했다. 이를 뽑고 의치를 해 넣어야 하는가 하는 문제를 이삼 년 동안 혼자 고민하면서 상상도 못 할 희한하고 우스꽝스러운 이야기를 지어냈다.

"간밤에 남편한테 그 이야기를 했더니 글쎄 '에휴, 그냥 빼 버리고 그 이야기는 그만 좀 해요.' 하잖아요. 그러니 할 말이 없더라고요."

내가 허드슨 부인을 만난 것은 이삼 년 전이었다. 그녀의 짧은 편지를 받고 방문한 것이었는데, 편지에서 그쪽으로 건너와 진한 차 한잔 하라고 청하면서 이렇게 말했다. "다음 토요일에 남편이 일흔아홉 살로 세상을 뜬 지 세 달째 됩니다. 조지와 헤스터가 공손히 선생님의 안부를 묻는군요." 조지는 그녀가 허드슨과의 사이에서 낳은 자식이었다. 중년을 바라보는 나이였고 울리치 아스널에서 근무했다. 모친은 아들이 조만간 아내를 데려올 거라는 말을 벌써 이십 년째 하고 있었다. 헤스터는 내가 그 집에 살던 시절의 막바지에 들어온 하녀인데, 허드슨 부인은 아직도 헤스터를 '우리 집 맹랑한 아가씨'라고 불렀다. 내가 처음 그 집의 방을 빌렸을 때 허드슨 부인은 이미 서른 살을 훨씬 넘긴 나이였고 그로부터 삼십 년이 흘렀는데도 그린 파크를 느긋하게 걸어가는 내 마음속에는 허드슨 부인이 아직 살아 있다는 사실이 아주 당연하게 느껴졌다. 내 기억 속 연못 가장자리에 서 있는 펠리컨들처럼 허드슨 부인도 내 청춘의 기억을 구성하는 한 부분이었다.

나는 지하실 출입문 계단으로 내려갔고, 헤스터가 문을 열어 주었다. 헤스터는 이제 오십 대를 바라보는 나이인 데다 살도 쪘지만 수줍게 미소 짓는 얼굴에 여전히 맹랑한 아가씨의 면면을 간직하고 있었다. 내가 지하의 큰방으로 안내되어 들어갔을 때 허드슨 부인이 조지의 양말을 깁고 있다가 안경을 벗고 나를 쳐다보았다.

"이게 누구야, 어셴든 씨 아니에요! 생각지도 못한 분이 오셨네. 찻물 끓고 있지, 헤스터? 맛있는 차 한잔 들어요, 응?"

허드슨 부인은 처음 만났을 때보다 몸이 더 불고 움직임이 더 둔해졌지만, 흰머리가 거의 없고 단추처럼 까맣고 촉촉한 눈에는 즐거운 빛이 반짝거렸다. 나는 밤색 가죽을 씌운 낡고 작은 팔걸이의자에 앉았다.

"어떻게 지내세요, 허드슨 부인?" 내가 물었다.

"예전처럼 더는 젊지 않다는 것만 빼면 별로 불평할 게 없어요." 그녀가 대답했다. "선생님이 여기 살 때만큼 일을 많이 할 수가 없답니다. 저녁 식사는 무리고 신사분들에게 아침만 겨우 챙겨 주고 있어요."

"방이 전부 세가 나갔어요?"

"네, 고맙게도 그러네요."

내가 살던 시절보다 물가가 올랐으니 하숙비를 올려 받으면 되고 원래 생활 방식이 검소한 사람이라 허드슨 부인의 형편은 상당히 넉넉할 것으로 생각됐지만 요즘 사람들은 바라는 게 많았다.

"못 믿겠지만요, 처음엔 욕실을 만들어야 했고, 그러고 나서는 전등불을 달아야 했어요. 그랬는데 이제는 만족할 줄 모르는 사람들 때문에 전화기까지 놔야 할 판이에요. 다음에는 또 무얼 요구할지 짐작이 안 된다니까요."

"조지 씨는 허드슨 부인이 이제 그만 은퇴하실 때가 아니냐고 해요." 헤스터가 찻상을 차리면서 말했다.

"넌 네 일이나 신경 써, 아가씨." 허드슨 부인이 딱딱거렸다. "난 은퇴하면 공동묘지로 곧장 갈 거니까. 조지랑 헤스터 말고는 말동무 하나 없이 혼자 사는 내 심정이 어떨지 한번 상상해 봐."

"조지 씨 말은 시골에 작은 집 한 채 마련하고 거기서 건강을 돌보시라는 얘기잖아요." 헤스터는 핀잔에도 아랑곳하지 않고 말했다.

"시골 얘기는 꺼내지도 마. 그렇지 않아도 지난여름에 의사가 육 주 동안 시골에 가서 지내라고 했잖니. 말 그대로 죽을 뻔했어. 얼마나 시끄럽던지. 새들은 끊임없이 지저귀고, 닭들은 꼬끼오, 소들은 음매. 그걸 어떻게 견디냐고. 나처럼 오랫동안 평화롭게 조용히 살던 사람은 그렇게 정신 사나운 데서는 적응을 못 한다니까 그러네."

몇 집 건너면 복스홀 브리지 로드라서 그 아래로 노면 전차가 딸랑딸랑 종을 울리면서 시끄럽게 지나다녔고 버스는 부르릉거리고 택시도 경적을 빵빵 울려 댔다. 허드슨 부인이 들었다면 그것은 그녀에게 런던의 소리, 엄마가 칭얼대는 아이를 달래듯 그녀를 달래 주는 소리였다.

나는 허드슨 부인이 오랫동안 살아온 아늑하고 낡고 소박한 작은 거실을 둘러보았다. 내가 부인에게 해 줄 게 뭐가 있을까. 축음기가 눈에 띄었다. 그거 말고는 마땅한 것이 없었다.

"뭐 필요한 거 없으세요, 허드슨 부인?" 내가 물었다.

그녀는 생각하듯 구슬 같은 눈을 내게 고정했다.

"그런 게 있을라고요, 앞으로 이십 년은 더 일할 수 있는 건강과 체력이라면 또 모를까."

나는 감상벽은 없지만 뜻밖이면서도 너무나 그녀다운 대답을 듣고 갑자기 목이 메었다.

헤어질 시간이 되었을 때 나는 전에 오 년간 살았던 방을 둘러볼 수 있겠냐고 물었다.

"헤스터, 위층에 뛰어 올라가서 그레이엄 씨가 계신지 보고 와. 만약 사람이 없으면 잠깐 둘러봐도 괜찮을 거예요."

헤스터는 서둘러 올라갔다가 금세 숨을 몰아쉬면서 다시 내려와 그레이엄 씨는 외출하셨다고 말했다. 허드슨 부인이 나를 따라나섰다. 내가 옛날에 잠들고 꿈꾸던 비좁은 철제 침대가 그대로 있었고, 서랍장과 세면대도 그대로였다. 하지만 거실에서 운동을 즐기는 남자의 왕성한 기운이 느껴졌다. 벽에는 크리켓 선수와 반바지를 입은 조정 선수의 사진들이 걸려 있었다. 구석에 골프채들이 세워져 있었고, 벽난로 선반 위에는 대학의 문장이 박힌 파이프 담뱃대와 담배통이 흩어져 있었다. 나 때는 예술을 위한 예술에 열광하던 시대였기에 나도 별수 없이 벽난로 선반 위에 무어인의 깔개를 늘어뜨리고 창문에는 화려한 연녹색 서지 커튼을 달았으며 벽에는 페루지노, 반다이크, 호베마의 복제화들을 걸어 놓았었다.

"그때 예술에 소질이 참 많았었지요?" 허드슨 부인이 농담조로 말했다.

"그랬었죠." 내가 중얼거렸다.

이 방에 살면서부터 지나온 세월과 그동안 내게 일어난 일들을 생각하니 가슴 한편이 아려 왔다. 바로 이 탁자에서 푸짐한 아침밥을 먹고, 소박한 저녁 식사를 하고, 의학 서적을 읽고, 첫 작품을 썼다. 이 팔걸이의자에 앉아서 처음으로 워즈워스와 스탕달, 엘리자베스 시대의 희곡, 러시아 소설, 기번, 보즈웰, 볼테르, 루소를 읽었다. 이후 어떤 사람들이 썼을까? 의대생, 도제 점원, 도시에서 열심히 살아가는 젊은이, 식민지에서 돌아온 은퇴한 노인, 집안이 망해 별안간 세상에 내쳐진 사람. 예전에 허드슨 부인이 자주 말했듯이 이 방에 있으니 기분이 아주 야릇해졌다. 이곳에서 피어올랐던 모든 희망들, 미래에 대한 희망찬 기대, 청춘의 맹렬한 열정, 후회, 환멸, 피로, 체념. 이 방에서 워낙 많은 이들이 인간의 온갖 감정들을 수없이 품어 성가시고 불가사의한 개성이 방에 깃든 것만 같았다. 그리고 무슨 이유에서인지 사거리에 서서 한 손가락을 입술에 댄 채 뒤를 돌아보며 다른 손으로 손짓하는 여자가 생각났다. 그 어렴풋한(그리고 조금은 쑥스러운) 느낌이 전해졌는지 허드슨 부인이 웃음을 터뜨리더니 특유의 손짓으로 오뚝한 코를 문질렀다.

"사람들 참 재밌지 뭐예요." 그녀가 말했다. "내가 여기 들였던 모든 신사 양반들을 생각하면 참. 내가 그 사람들에 대해 아는 걸 몇 가지만 이야기해도 선생님은 믿지 못할걸요. 누가 누구보다 더 이상한가의 문제죠. 가끔은 잠자리에 누워 그 사람들을 생각하면 웃음이 터져요. 이 각박한 세상에 가끔 실컷 웃기라도 해야지요. 하여튼 하숙인들은 참 희한하답니다."

13

허드슨 부인의 집에서 지낸 지 이 년이 되어 갈 무렵 나는 드리필드 부부를 다시 만났다. 나의 일상은 아주 규칙적이었다. 온종일 병원에 있다가 6시쯤 걸어서 빈센트 스퀘어로 돌아왔고, 램버스 브리지에서 사 온 《스타》를 읽다가 저녁 식사를 했다. 그러고 나서 왕성하고 성실하고 부지런한 청년답게 교양서를 한두 시간 진지하게 읽었다. 그 후에는 소설과 희곡을 쓰다가 잠자리에 들었다. 그러던 중 6월이 막바지에 접어든 어느 날 무슨 이유에서인지 평소보다 일찍 병원을 나섰고, 복스홀 브리지 로드를 따라 걷기로 했다. 나는 그 시끌벅적한 거리를 좋아했다. 누추한 활력이 흥겨운 마음을 일깨워서 금방이라도 모험이 시작될 것 같은 곳이었다. 이런저런 상념에 잠겨 거닐고 있는데 갑자기 내 이름을 부르는 소리가 들렸다. 놀라 걸음을 멈추고 돌아보니 뜬금없이 드리필드 부인이 서 있었다. 그녀가 나를 향해 미소를 짓고 있었다.

"나 모르겠어?" 그녀가 외쳤다.

"알죠. 드리필드 부인."

이제는 어른이었는데도 열여섯 살짜리처럼 얼굴이 뜨겁게 달아오르는 것이 느껴졌다. 당황스러웠다. 정직에 대한 빅토리아 시대적 통념이 박힌 내게 블랙스터블에서 드리필드 부부가 외상값을 갚지 않고 달아난 사건은 대단한 충격이었다. 아주 파렴치한 짓 같았다. 그들이 느낄 부끄러움을 생각하니 나도 너무나 부끄러웠다. 그런데 드리필드 부인이 그 남부끄러운 사건을 아는 사람에게 말을 걸었다는 것이 나는 그저 놀라울 뿐이었다. 만약 내가 먼저 그녀를 보았다면 나와 마주치는 치욕을 피하고 싶을 그 마음을 배려해 그대로 고개를 돌렸을 것이다. 하지만 그녀는 아주 반가운 기색으로 손을 내밀어 내 손을 잡았다.

"블랙스터블 사람을 만나니 너무 기쁘네." 그녀가 말했다. "알다시피 우리가 너무 급작스럽게 거길 떠났잖아."

그녀는 웃고 또 웃었다. 그녀의 웃음은 명랑하고 천진했지만 나는 긴장한 웃음을 지었을 것이다.

"우리가 갑자기 떠난 걸 알고 한바탕 난리가 났었다던데. 테드는 그 이야기를 듣고 웃음을 멈추지를 못했어. 숙부께서 뭐라고 말씀 안 하셨어?"

나는 그 말의 뉘앙스를 재빨리 눈치챘다. 그녀에게 농담도 못 알아듣는 사람으로 비치고 싶지 않았다.

"오, 어떤 분인지 알잖아요. 아주 옛날 사람이세요."

"그러니까. 그게 블랙스터블의 문제야. 다들 좀 깨어나야 하는데 말이지." 그녀는 내게 다정한 표정을 지었다. "마지막으로 봤을 때보다 엄청 자랐네. 세상에, 콧수염까지 길렀잖아."

"네." 나는 콧수염을 한껏 꼬면서 말했다. "기른 지 한참 됐어요."

"시간 참 빠르다, 그치? 사 년 전엔 사내아이였는데 이제 어엿한 남자가 되었어."

"그럼요." 나는 다소 우쭐해서 대답했다. "이제 스물한 살이 됩니다."

나는 드리필드 부인을 쳐다보았다. 그녀는 깃털이 꽂힌 아주 작은 모자를 쓰고 있었고, 어깨 부분은 불룩하고 소맷부리는 좁아지는, 뒷자락이 긴 연회색 드레스 차림이었다. 대단히 세련되어 보였다. 항상 그녀의 얼굴이 괜찮다고 생각은 했었지만 그제야 처음으로 그녀가 예쁘다는 걸 깨달았다. 눈은 기억한 것보다 더 파랬고 피부는 상아 같았다.

"우리 집은 저 모퉁이를 돌면 있어." 그녀가 말했다.

"저도 그렇습니다."

"우린 림퍼스 로드에 살아. 블랙스터블을 떠난 이후 거의 거기서 쭉 살고 있어."

"저는 빈센트 스퀘어에서 산 지 이 년이 다 되어 가요."

"런던에 있다는 건 알고 있었어. 조지 켐프가 말해 줬거든. 네가 어디서 사는지 종종 궁금했더랬어. 나랑 같이 우리 집에 갈래? 테드가 널 보면 아주 기뻐할 거야."

케이크와 맥주

"그러죠." 나는 말했다.

함께 걸어가면서 그녀는 드리필드가 현재 어느 주간지의 편집장을 맡고 있다고 말해 주었다. 이번 신작이 전작들에 비해 아주 큰 성공을 거둔 덕에 차기작의 선인세로 상당한 금액을 기대하고 있다고 했다. 그녀는 블랙스터블에 관한 소식을 대부분 아는 듯했다. 나는 조지 경이 드리필드 부부의 도주를 도와주었을 거라는 말이 기억났다. 아마도 그자가 이따금 편지를 보내는 것 같았다. 가끔 남자들이 우리를 지나가면서 드리필드 부인을 쳐다보았다. 그들에게도 그녀가 예뻐 보이는구나 하는 생각이 들었다. 나는 조금 으스대는 기분으로 걷기 시작했다.

림퍼스 로드는 복스홀 브리지 로드와 나란히 길고 널찍하게 똑바로 뻗어 있었다. 집들은 하나같이 벽토를 바르고 어두운 색깔을 칠한 데다 거대한 주랑 현관을 갖춘 견고한 모습이 비슷비슷하게 보였다. 원래는 런던 시티에서 잘나가는 사람들이 거주할 곳으로 건축된 주택이었지만 훗날 이 거리의 수준이 떨어졌거나 애초에 적당한 입주민을 들이지 못했던 모양이다. 그곳의 손상된 품위는 은밀하면서도 타락한 분위기를 자아냈고, 한때 잘살았으나 몰락하여 젊은 시절 누렸던 사회적 지위를 주저리주저리 지껄이는 고상한 술꾼을 연상시켰다. 드리필드 부부는 탁한 적색으로 칠한 집에 살고 있었다. 드리필드 부인이 나를 비좁고 어두운 현관 안으로 이끌면서 문을 열고 말했다.

"들어가자. 테드한테 네가 왔다고 말할게."

그녀는 복도를 걸어갔고, 나는 응접실로 들어갔다. 드리필드 부부는 지하실과 1층을 쓰고 있었고, 위층에는 그들에게 세를 준 집주인 여자가 살았다. 내가 들어간 방은 경매에서 사들인 중고품들을 연상시키는 것들로 꾸며져 있었다. 긴 수술이 달린 두툼한 벨벳 커튼, 고리와 장식용 줄들, 노란 다마스크 직물을 씌우고 징을 여러 개 박은 도금 의자와 소파 세트. 방 한가운데에는 커다랗고 푹신한 발받침이 놓여 있었다. 도금한 장식장 안에 도자기, 상아 인물상, 나무 조각상, 인도산 황동 제품 같은 작은 물건들이 잡다하고, 벽에는 산악 지방의 협곡과 수사슴, 길잡이를 그린 큰 유화들이 걸려 있었다. 잠시 후 드리필드 부인이 그를 데리고 왔다. 그는 나를 따뜻하게 맞이했다. 낡은 알파카 윗옷과 회색 바지 차림이었고, 턱수염은 깨끗이 밀고 양쪽 끝이 가늘게 말려 올라간 콧수염을 기르고 있었다. 나는 처음으로 그의 작은 키를 의식했지만 예전보다 더 돋보이는 인상이었다. 외모에서 풍기는 이국적인 느낌 때문에 예전보다 훨씬 더 작가답게 보였다.

"우리 새집이 어떤가, 응?" 드리필드가 물었다. "잘사는 것처럼 보이지 않아? 이런 집에 사니 기운이 펄펄 나."

그는 만족스럽게 주변을 둘러보았다.

"뒤쪽에 테드가 글을 쓰는 작업실이 있고, 지하에는 식당이 있어." 드리필드 부인이 말했다. "카울리 양은 오랫동안 어느 귀부인의 말동무였는데 그 귀부인이 돌아가시면서 가구를 모두 물려주셨대. 모두 좋은 것들인 줄 딱 알겠지? 누가 봐도 신사 양반의 집에서 나온 물건이야."

"로지가 이 집을 보자마자 반해 버렸지." 드리필드가 말했다.

"당신도 그랬잖아, 테드."

"아주 오랫동안 누추한 환경에서 살았는데 상황이 달라져 이런 고급품들에 둘러싸여 살게 되었어. 퐁파두르 부인[47]이 된 것 같다니까."

그 집을 나올 때 나는 다시 방문해 달라는 아주 다정한 초대를 받았다. 그들은 토요일 오후마다 집에 있었고, 더구나 내가 만나고 싶은 온갖 부류의 사람들이 그 집에 들르는 모양이었다.

---

47) 루이 15세의 연인이자 사교계의 명사로 많은 예술가, 문인과 교류했다.

14

나는 그 집에 갔다. 즐거웠다. 다시 찾아갔다. 가을이 되어 세인트루크 의과 대학교의 겨울 학기 때문에 런던으로 돌아 왔을 때는 토요일마다 그 집을 찾았다. 이로써 예술계와 문단 에 발을 들인 셈이었다. 나는 아무도 모르게 하숙집에서 부지 런히 글을 쓰고 있었다. 나처럼 글을 쓰는 사람들을 만나는 것이 흥미로웠고, 그들의 대화에 매료되어 귀를 기울였다. 온 갖 사람들이 모임에 참석했다. 그때만 해도 주말여행은 드문 일이었고 아직 골프는 조롱거리에 불과했기 때문에 토요일 오 후에 용무가 있는 사람들은 드물었다. 그 자리에 대단한 거물 이 온 기억은 없다. 내가 드리필드 부부의 집에서 만난 화가와 작가, 음악가라는 사람들 가운데 오랫동안 유명세를 누린 사 람은 전혀 기억나지 않지만 그들 덕에 세련되고 활기찬 분위

케이크와 맥주

기가 돌았다. 배역을 찾는 젊은 배우, 영국인은 음악을 모르는 민족이라고 한탄하는 중년 가수, 드리필드의 집 수형피아노로 자작곡을 연주하고는 소리가 연주회용 그랜드 피아노와 전혀 다르다고 귀엣말하는 작곡가, 얼마 전 쓴 짧은 시를 마지못해 낭독하는 시인, 의뢰인을 찾는 화가. 가끔은 작위를 가진 사람이 자리를 빛내 주었지만 아직 귀족이 보헤미안이 되기 전 시대였기에 그것은 드문 일이었다. 만약 신분이 높은 사람이 예술가 계층과 어울린다면 대개는 망신스러운 이혼이나 경미한 카드놀이 도박 문제로 원래의 사회에 발을 붙일 수 없게 된 경우뿐이었다. 하지만 지금은 상황이 전혀 다르다. 의무 교육이 세상에 가져온 가장 큰 혜택 가운데 하나는 귀족과 신사 계층에 글쓰기를 보급한 것이다. 예전에 호레이스 월폴이 『왕족과 귀족 작가 목록』이라는 책을 쓴 적이 있는데 가히 백과사전에 버금가는 책이다. 작위는 비록 이름뿐이더라도 누구든 유명한 작가로 만들 수 있다. 높은 신분만큼 문단으로 직행하는 확실한 통행권은 없다.

상원은 차라리 조만간 폐지하는 게 상책인 이런 상황이라면 작가라는 직업군을 상원 의원과 그 처자식에게 한정한다는 법률 제정이 훌륭한 방안이 되지 않을까 하는 생각이 종종 든다. 세습 특권을 포기하는 귀족들에게 영국 국민이 제공하는 관대한 보상이 될 것이다. 여자 합창단원과 경마, 슈맹드페르[48]에 열과 성을 다하는 것으로 대중에 봉사하다가 재산

---

48) 두세 장의 패를 가지고 합계 9를 만드는 프랑스 카드놀이.

을 탕진한 자들에게는(부지기수다.) 지원책이 될 것이요, 자연 선택의 과정을 통해 대영 제국을 다스리는 일 말고는 만사에 무능해진 나머지에게는 유쾌한 직업이 될 것이다. 하지만 지금은 전문화의 시대다. 만약 내 계획이 채택된다면 영문학사의 큰 영광을 위해 문학의 다양한 분야를 다양한 귀족 계층에게 골고루 배분해야 한다. 그러므로 하위 단계의 문학은 지위가 낮은 귀족층에게 맡기고 저널리즘이나 연극은 남작과 자작이 도맡게 할 것을 제안한다. 아무래도 소설은 백작의 전유물이 될 것으로 보인다. 그들은 이미 이 어려운 기술에 상당한 소질을 발현해 왔고, 인원수도 아주 많아서 소설의 수요를 능히 충족할 것이다. 후작에게는 문학 분야 가운데 이른바 (왜 이렇게 부르는지 도무지 모르겠지만) 순수 문학의 생산을 맡기면 좋을 것이다. 순수 문학은 금전적 측면에서는 별 이득이 되지 못하겠지만 그 것의 명예는 이 낭만적인 작위와 아주 잘 어울린다.

문학의 황제는 시(詩)다. 시는 문학의 궁극이자 지향점이다. 인간의 정신이 할 수 있는 가장 숭고한 활동이다. 아름다움의 성취다. 시인이 지나가면 산문 작가는 길을 비켜 주어야 한다. 최고의 소설가도 시인 앞에서는 애송이일 뿐이다. 그러므로 시를 짓는 일은 공작에게 돌아가야 한다. 그리고 그들의 권리는 엄벌과 벌금으로 보호될 것이다. 가장 고귀한 신분 외에 다른 자가 가장 고귀한 예술을 행하는 것은 용납될 수 없는 짓이니까. 전문화가 안착되었다면 공작들은 (알렉산드로스 대왕의 후계자들처럼) 자기들끼리 시의 영역을 분할하고 각자 세습받은 영향력과 타고난 소질이 낙점한 자리를 맡을 것으로 예상된다. 말하자면 맨체스터 공작은 교훈적이고 도덕적인 시를 쓰고, 웨스트민스터 공작은 제국의 의무와 책임 의식을 고취하는 시를 쓰면 된다. 데번셔 공작은 프로페르티우스[49]풍 연가나 비가를 지으면 된다. 반면 말버러 공작은 가정생활의 지복, 징병제, 안분지족 같은 주제를 목가적 요소를 가미해 노래하는 것이 불가피해 보인다.

하지만 혹자는 이것이 조금 거창하다면서 뮤즈는 장엄한 행보만 고집하는 것이 아니라 때로는 사뿐사뿐 까치발을 딛기도 한다는 걸 일깨울 것이다. 그리고 나라의 시를 쓸 수 있는 한 법률은 누가 제정하든 상관없다고 말한 현자를 떠올리고는 다채롭고 변덕스러운 남자의 영혼이 가끔씩 갈망하는 수금에 맞춰 흥얼거릴 노래는 대체 누가 짓느냐고 내게 묻는다면(공작이 할 일은 아니므로) 나는 공작 부인이라고 대답하겠다.(나로서는 이들이 충분히 해낼 것으로 생각한다.) 몸이 달아오른 로마냐의 농부가 연인에게 토르콰토 타소[50]의 시를 노래하고, 험프리 워드 부인이 어린 아놀드의 요람 위로 「콜로노스의 오이디푸스」[51] 중 서정시를 흥얼흥얼 읊어 주던 시대는 지났다. 시대는 시류에 보조를 맞추라고 요구하고 있다. 그러므로 나는 이 나라의 공작 부인들에게 우리의 찬송가와 우리의

---

49) 섹스투스 프로페르티우스(Sextus Propertius, 기원전 50?~기원전 16?). 로마 아구우스투스 시대의 시인.

50) Torquato Tasso(1544~1595). 관능적이고 아름다운 묘사로 유명한 16세기 이탈리아의 시인.

51) 소포클레스가 지은 아테네 비극.

동요를 써 보라고 제안하고 싶다. 반면 포도 잎사귀와 딸기를 섞으려는 엉뚱한 공작 부인이라면 뮤지컬 코미디의 서정시와 코미디 신문의 운문, 크리스마스카드와 폭죽에 넣을 표어를 지으면 된다. 그러면 높은 신분으로만 군림해 온 그들이 영국 대중의 마음속에 자리를 잡게 될 것이다.

나는 토요일 오후 파티에서 에드워드 드리필드가 중심인물이 되었다는 것을 알고 깜짝 놀랐다. 이제 그는 출간한 책이 스무 권 정도 되었고, 푼돈밖에는 벌지 못했지만 꽤나 이름을 날리고 있었다. 일류 비평가들이 작품을 호평했고, 그의 집을 드나드는 친구들은 그가 인정받을 날이 반드시 올 거라는 데 의견을 같이했다. 그들은 그가 위대한 작가인 줄 몰라본다는 이유로 대중을 책망했고, 한 사람을 치켜세우는 가장 손쉬운 방법은 다른 사람을 깎아내리는 것이므로 그의 명성을 가리는 동시대의 저명한 소설가들을 사정없이 매도했다. 바턴 트래퍼드 부인의 잦은 방문으로 미루어 에드워드 드리필드가 느릿느릿 나아가는 장거리 달리기 선수들 틈에서 갑자기 튀어나가듯 피치를 올릴 날이 임박했음을 눈치챌 만도 했지만 그때만 해도 나는 영국 문단의 사정에 그리 밝지 못했다. 솔직히 말하면 이 숙녀에게 처음 소개되었을 때 그 이름을 듣고도 아무런 생각이 없었다. 드리필드는 바턴 트래퍼드 부인에게 나를 고향에서는 어린 이웃이었고 지금은 의대생이라고 소개했다. 그녀는 내게 상냥한 미소를 지어 보이면서 밥 소여[52]가 어

---

52) 찰스 디킨스의 소설 「피크윅 클럽 여행기」에 등장하는 의대생.

쩌고 하는 말을 부드러운 목소리로 하더니 내가 건넨 버터 바른 빵을 받아 들고는 그와 하던 이야기를 계속했다. 그래도 나는 그녀가 등장하면 분위기가 바뀌면서 시끄럽고 재미나게 진행되던 대화가 뚝 끊기는 것을 알아챘다. 내가 목소리를 낮춰 그녀가 누구인지 묻자 어떻게 그걸 모르느냐는 어이없다는 반응이 돌아왔다. 누구누구와 누구누구가 그녀가 '키운' 사람이라고 했다. 삼십 분쯤 지나자 그녀는 일어서서 안면이 있는 사람들과 아주 우아하게 악수를 나누고는 유연하고 경쾌한 동작으로 유유히 방을 나갔다. 드리필드는 뒤따라 현관으로 나가서 그녀를 이륜마차에 태워 주었다.

당시 바턴 트래퍼드 부인은 오십 대의 나이였다. 몸집이 작고 여리여리한데 이목구비는 큼직해서 머리가 몸에 비해 조금 커 보였고, 고불고불한 백발은 밀로의 비너스를 연상시켰다. 젊었을 때 아주 예뻤을 것 같았다. 검은색 실크 옷을 수수하게 차려입었고, 구슬과 조개껍질로 만들어 딸각거리는 목걸이를 걸고 있었다. 젊은 시절에 불행한 결혼을 했다는 소문이 있었지만 지금은 내무부 공무원이자 선사 시대 인류의 저명한 권위자인 바턴 트래퍼드와 오랫동안 화목하게 살고 있었다. 그리고 신기하게도 몸에 뼈가 하나도 없는 사람 같았다. 정강이를 꼬집으면(물론 여성에 대한 존중과 외모에서 풍기는 말없는 위엄 때문에 실행이 불가능한 일이지만) 내 손가락이 맞닿을 것 같았다. 그녀의 손을 잡으면 가자미 살을 만지는 기분이었다. 이목구비가 큰데도 얼굴이 유려한 면이 있었고 앉아 있으면 고급 쿠션처럼 등뼈 없이 백조 솜털로만 채워진 것 같았다.

목소리, 미소, 웃음소리 등 그녀는 모든 면이 보드라웠다. 연한색의 작은 두 눈은 꽃송이처럼 보드라웠고, 행동거지는 여름비만큼이나 보드라웠다.[53] 이 특별하고 매력적인 특성 덕분에 사람들에게 좋은 친구가 될 수 있었다. 당시 그녀가 누린 유명 인사와의 친분도 바로 이 점 덕분이었다. 몇 년 전 어느 위대한 소설가가 세상을 떠나 영어권 사람들에게 큰 충격을 안긴 적이 있는데 그 작가와 트래퍼드 부인의 우정은 세상에 잘 알려져 있었다. 그가 죽은 직후 그녀는 그의 편지들을 모아 출판하게 되었고, 모든 사람들이 그가 그녀에게 보낸 수많은 편지를 읽었다. 페이지마다 그녀의 아름다움을 찬양하고 판단력을 칭송하는 내용이 이어졌다. 그는 그녀의 격려와 즉각적인 공감, 전략, 취향에 말로는 다 못 할 큰 빚을 졌다고 말했다. 혹자의 생각과는 다르게 바턴 트래퍼드 씨가 복잡한 감정 없이 그것을 읽었다 하더라도 거침없는 열정적 표현들은 그 책에 대한 사람들의 관심을 끌었다. 하지만 바턴 트래퍼드 씨는 저속한 사람들의 편견을 초월한 사람이었고(이것을 불운이라 해야 할지 모르겠지만 그는 역사의 위인들이 철학을 통해 인내했듯 이 불운을 이겨 냈다.) 오리냐크[54] 부싯돌과 신석기 시대 도끼날에 대한 연구를 그만두고 그 작고한 소설가의 전기를 쓰기로 동의했다. 작가의 천재성에 그의 아내가 얼마나 지대한 영향을 끼쳤는지를 분명히 드러내는 전기였다.

---

53) 영국은 비가 많이 오지 않고 여름에는 더더욱 비가 잘 내리지 않는다.
54) 유럽과 서남아시아에 존재했던 제3구석기 문화.

이후로도 바턴 트래퍼드 부인의 문학에 대한 관심과 예술에 대한 열정은 식을 줄 몰랐다. 그녀가 지원을 아끼지 않았던 친구가 후대에 이름을 남기게 되었고 그것이 그녀의 지원과 결코 무관하지 않았기 때문이다. 그녀는 엄청난 독서광이었다. 눈여겨볼 만한 사람은 놓치는 법이 없었고, 전도유망한 청년 작가면 누구든 재빨리 개인적 친분을 쌓았다. 누구도 그녀가 제안하는 친절을 거절하지 못하리라 스스로 자신할 만큼 명성은 대단했고, 그 전기의 출간 이후 그녀의 명성은 더욱 드높아졌다. 바턴 트래퍼드 부인의 천재적 사교성은 어디로든 배출되기 마련이었다. 그녀가 인상적인 작품을 읽게 되면 결코 인색하지 않은 평론가인 바턴 트래퍼드 씨는 그 작가에게 감상평이 담긴 따뜻한 편지를 보내 작가를 오찬에 초대했다. 오찬이 끝나면 그는 손님에게 바턴 트래퍼드 부인을 말 상대로 남기고 내무부로 들어가곤 했다. 많은 이들이 부름을 받았다. 그들은 저마다 뭔가가 있었지만 탁월하지는 않았다. 바턴 트래퍼드 부인은 안목이 있었고 자신의 안목을 믿었다. 그녀의 안목은 그녀에게 기다릴 것을 명했다.

그녀가 지나치게 조심성을 발휘하는 바람에 재스퍼 기번스는 하마터면 버스를 놓칠 뻔했다. 과거에는 하룻밤 사이에 유명해진 작가들을 기록에서 얼마든지 찾아볼 수 있지만 신중해진 요즘에는 그런 경우를 찾아보기 어렵다. 평론가들은 될성부른 나무인지 가늠하고, 대중은 하도 많이 속다 보니 불필요한 모험을 하지 않는다. 하지만 재스퍼 기번스는 말 그대로 일약 스타가 된 경우라 할 수 있다. 현재 그는 철저히 잊혔고, 그를 칭송했던 평론가들은 수많은 신문사의 서류철에 그 기록이 꼼꼼히 보관돼 있지 않았더라면 언제 그랬냐는 듯 시치미를 뗄 판이다. 그는 첫 시집으로 믿기 어려울 만큼 엄청난 돌풍을 일으켰다. 유력 신문들은 상금이 걸린 권투 경기의 기사에 버금가는 지면을 할애해 시집의 서평을 실었고, 영향력 있는 평론가들은 앞다투어 그를 뜨겁게 환영했다. 그들은 그를 밀턴("마음을 울리는 그의 무운시"), 키츠("그의 풍부한 감각적 형상화"), 셸리("그의 고매한 환상")에 견주었고, 싫증이 난 우상들을 두들겨 패는 수단으로도 이용했다. 그를 내세워 테니슨 경[55]의 쇠약한 엉덩이를 여러 번 팡팡 내려쳤고, 로버트 브라우닝[56]의 대머리도 실컷 탁탁 후려쳤다. 대중은 예리코의 성벽처럼 무너졌다. 시집은 재판을 거듭했다. 재스퍼 기번스의 멋진 시집은 메이페어의 백작 부인 내실에서, 랜즈엔드부터 존 오그로츠까지 모든 목사관 응접실에서, 글래스고, 애버딘, 벨파스트의 정직하면서도 교양 있는 상인의 거실에서 발견되었다. 출판사에서 특별히 장정한 시집을 빅토리아 여왕에게 헌정했고 여왕이 「산악 지방의 기록과 풀잎들」[57]을 그에게(시인이 아닌 출판사에) 답례로 내렸다는 사실이 알려지자 전국이

---

55) 앨프리드 테니슨(Alfred Tennyson, 1809~1892). 빅토리아 시대의 계관 시인.

56) Robert Browning(1812~1889). 테니슨과 더불어 빅토리아 시대를 대표하는 시인이자 극작가.

57) 「Leaves from the Journal of Our Life in the Highlands」라는 작자 미상의 작품이 존재한다. 다만 여기에서는 서머싯이 창작해 낸 작품인 듯하다.

들썩였다.

모든 일이 말 그대로 눈 깜짝할 사이에 일어났다. 그리스의 일곱 도시들이 호메로스의 탄생지를 서로 자처했듯이 재스퍼 기번스는 태생이 확실했으므로(월솔) 이번에는 일곱의 곱절이 되는 평론가들이 그를 발굴한 영예를 놓고 다툼을 벌였다. 이십 년 동안 주간지에서 서로의 작품을 호평했던 저명한 문학 평론가들이 이 문제를 놓고 너무 심하게 다툰 끝에 애서니엄 클럽[58]에서 마주쳐도 못 본 체하는 사이가 되었다. 상류 사회도 지지 않고 그를 인정하는 대열에 합류했다. 재스퍼 기번스는 공작의 미망인들, 장관의 아내들, 주교의 미망인들이 여는 오찬과 다과회에 초대받았다. 동등한 조건에서 영국 사교계에 진출한 최초의 문인은 해리슨 에인즈워스라는 말이 있지만(이러한 점에서 그의 전집을 출간하려는 기획력 있는 출판사가 있지 않았을까 종종 궁금하다.) 초대장 아래쪽에 오페라 가수와 복화술사의 선전물 못지않게 이름을 멋지게 박아 넣은 최초의 시인은 재스퍼 기번스일 것이다.

바턴 트래퍼드 부인이 처음부터 이 대열에 동참했다는 것은 의심할 여지가 없다. 그녀도 공개경쟁에 참여할 수밖에 없었다. 나로서는 그녀가 어떤 대단한 전략을 구사했는지, 어떤 놀라운 책략과 부드러움, 세심한 배려, 교묘한 감언이설을 활용했는지 알 길이 없다. 그저 추측하고 감탄할 뿐이다. 그녀는 재스퍼 기번스를 구워삶았다. 얼마간 그는 그녀의 보드라

---

58) 1824년 런던에 설립된 개인 사교 클럽.

운 손이 이끄는 대로 움직였다. 그녀는 놀라운 일들을 해냈다. 필요한 사람들을 만나도록 그를 오찬에 초대했고, 모임을 열어 영국에서 내로라하는 인사들 앞에서 시를 낭송하게 했다. 유명한 배우들에게 소개해 그들로부터 희곡 의뢰를 받도록 했다. 그녀는 그의 시가 마땅한 곳에만 등장해야 한다고 생각했고, 출판사들을 주물러서 장관이라 해도 따내기 힘든 계약을 체결했다. 그녀가 동의하는 초대에만 응하도록 관리했고, 모름지기 시인은 자기 자신과 예술에 충실해야 하므로 가정에 발이 묶여서는 안 된다는 생각에서 그가 십 년간 행복하게 산 아내와 헤어지도록 만들었다. 그리고 실패를 맛보았을 때 바턴 트래퍼드 부인은 그를 위해 할 수 있는 일은 다 했다고, 인간으로서 가능한 건 모두 했다고 얼마든지 말할 수 있었지만 그러지 않았다.

한 번의 실패는 얼마든지 있을 수 있었다. 재스퍼 기번스는 다음 시집을 내놓았다. 첫 번째 작품보다 더 낫지도 못하지도 않았다. 첫 작품과 아주 유사했다. 존중은 받았다. 하지만 평론가들은 의구심을 표했고 일부는 흠을 잡기도 했다. 그 작품은 실망을 안겨 주었다. 판매량도 실망스러웠다. 안타깝게도 재스퍼 기번스는 자꾸 술을 퍼마셨다. 돈이 있어도 쓸 줄 몰랐고 주변에서 제공하는 다양한 유흥에도 적응하지 못했다. 푸근하고 평범한 아내가 그리운 듯했다. 한두 번 그는 바턴 트래퍼드 부인의 집 만찬에 취해서 나타났는데, 그녀보다 덜 고상하고 덜 둔감한 사람들은 고주망태라고 수군거렸을 만한 상태였다. 그녀는 손님들에게 시인이 오늘 저녁에는 몸이 별로 좋지 않네요라고 점잖게 말했다. 그의 세 번째 시집은 실패작이었다. 평론가들은 그의 사지를 찢었고, 그를 때려눕힌 뒤 마구 짓밟았다. 에드워드 드리필드의 애창곡 중 한 소절을 빌리자면 그를 '방 여기저기로 끌고 다닌' 것이다. 그러고 나서 그의 얼굴을 걷어찼다. 말만 그럴싸한 경박한 시인을 불멸의 시인이라고 착각했으니 분통이 터질 만도 했다. 오해를 초래한 장본인인 그는 고통받아 마땅하다고 생각했다. 그러던 중 재스퍼 기번스는 피커딜리에서 술에 취해 난동을 부리다가 체포되었다. 바턴 트래퍼드 씨는 한밤중에 바인 스트리트에 가서 보석금을 내고 그를 꺼내 주어야 했다.

이때도 바턴 트래퍼드 부인은 흠잡을 데 없이 완벽했다. 푸념 한 번 하지 않았다. 입에서 냉혹한 말 한마디 나오지 않았다. 열과 성을 다해 밀어 준 남자가 실망을 안겼으니 얼마든지 억울함을 느낄 만한 입장이었지만 다정하고 상냥하고 배려심이 많은 모습을 유지했다. 이해심 있는 여자니까. 그녀는 그를 버렸지만 뜨거운 벽돌이나 뜨거운 감자를 떨어뜨리듯 버리지는 않았다. 한없이 온화했고, 본성을 거스르는 일을 하기로 결심할 때마다 틀림없이 흘릴 눈물처럼 부드러웠다. 그녀가 워낙 요령껏 교묘히 버렸기 때문에 재스퍼 기번스는 버려진 줄도 몰랐을 것이다. 하지만 사실은 사실이었다. 그녀는 그를 욕하는 말은 하지 않았다. 아예 그의 이야기를 하지 않았다. 그의 이야기가 나오면 그냥 조금 서글프게 미소를 짓고는 한숨을 쉬었다. 하지만 그녀의 미소는 결정타였고, 그녀의 한숨은 그를 깊숙이 파묻어 버렸다.

이 인물로 인해 차질은 생겼지만 바턴 트래퍼드 부인은 문학에 대한 열정이 진실했기에 오랫동안 낙심하지 않았다. 실망이 아무리 컸어도 사심이 없는 여인으로서 지략과 배려심, 천부적 이해심이라는 재능을 그냥 썩힐 수는 없었다. 그녀는 각종 다과회며 저녁 모임, 파티에 여기저기 다니면서 문인들의 사회와 꾸준히 접촉했다. 늘 매력적이고 상냥했으며 사려 깊게 귀를 기울였지만 경계하고 평가하고 이번엔 반드시 우승마에 걸겠다는(거칠게 표현하자면) 결의가 있었다. 이 무렵 그녀는 에드워드 드리필드를 만났고 그의 재능을 좋게 평가했다. 드리필드는 젊지 않았지만 재스퍼 기번스처럼 자멸할 것 같지는 않았다. 그녀는 그에게 우정의 손길을 내밀었다. 그의 훌륭한 작품들이 한정된 세상에만 알려져 있는 것이 개탄스럽다고 그녀가 특유의 상냥한 방식으로 말했을 때 그는 감격하지 않을 수 없었다. 기뻤고 사기가 올랐다. 자신이 천재임을 확신하는 것은 언제나 기분 좋은 일이다. 그녀는 드리필드에게 바턴 트래퍼드가 《쿼털리 리뷰》에 그에 대한 주요 기사를 쓸까 고려 중이라고 말했다. 그리고 드리필드를 오찬에 초대해 도움이 될 만한 사람들과 만나게 했다. 그녀는 그가 지적으로 동등한 사람들과 알고 지내기를 바랐다. 가끔은 그를 데리고 첼시 강변을 산책했다. 그들은 죽어 사라진 시인들과 우정과 사랑에 대해 논하고 ABC 숍[59]에서 차를 마셨다. 토요일 오후 림퍼스 스트리트에 등장했을 때 그녀는 결혼 비행을 준

---

[59] 간식을 먹고 차를 마시는 곳으로 인기를 끌었던 영국의 찻집 브랜드.

비하는 여왕벌의 면모를 풍겼다.

드리필드 부인을 대하는 그녀의 태도는 나무랄 데 없었다. 사근사근하면서 거들먹거리지 않았다. 초대해 줘서 고맙다는 말을 아주 듣기 좋게 말하고는 드리필드 부인의 외모를 칭찬했다. 에드워드 드리필드를 칭찬할 때는 약간의 부러움을 섞어서 위대한 남자의 반려자라는 자리는 얼마나 대단한 특권이냐고 말했다. 문인의 아내에게는 다른 여자가 남편을 칭찬하는 것만큼 화나는 일이 없다는 것을 알아서가 아니라 순전히 친절한 마음에서 한 말이었다. 그녀는 드리필드 부인에게 단순한 품성의 여자가 관심을 가질 만한 단순한 것들을 이야기했다. 요리, 하인, 에드워드의 건강, 남편을 세심히 보살피는 부인의 마음 씀씀이. 바턴 트래퍼드 부인은 본인처럼 스코틀랜드 명문가 출신의 여인이 저명한 문인이 실수로 결혼한 술집 여급 출신의 아내에게 취할 법한 태도로 드리필드 부인을 대했다. 다정하고 장난스럽고 부드럽게 드리필드 부인을 열심히 다독였다.

이상하게도 로지는 트래퍼드 부인이라면 질색했다. 내가 알기로 로지가 싫어했던 유일한 사람이 바로 바턴 트래퍼드 부인이었다. 요즘에는 반듯하게 자란 숙녀들도 '쌍년'이나 '빌어먹을' 같은 말을 요긴하게 써먹지만 당시에는 술집 여급들도 그런 말을 입에 올리지 않았다. 그 무렵 나는 로지에게서 소피 숙모가 들으면 질색할 만한 말은 들은 적이 없었다. 누가 조금이라도 야한 이야기를 하면 그녀는 두피까지 온통 빨개지도록 얼굴을 붉히곤 했다. 그런 그녀가 바턴 트래퍼드 부인을 '망할 늙은 살쾡이'라고 불렀다. 트래퍼드 부인에게 예의를 지키라고 로지를 설득하는 것이 로지와 친한 친구들의 급선무였다.

"바보처럼 굴지 마, 로지!" 그들은 말했다. 그들은 그녀를 로지라고 불렀고, 나 역시 몹시 부끄러웠지만 차차 로지라는 호칭에 익숙해졌다. "그 여자는 얼마든지 네 남편을 성공시킬 수 있어. 네 남편도 그녀에게 잘 보여야 하고. 일을 성사시킬 줄 아는 여자라고."

드리필드 부부를 찾는 손님들은 대부분 이삼 주에 한 번씩 토요일에 방문했지만 나처럼 거의 매주 찾아오는 사람들도 일부 있었다. 우리는 대기조였고, 일찌감치 도착해 늦게까지 남아 있었다. 그중에서도 가장 극렬한 열성파는 퀜틴 포드, 해리 레트퍼드, 라이어널 힐리어였다.

퀜틴 포드는 작지만 다부진 체격에 훗날 한동안 영화에서 꽤나 사랑받았을 법한 잘생긴 남자로 반듯한 콧대와 수려한 눈, 깔끔하게 자른 반백의 머리, 검은 콧수염의 소유자였다. 키가 10센티미터 정도만 더 컸어도 멜로드라마의 악당으로 제격이었을 것이다. 배경이 좋다고 알려져 있었고 형편이 넉넉했다. 그가 하는 유일한 일은 예술적 소양을 쌓는 것이었다. 그는 모든 초연과 비공개 초대전을 빠짐없이 찾아다녔다. 아마추어의 신랄함을 지녔고, 동시대 예술가들의 작품에 대해 정중하지만 전반적으로 경시하는 경향이 있었다. 알고 보니 드리필드의 집을 찾아오는 것도 에드워드가 천재여서가 아니라 로지가 미인이기 때문이었다.

이제 와 돌이켜 보면 내가 그 뻔한 사실을 다른 사람에게 듣고 나서야 알았다는 것이 그저 놀라울 따름이다. 처음 그녀를 알게 되었을 때는 예쁜지 평범한지 생각한 적이 없었고, 오년 뒤 다시 만났을 때 처음으로 그녀가 아주 예쁘다는 생각이 들어 흥미롭기는 했어도 깊이 생각한 적은 없었다. 그저 북해나 터캔베리 성당의 탑 위에 걸린 태양처럼 자연 현상의 일부로 받아들였을 뿐이다. 나는 사람들이 로지의 아름다움을 이야기할 때마다 놀라곤 했다. 그들이 로지의 외모를 칭찬하면 에드워드의 눈길이 잠시 그녀에게 머물렀고, 내 시선은 그의 시선을 따랐다. 라이어널 힐리어는 화가였고, 그래서 그녀에게 모델이 되어 달라고 부탁했다. 그가 그리고 싶은 게 무엇인지, 그녀에게서 무엇을 보았는지 이야기할 때마다 나는 멍하니 듣고만 있었다. 알쏭달쏭하고 혼란스러운 소리로 들렸다. 해리 레트퍼드는 그때 잘나가던 사진가를 알고 있어서 특별히 날짜를 잡아 로지를 데리고 사진을 찍으러 갔다. 한두 주일 후 토요일에 사진이 나왔고, 모두들 그것을 구경했다. 내가 이브닝드레스를 차려입은 로지를 본 것은 그때가 처음이었다. 뒷자락이 길고 소매산이 봉긋하고 가슴이 파인 하얀색 새틴 드레스였다. 머리 모양은 평소보다 더 우아하게 손질한 것처럼 보였다. 옛날 조이 레인에서 처음 보았던, 밀짚모자와 빳빳한 셔츠 차림의 건강하고 젊은 여자와는 전혀 달랐다. 하지만 라이어널 힐리어는 마뜩잖게 그 사진들을 옆으로 던져 버렸다.

"망했어!" 그가 말했다. "사진사가 로지를 데리고 무얼 표현해 봤자야. 중요한 건 피부색인데!" 그는 그녀에게 고개를 돌렸다. "로지, 당신 피부색은 이 시대의 큰 기적이라는 걸 알고 있어?"

그녀는 아무 말 없이 그를 쳐다보았지만 도톰하고 붉은 입술에는 천진하고 장난스러운 미소가 어려 있었다.

"내가 그걸 얼추 흉내만 내도 평생 풍족하게 살 수 있을 텐데." 그가 말했다. "부유한 증권 중개인들의 아내들이 굽실거리며 찾아와 당신처럼 그려 달라고 나한테 부탁할 테니까."

얼마 후 나는 로지가 그에게 모델 노릇을 하고 있다는 사실을 알게 되었다. 화실이라면 한 번도 가 본 적이 없는 데다 그곳을 로맨스의 관문 정도로 생각했던 나는 언제 한번 들러 그림이 얼마나 진행되었는지 구경해도 되겠냐고 물었지만 힐리어는 아직 아무에게도 보여 주고 싶지 않다고 했다. 그는 나이 서른다섯에 이색적인 외모의 남자였다. 세련된 면을 싹 빼고 유머러스한 분위기를 더한 반다이크 초상화라고나 할까. 키는 중키보다 살짝 컸고, 날씬했으며, 풍성하고 멋진 검은 머리와 처진 콧수염, 뾰족한 턱수염을 가지고 있었다. 챙이 넓은 솜브레로와 스페인식 망토를 좋아했다. 그는 한때 파리에서 오래 머물렀다. 우리가 들어 본 적 없는 모네, 시슬레, 르누아르 같은 화가들을 감탄하며 이야기하는가 하면, 우리가 마음 깊이 진심으로 찬탄하는 프레더릭 레이턴 경이나 앨머 태디마 씨, G. F. 워츠 씨는 우습게 생각했다. 나는 그가 어떻게 되었을까 지금도 종종 생각하곤 한다. 그는 몇 년쯤 런던에서 자리를 잡으려 애쓰다가 실패했는지 어찌어찌 피렌체로 흘러갔다. 나는 그가 거기서 미술 학교를 차렸다는 말을 들었고, 몇 년 뒤 우연히 그곳에 갔을 때 그에 대해 물어보았지만 소식을 아는 사람이 없었다. 그는 분명히 재능이 있었다. 그가 그린 로지 드리필드의 초상화가 아직까지 아주 생생히 기억나기 때문이다. 그 그림은 어찌 되었을지 궁금하다. 파괴되었을까, 아니면 첼시의 중고품점 다락 벽에 벽을 마주한 채 눈에 띄지 않게 파묻혀 있을까. 그래도 어느 지방 미술관 벽에 한 자리 차지하고 있을 거라고 생각하고 싶다.

머저리 짓이었지만 나는 결국 그림을 구경하러 와도 좋다는 허락을 얻었다. 힐리어의 화실은 풀럼 로드에 있었다. 가게들이 줄지어 늘어선 거리 뒤편의 여러 화실들 중 한 곳이었으므로 어둡고 냄새 나는 통로를 지나야 했다. 3월의 어느 일요일 오후, 맑고 푸른 날이었다. 나는 빈센트 스퀘어를 출발해 한산한 거리를 걸어갔다. 힐리어는 화실에서 살고 있었다. 잠을 자는 널찍한 침대가 하나 있었고, 뒤편에 아침밥을 요리하고 붓을 빠는 쪽방이 있는데 거기서 목욕도 하는 것 같았다.

내가 도착했을 때 로지는 모델을 설 때 입는 드레스를 그대로 입고 있었다. 그들은 차를 마시는 중이었다. 힐리어는 문을 열어 주고는 내 손을 잡고 거대한 캔버스로 안내했다.

"이 그림이야." 그가 말했다.

실제 크기보다 조금 작게 그린 로지의 전신상이었다. 그녀는 하얀색 실크 이브닝드레스 차림이었다. 눈에 익은 왕립 예술원의 초상화들과는 전혀 달랐다. 나는 무슨 말을 해야 할지 몰라 머릿속에 처음 떠오른 생각을 얼결에 말해 버렸다.

"언제 완성됩니까?"

"완성된 거야." 그가 대답했다.

나는 얼굴을 벌겋게 붉혔다. 천하의 바보처럼 굴었다는 생각이 들었다. 그때는 현대 화가들의 작품에 자유자재로 대응하는 요령을 아직 터득하기 전이었다. 지금은 예술에 대해 잘 몰라도 화가를 만족시킬 각종 창의적인 반응들이 깔끔하게 정리된 얇은 안내서 하나쯤 이 자리에서 당장 쓸 수도 있다. "세상에!" 하는 감탄사는 철저한 사실주의자의 역량을 인정하는 말이고, "지독히 진실하군요."는 부시장 미망인의 컬러 사진이 눈앞에 불쑥 나타났을 때 당혹감을 감추기에 좋은 말이다. 후기 인상파를 칭찬하고 싶으면 슬쩍 낮은 휘파람을 불고, 입체파에게는 "지독히 재밌군요."라는 말을 던지고, 압도되는 경우에는 "오!"를, 입이 딱 벌어질 만큼 매료되면 "아!"가 좋다.

그때 나는 "완전히 똑같네요" 하는 변변찮은 말만 겨우 했을 뿐이었다.

"자네가 기대하는 예쁘장하고 그렇고 그런 그림은 아닐세." 힐리어가 말했다.

"아주 좋은데요." 나는 방어적으로 얼른 말했다. "왕립 미술원에 출품하실 건가요?"

"아니, 천만에! 그로스브너 박물관에는 한번 보내 볼까 해."

나는 그림에서 로지에게로, 로지에게서 다시 그림으로 시선을 옮겼다.

"포즈를 취해 봐, 로지." 힐리어가 말했다. "이 친구에게 보여 줍시다."

케이크와 맥주

그녀는 모델의 단상 위로 올라갔다. 나는 그녀와 그림을 가만히 바라보았다. 가슴속에서 아련하고 묘한 느낌이 퍼져 나갔다. 마치 누군가가 내 가슴에 날카로운 칼을 슬며시 박아 넣은 듯했는데 불쾌한 느낌은 전혀 아니었다. 아릿하면서도 이상하게 기분이 좋았다. 그러다 갑자기 무릎에 힘이 탁 풀렸다. 지금 내 기억 속에 남은 로지의 모습이 실제의 그녀인지 아니면 그 그림 속 그녀인지는 확실하지 않다. 그녀를 생각할 때마다 떠오르는 것은 처음 만났을 때의 밀짚모자와 셔츠 차림이나 이후 보았던 다른 드레스 차림이 아니라 힐리어가 그린 그 하얀색 실크 이브닝드레스를 입고 머리에 검은색 벨벳 리본을 단 채 힐리어의 요구대로 포즈를 취한 모습이기 때문이다.

그때는 로지의 나이를 정확히 몰랐지만 지금 곰곰이 헤아려 보면 서른다섯 살쯤 되었을 것으로 짐작된다. 그녀는 전혀 그 나이로는 보이지 않았다. 얼굴에 주름살이 거의 없고 피부가 어린아이처럼 매끄러웠다. 이목구비는 수려한 편이 아니어서 그 시절 가게에서 팔던 사진 속 귀부인의 귀족적 특징은 없었고 다소 투박한 편이었다. 코는 짧고 조금 뭉툭했으며 눈은 작은 듯했고 입은 컸다. 하지만 수레국화처럼 파란 눈이 아주 빨갛고 육감적인 입술과 더불어 미소를 지었다. 나는 그렇게 명랑하고 그렇게 다정하고 그렇게 달콤한 미소는 본 적이 없었다. 원래는 무겁고 시무룩한 얼굴이었지만 미소를 지었다 하면 그 시무룩한 표정이 갑자기 무한한 매력을 발산했다. 혈색은 돌지 않았고 눈 밑에 연한 푸른빛이 도는 것 말고는 아주 밝은 미색을 띤 얼굴이었다. 밝은 금발 머리는 당시의 유행을 따라 앞머리를 공들여 내리고 뒷머리를 높이 틀어 올린 모양이었다.

"로지는 그리기가 아주 까다로워." 힐리어는 그녀와 그림을 쳐다보면서 말했다. "보다시피 얼굴도 머리도 온통 금빛인데 인상은 금빛이 아니라 은빛이 돌거든."

나는 그의 말뜻을 알 것 같았다. 그녀는 태양이라기보다 달처럼 은은하게 빛났다. 태양이라고 해도 하얀 새벽안개에 싸인 태양 같았다. 캔버스 한가운데에 선 그녀는 손바닥이 보이게끔 양팔을 옆으로 늘어뜨리고 목과 가슴의 진주 같은 아름다움이 돋보이도록 고개를 살짝 젖힌 자세였다. 그녀는 커튼콜을 받고 나와 뜻밖의 박수갈채에 어리둥절한 여배우처럼 서 있었지만 어쩐지 청순하고 묘하게 봄날 같은 분위기가 돌아서 여배우에 비하기는 어려웠다. 그 꾸밈없는 모습은 진한 화장이나 무대와는 어울리지 않았다. 그녀는 스스럼없이 사랑을 찾아 나선 처녀처럼 서 있었는데 연인의 포옹이라는 대자연의 목적을 성취하려는 것이므로 죄책감은 없었다. 그녀는 풍만한 몸매를 어느 정도 드러내는 데 거리낌이 없는 세대에 속했다. 날씬하면서도 가슴이 풍만하고 엉덩이가 탄탄했다. 훗날 바턴 트래퍼드 부인은 그 초상화를 보고 제물로 바쳐진 어린 암소가 생각난다고 말했다.

15

에드워드 드리필드는 밤에 작업을 했다. 그가 일하는 동안 할 일이 없는 로지는 이런저런 친구들과 놀러 다니기를 좋아했다. 그녀는 고급스러운 것들을 좋아했고, 퀜틴 포드는 부유했다. 그는 로지를 마차에 태워 케트너스나 사보이로 데려가 성찬을 대접했고, 그녀는 그를 위해 아주 화려하게 차려입었다. 해리 레트퍼드는 땡전 한 푼 없었지만 돈깨나 있는 것처럼 행동했다. 그도 그녀를 이륜마차에 태워 로마노스 아니면 소호에서 인기를 끌고 있던 작은 식당에 데려가 저녁을 사 주었다. 그는 배우였고 영리한 남자였으나 까다로운 성격 탓에 일이 없을 때가 많았다. 나이는 서른 살 정도였고 못생겼지만 정감 가는 얼굴에 뚝뚝 끊는 말투 때문에 말이 웃기게 들리는 남자였다. 로지는 그의 무사태평한 삶의 방식과 런던 최고의 양복점에서 옷을 맞춰 입고 돈을 갚지 않는 배포, 수중에 없는 5파운드를 경마에 걸 수 있는 경솔함, 운이 좋아 돈을 따면 그걸 시원스레 써 버리는 후한 인심을 좋아했다. 그는 유쾌하고 매력적이지만 허영기가 많은 허풍쟁이에 줏대가 없었다. 로지에게 들은 바로는 로지한테 밥을 사 주려고 전당포에 시계를 잡히고는 극장에 자리를 마련해 준 극단 대표 겸 배우에게 공연 후에 다 같이 저녁을 먹자며 2파운드를 빌린 적도 있었다.

하지만 로지는 저녁에 라이어널 힐리어의 화실에 가서 둘이 요리한 갈비를 먹고 이야기를 나누며 시간을 보내는 것도 못지않게 좋아했다. 나와 식사를 같이 하는 것은 아주 드문 일이었다. 나는 빈센트 스퀘어에서 식사를 하고 그녀는 드리필드와 같이 식사를 마친 뒤 내가 그녀를 데리러 갔다. 우리는 버스를 타고 뮤직홀[60]에 갔다. 파빌리온, 티볼리, 이런저런 곳을 다녔고, 가끔 보고 싶은 특별한 공연이 있으면 메트로폴리탄에 갔다. 하지만 우리가 가장 좋아하는 곳은 캔터베리였다. 입장료가 싸면서 공연이 괜찮았다. 우리는 맥주를 두 병 주문했고 나는 파이프 담배를 피웠다. 로지는 어둑하고 널찍한 실내를 기쁜 눈으로 둘러보았다. 담배 연기가 자욱하고 런던 남부 거주민들이 천장까지 바글바글했다.

"난 캔터베리가 좋아." 그녀가 말했다. "집처럼 참 아늑해."

알고 보니 로지는 엄청난 독서광이었다. 그녀는 역사를 좋

---

60) 노래, 무용, 곡예, 촌극, 쇼를 공연하던 전문 극장.

아했다. 하지만 여왕이라든가 유명한 왕족 애인의 생애 같은 분야만 좋아했고, 아이처럼 신기해하면서 책에서 읽은 기이한 내용들을 내게 이야기해 주었다. 헨리 8세의 여섯 배우자에 대해 해박한 지식이 있었고, 마리아 피츠허버트[61]와 레이디 해밀턴[62]에 대해서는 모르는 것이 없었다. 독서열이 대단해 루크레치아 보르자[63]부터 스페인 펠리페 군주들의 왕비들까지 두루 섭렵했다. 프랑스 왕가의 애첩들에 관한 이야기는 끝이 없었다. 아네스 소렐부터 뒤바리 부인에 이르기까지 모르는 인물이 없었고 그들에 대해 소상히 알고 있었다.

"나는 실제 있었던 이야기가 좋아." 로지가 말했다. "소설은 그다지 흥미가 없어."

그녀는 블랙스터블의 소문도 좋아했다. 나는 그녀가 나와 어울려 돌아다니는 것이 내가 블랙스터블과 연관이 있기 때문이라고 생각했다. 그곳이 어떻게 돌아가는지 그 사정을 훤히 아는 것 같았다.

"어머니를 만나러 두 주에 한 번 정도 내려가고 있어." 그녀가 말했다. "하룻밤만 묵고 오지만."

"블랙스터블에요?"

나는 깜짝 놀랐다.

"아니, 블랙스터블에는 안 가지." 로지가 미소를 지었다. "아직 거기는 가고 싶지 않아. 하버샴으로 가. 어머니가 나를 만

61) 즉위 전 조지 4세의 오랜 연인이었던 여인.
62) 넬슨 제독의 정부.
63) 이탈리아 르네상스기 보르자 가문의 딸.

나러 거기로 오셔. 예전에 일했던 호텔에 묵어."

로지는 말이 많은 편은 아니었다. 뮤직홀에서 저녁 시간을 보낸 뒤 날씨가 좋은 밤이면 걷곤 했는데 둘이 걸어 돌아올 때 그녀는 말이 없었다. 하지만 그녀의 침묵은 친밀하고 편히 다가왔다. 상대를 배제한 침묵이 아니라 충만한 행복감 안에 상대를 끌어안은 침묵이었다.

한번은 내가 라이어널 힐리어와 그녀에 대해 이야기를 나누다가 이런 말을 한 적이 있다. 블랙스터블에서 처음 만났을 때만 해도 풋풋하고 곱상하던 젊은 여자가 어떻게 사실상 누구나 인정하는 사랑스러운 미인으로 변신할 수 있는지 이해가 잘 가지 않는다고.(아쉬움을 표하는 사람들도 있었다. "물론 몸매는 아주 훌륭해. 하지만 얼굴은 내가 개인적으로 썩 좋아하는 얼굴이 아니야." 이렇게 말하는 사람들도 있었다. "오, 아주 예쁜 여자고 말고요. 하지만 애석하게도 특출한 면이 조금 떨어져요.")

"그건 내가 간단히 설명할 수 있지." 라이어널 힐리어가 말했다. "당신이 처음 만났을 무렵 로지는 풋풋하고 풍만한 아가씨가 맞았겠지. 내가 그녀를 미인으로 만들어 준 거야."

그때 내가 무어라 대꾸했는지 기억나지 않지만 야한 말을 했던 것 같다.

"이런 이런. 그건 아름다움에 대해 아무것도 모르는 말이야. 내가 로지를 은빛 태양으로 바라보기 전에는 아무도 그녀를 중히 여기지 않았어. 내가 초상화를 그리기 전까지는 그녀의 머리카락이 세상에서 가장 사랑스럽다는 걸 누구도 알지 못했다 이거야."

"당신이 로지의 목과 가슴, 몸가짐, 뼈대를 만들었다는 말입니까?" 내가 물었다.

"참 내, 그렇다니까. 그게 내가 한 일이야."

힐리어가 앞에서 그녀 이야기를 하면 로지는 미소 띤 얼굴로 진지하게 귀를 기울였다. 하얀 뺨에는 살짝 홍조가 돌았다. 맨 처음 그가 그녀의 아름다움에 대해 말했을 때 그녀는 그저 놀리는 거라고 생각했을 것이다. 하지만 농담이 아니라 그가 은빛이 도는 금빛으로 그녀를 그렸다는 걸 알았을 때는 별다른 반응을 보이지 않았다. 물론 무척 즐거워하고 기뻐했지만 조금 놀랐을 뿐 우쭐하지는 않았다. 그리고 그를 살짝 미친 사람이라고 생각했다. 나는 둘 사이에 뭔가가 있는 게 아닐까 생각했다. 블랙스터블에서 로지에 대해 들은 말도, 목사관 정원에서 목격한 광경도 잊을 수 없었다. 퀜틴 포드, 해리 레트퍼드와도 무슨 관계가 있는 건 아닐까 궁금했다. 나는 그들이 그녀와 같이 있는 모습을 관찰했다. 그녀는 그들과 대단히 친밀한 것 같지는 않았고 그저 아는 사이에 가까워 보였다. 사람들 앞에서 아무런 거리낌 없이 약속을 잡았고, 그들을 쳐다볼 때 그 짓궂고 천진한 미소를 띠었는데, 내 눈에는 그것이 너무나 신비롭고 아름답게 보였다. 가끔 나는 뮤직홀에서 그녀와 나란히 앉아 있을 때 그녀의 얼굴을 쳐다보곤 했다. 그녀에게 반한 것은 아니었고 다만 옆에 조용히 앉아서 그녀의 밝은 금발 머리와 밝은 황금빛 피부를 바라보는 것이 즐거웠던 듯하다. 물론 라이어널 힐리어의 말은 옳았다. 신기하게도 이 금빛은 사람의 마음에 묘한 달빛의 느낌을 불러일으켰다. 그녀에게는 여름날 저녁에 구름 한 점 없는 하늘에서 빛이 서서히 사그라질 때 느껴지는 평온함이 있었다. 그렇게 대단히 차분하면서도 전혀 지루한 면이 없었다. 8월의 태양 아래 켄트 지방의 바닷가를 따라 고요히 반짝거리는 바닷물처럼 살아 있었다. 그녀는 옛 이탈리아 음악가가 작곡한 소나티네를 연상시켰다. 도회적인 가벼움 속에 우수가 있고 바르르 떨리는 한숨의 잔상 속에서도 가볍게 살랑거리는 흥겨움이 있는 곡 같았다. 가끔 그녀는 나의 시선을 느끼고 고개를 돌려 잠시 나를 똑바로 쳐다보기도 했다. 나는 그녀가 무슨 생각을 하는지 알 수 없었다.

림퍼스 로드로 그녀를 데리러 갔을 때의 일이 기억난다. 그 집 하녀가 마님이 아직 준비가 안 되었다면서 나더러 응접실에서 기다리라고 했다. 그녀가 안으로 들어섰다. 검은색 벨벳 옷과 타조 깃털로 뒤덮인 챙 넓은 모자 차림이었는데(파빌리온에 갈 거라 한껏 차려입고 있었다.) 어찌나 사랑스러운지 숨이 다 막혔다. 그날의 복장은 한 여성에게 위엄을 부여했다. 그녀의 순수한 아름다움과(가끔 그녀는 나폴리 박물관에 있는 정교한 프시케 조각상처럼 보였다.) 드레스의 당당한 우아미가 대비되어 놀라운 매력으로 작용했다. 그녀에게는 아주 희귀하다고 여겨지는 특성이 하나 있었다. 눈 밑이 살짝 푸르스름한 데다 대단히 촉촉했다. 가끔씩 그것이 도저히 있을 수 없는 일 같아서 한번은 혹시 눈 밑에 바셀린을 바르는지 물었다. 그렇지 않고서야 그럴 수가 없었다. 그녀는 미소를 짓고는 손수건을 꺼내 건넸다.

케이크와 맥주

"닦고 나서 한번 봐." 그녀가 말했다.

어느 날 밤 우리는 캔터베리 극장에서부터 걸어서 집으로 돌아왔다.

나는 집 앞에서 헤어지며 손을 내밀었고, 그녀는 낮게 큭큭 웃더니 몸을 앞으로 내밀었다.

"바보 같으니."

그녀는 내 입술에 입을 맞추었다. 대었다가 얼른 떼는 입맞춤도 아니었고 열렬한 키스도 아니었다. 그녀의 아주 도톰하고 붉은 입술이 내 입술에 오래 머물렀고, 나는 그 입술의 형태와 온기와 보드라움을 의식할 수 있었다. 그녀는 서두르는 기색 없이 입술을 떼고는 아무 말 없이 문을 밀어 열고 살그머니 안으로 들어갔고, 나는 혼자 남겨졌다. 나는 너무 놀라 내내 아무런 말도 못 하고 바보처럼 그녀의 입맞춤을 받아들였다. 그렇게 가만히 있다가 돌아서서 하숙집으로 걸어 돌아갔다. 로지의 웃음소리가 귓전을 맴돌았다. 업신여기거나 거슬리는 웃음이 아니라 솔직하고 다정한 웃음, 내가 좋아서 웃는 듯한 웃음이었다.

16

그날 이후 나는 일주일 넘게 그녀와 같이 외출하지 않았다. 그녀는 어머니와 함께 하룻밤을 지내러 하버샴으로 내려갔다. 나는 런던에서 이런저런 용무가 많았다. 그러다가 그녀가 내게 헤이마켓 극장에 같이 가자고 했다. 그 연극은 성공작이라 공짜 좌석을 기대할 수 없었기 때문에 우리는 오케스트라 자리에서라도 관람할 생각이었다. 우리는 카페 모나코에서 스테이크를 먹고 맥주를 한 잔 마신 뒤 관객들과 함께 서 있었다. 그 시절에는 가지런히 줄을 서지 않았고 문이 열리면 모두들 우르르 몰려가 한데 뒤엉켜 들어갔다. 안으로 밀고 들어가 자리를 잡고 앉으니 덥고 숨도 차고 조금 피곤했다.

우리는 세인트제임스 공원을 가로질러 돌아갔다. 밤이 하도 아름다워 벤치에 앉았다. 별빛에 로지의 얼굴과 밝은 머리카락이 은은히 빛났다. 그녀에게서 어떤 기운이 발산되었는데 (민망스러운 말이지만 그때 그녀가 풍겼던 느낌을 달리 표현할 길이 없다.) 꾸밈없고도 부드러운 다정함이었다. 그녀는 달빛에게만 향기를 내어 주는 밤의 은빛 꽃송이 같았다. 내가 살며시 그녀의 허리에 팔을 두르자 그녀는 고개를 돌려 내 얼굴을 바라보았다. 이번에는 내가 먼저 입을 맞추었다. 그녀는 움직이지 않았다. 호수의 물이 달빛을 받아들이듯 보드랍고 붉은 입술이 열렬하면서도 얌전히 내 입술의 압력을 받아들였다. 그렇게 얼마나 있었는지 모르겠다.

"나 너무 배고파." 그녀가 별안간 말했다.

"나도요."

"어디 들어가서 피시 앤 칩스라도 먹을까?"

"그러죠."

그 시절 나는 웨스트민스터 근방의 지리를 훤히 꿰고 있었는데 그곳은 아직 의원들이나 교양인들이 아니라 불결하고 궁핍한 가난뱅이들의 동네였다. 우리는 공원을 나와 빅토리아 스트리트를 건넜다. 나는 호스페리 로의 생선튀김 가게로 로지를 데려갔다. 늦은 시각이었고, 다른 손님은 바깥에 세워진 사륜마차의 마부 한 사람뿐이었다. 우리는 피시 앤 칩스와 맥주 한 병을 주문했다. 어느 가난한 여자가 들어와 모둠 튀김을 2펜스어치 사서 종이에 포장해 가져갔다. 우리는 맛있게 먹고 마셨다.

같이 로지의 집으로 가는 길에 빈센트 스퀘어를 통과하면서 내 하숙집을 지나게 되었을 때 나는 그녀에게 물었다.

"잠깐 들어갔다가 갈래요? 내 방은 아직 한 번도 못 봤죠."

"주인아주머니는 어쩌고? 네가 곤란해지는 건 싫어."

"오, 아주머니는 업어 가도 모르게 잠들었을 거예요."

"그럼 잠깐 들어갈게."

나는 잠긴 문을 열쇠로 조용히 열었고, 복도가 어두웠기 때문에 로지의 손을 잡고 안으로 이끌었다. 나는 응접실의 가스등을 켰다. 그녀는 모자를 벗고 머리를 맹렬히 긁고 나서 거울을 찾았다. 한창 예술에 미쳤을 때라 벽난로 위의 거울을 치워 버리고 없어서 이 방에서는 아무도 자기 모습을 볼 방법이 없었다.

"침실로 가요." 내가 말했다. "거기 거울이 있어요."

나는 침실 문을 열고 촛불을 켰다. 로지가 나를 따라 들어왔고, 나는 그녀가 거울을 보도록 촛불을 들어 주었다. 그녀가 머리를 매만지는 동안 나는 거울 속의 그녀를 바라보았다. 그녀는 핀을 두세 개 뽑아서 입에 물고 내 빗을 집어 목덜미 쪽 머리를 위로 빗어 올렸다. 그러고는 머리를 꼬아서 다독거린 후 핀으로 고정했다. 그녀는 열심히 머리 매무새를 고치다가 거울 속에서 눈이 마주치자 내게 미소를 지었다. 마지막 핀까지 고쳐 꽂고 나서 몸을 돌리더니 나와 마주했다. 아무런 말 없이 다정한 미소가 담긴 그 파란 눈으로 나를 바라보았다. 나는 촛불을 내려놓았다. 아주 작은 방이라 화장대가 침대 바로 옆에 있었다. 그녀는 손을 들어 내 뺨을 부드럽게 어루만졌다.

이 책을 왜 일인칭으로 쓰기 시작했을까 이제 와서 후회가 된다. 일인칭은 유쾌하고 감동적인 분위기로 자기를 드러낼 때 더없이 좋으며, 적당한 투지를 보여 주거나 애처로울 만큼 우스꽝스럽게 나갈 때 이보다 더 효과적인 것은 없고 아주 세련된 방식이기도 하다. 독자들의 눈가에 눈물이 반짝거리고 입술에는 부드러운 미소가 어리는 것을 상상하면서 자기 이야기를 쓰는 것은 흐뭇한 일이지만 자기를 순 바보 천치로 내세울 때는 그다지 유쾌하지가 않다.

얼마 전 나는 《이브닝 스탠더드》에 실린 에벌린 워 씨의 글을 읽었다. 그는 이 글에서 일인칭 시점으로 소설을 쓰는 것은 경멸을 자초하는 일이라는 말을 남겼다. 이유를 설명해 주면 좋았으련만 유클리드가 유명한 평행선 공리를 내놓았을 때처럼 믿거나 말거나 하는 식으로 그 말만 툭 던져 놓았다. 나는 궁금증이 생겨 곧장 앨로이 키어(서문을 써 주는 책까지 읽을 만큼 책이란 책은 모조리 읽는 사람)에게 소설의 기법을 다룬 책을 추천해 달라고 부탁했다. 그의 조언에 따라 퍼시 러벅 씨의 『소설의 기술』을 읽었는데 소설을 쓰려면 오직 헨리 제임스처럼 써야겠다는 생각이 들었다. 그 후에 E. M. 포스터 씨의 『소설의 면면』을 읽었더니 소설은 오직 E. M. 포스터처럼 써야 할 것 같았다. 그러고 나서 에드윈 뮤어 씨의 『소설의 구조』를 읽었지만 아무런 깨달음도 얻지 못했다. 그 책들에서는 문제의 해답을 찾을 수 없었다. 하지만 당대에는 유명했으나 지금은 확실히 시들해진 디포, 스턴, 새커리, 디킨스, 에밀리 브론테, 프루스트 같은 소설가들이 왜 에벌린 워 씨가 비난하는 일인칭 시점을 사용했는지 그 이유를 한 가지는 알 것 같다.

우리는 나이가 들수록 인간의 복잡성과 변덕, 부조리를 더 강하게 의식하게 된다. 이것은 중년이나 노년의 작가들이 더 진중한 주제로 생각을 돌려야 마땅함에도 가상 인물의 사소한 관심사에 몰두하는 유일한 변명이 되곤 한다. '인류에 대한 올바른 연구는 인간을 연구하는 것'[64]이 맞다면 현실의 불합리하고 모호한 인물보다는 일관되고 견고하며 의미가 있는 가공 인물에 전념하는 것이 더 현명하기 때문이다. 가끔 소설가는 자신을 신처럼 생각하고 작중 인물에 대해 모든 걸 이야기하려 들 때가 있지만, 반면에 작중 인물에 대한 모든 것이 아니라 자기가 아는 것만 이야기하기도 한다. 우리는 나이를 먹을수록 자신이 신이 아니라는 걸 점점 더 의식하기 마련이니 작가가 경험으로 체득한 것 이상은 쓰지 않으려 한다고 해도 놀랄 일은 아니다. 일인칭 시점은 이 제한된 목적에 한해 대단히 유용하다.

　로지는 손을 들어 내 뺨을 어루만졌다. 그 순간 나는 지금 생각해도 통 이해가 되지 않는 그 상황에 맞지 않는 아주 어처구니없는 행동을 하고 말았다. 갑자기 목이 메면서 흐느낌이 터져 나온 것이다. 부끄럽고 외로워서 그랬는지(겉보기에는 온종일 병원에서 별의별 사람들에 둘러싸여 지냈지만 마음은 외로웠을 수도 있다.) 아니면 욕망이 너무 커서 그랬는지 나는 울기 시작했다. 나 자신이 너무 수치스러웠다. 울음을 그치려고 애

---

64) 자기 자신을 알고 신처럼 모든 것을 알려 하지 말라는, 영국 시인 알렉산더 포프의 『인간론』에서 인용한 말.

썼지만 그럴 수 없었다. 눈에 눈물이 차올라 뺨 아래로 흘러 내렸다. 로지는 그것을 보고 흠칫 놀랐다.

"어머, 자기야, 왜 그래? 무슨 일이야? 울지 마! 울지 마."

그녀는 팔을 내 목에 감고 같이 울기 시작했고, 내 입술과 눈, 젖은 뺨에 입을 맞추었다. 그러고는 보디스[65]를 풀고 내 머리를 끌어당겨 가슴에 대고서 내 매끄러운 얼굴을 어루만 졌다. 그녀는 나를 아이처럼 끌어안고 달래듯 이리저리 흔들었다. 나는 그녀의 가슴에, 하얀 목에 입을 맞추었다. 그녀가 보디스와 치마, 페티코트를 벗었다. 잠시 나는 코르셋을 찬 그녀의 허리를 안고 있었다. 그녀는 잠시 숨을 참으며 코르셋을 풀어 버리고는 속치마 차림으로 내 앞에 섰다. 나는 그녀의 옆구리에 손을 대고 코르셋에 눌려 울퉁불퉁해진 피부를 만졌다.

"촛불 꺼." 그녀가 속삭였다.

그녀가 나를 깨웠을 때 꾸물거리는 밤의 어둠 속에서 커튼 사이로 스며든 새벽빛에 침대와 옷장의 형체가 어렴풋이 보였다. 그녀는 내 입술에 입맞춤하는 것으로 나를 깨웠다. 그녀의 머리카락이 내 얼굴 위로 떨어져 나를 간질였다.

"나 일어나야 해." 그녀가 말했다. "하숙집 주인에게 들키면 안 되잖아."

"시간은 충분해요."

그녀가 내게 몸을 굽혔을 때 그녀의 가슴이 내 가슴을 묵

---

65) 코르셋 위에 착용하는 딱 맞는 여성복 상의.

직하게 눌렀다. 얼마 후 그녀는 침대에서 일어났다. 나는 촛불을 켰다. 그녀는 거울 앞으로 돌아서서 머리를 매만지고는 잠시 벌거벗은 자기 몸을 바라보았다. 허리가 자연스럽게 잘록했다. 아주 풍만하면서도 날씬한 몸이었고, 반듯하고 탄탄한 가슴은 대리석 조각처럼 가슴에서 봉긋 솟아 있었다. 사랑의 행위를 위해 태어난 몸이었다. 점차 밝아 오는 햇살과 분투하는 촛불 속에서 그것은 은빛을 띤 금빛이 되었고, 단단한 젖꼭지만이 장밋빛을 띠고 있었다.

우리는 묵묵히 옷을 입었다. 그녀는 코르셋을 다시 입지 않고 돌돌 말았고, 나는 그것을 신문지로 쌌다. 우리는 까치발로 복도를 지났다. 나는 현관문을 열었다. 밖으로 발을 내딛자 새벽빛이 계단을 뛰어 올라온 고양이처럼 달려와 맞이했다. 광장은 텅 비어 있었다. 태양이 이미 동쪽 창문들을 비추고 있었다. 나는 낮의 팔팔한 기운이 샘솟는 것을 느꼈다. 우리는 팔짱을 끼고 림퍼스 로드 모퉁이까지 걸어갔다.

"여기서 헤어져." 그녀가 말했다. "아무도 모르게."

나는 그녀에게 키스했다. 그리고 걸어가는 그녀를 바라보았다. 그녀는 발밑에 닿는 땅의 느낌을 즐기고 싶은 시골 아낙처럼 조금 천천히 걸었고 자세는 꼿꼿했다. 나는 침대로 돌아가고 싶지 않았다. 슬슬 거닐다 보니 템스 강가였다. 강물은 이른 아침의 찬란한 빛깔을 띠고 있었다. 갈색 바지선 한 척이 강물을 타고 내려와 복스홀 브리지 밑을 지나갔다. 강둑 바로 옆에는 남자 둘이 작은 보트를 타고 노를 젓고 있었다. 허기가 몰려왔다.

17

그로부터 일 년 남짓 로지는 나와 함께 외출했다가 돌아가는 길에 내 하숙집에 들르곤 했다. 때로는 한 시간쯤, 때로는 여명이 이제 곧 하녀가 현관 계단을 닦기 시작할 시간임을 경고할 때까지 머물렀다. 런던의 맥 빠진 공기가 신선하고 상쾌하게 다가오던 포근하고 화창한 아침 텅 빈 거리에 울려 퍼지던 우리의 요란한 발소리, 춥고 비 내리는 겨울에 웅송그린 몸을 서로에게 붙이고 아무런 말 없이 정답게 종종걸음 치며 우산을 같이 쓰고 가던 일이 기억난다. 근무 중인 경찰이 지나가는 우리를 빤히 쳐다보곤 했는데 때로는 의심의 눈초리이기도 했지만 때로는 이해심이 반짝이는 눈이기도 했다. 우리는 큰 현관 지붕 밑에서 웅크리고 잠든 노숙자를 보곤 했다. 내가 그 볼품없는 넓적다리나 깡마른 손에 은화를 한 닢 놓으면 그녀는 다정하게 내 팔을 살짝 쥐었다.(그녀에게 잘 보이고 싶은데 수중에 큰돈은 없었기 때문에 적선하는 시늉만 했다.) 로지는 내게 큰 행복을 선사했고 나는 로지에게 큰 애정을 느꼈다. 그녀는 느긋하고 편안했다. 그녀의 온화한 성격은 같이 있는 사람들에게 그대로 전해졌고 사람들은 흘러가는 시간 속에서 그녀의 기쁨을 나눠 받았다.

나는 그녀가 포드, 레트퍼드, 힐리어 같은 이들의 정부가 아닌가 의심하던 차에 연인이 되고 나서 그녀에게 그것을 물었다. 그녀는 나에게 키스했다.

"바보 같은 소리. 내가 그 사람들을 좋아하는 거 알잖아. 그 사람들과 어울려 외출하는 게 좋을 뿐이야."

나는 조지 켐프의 정부였던 것은 맞느냐고 묻고 싶었지만 그러지 않았다. 로지가 화내는 것은 본 적이 없었지만 성질은 있는 여자라는 생각이 들었고 그런 걸 물어서 괜히 화를 돋우고 싶지 않았다. 자칫하면 상처가 되는 말을 듣고 그녀를 용서하지 못하게 될 수도 있었다. 그때 나는 스물한 살을 갓 넘긴 나이였고, 퀜틴이나 다른 사람들이 너무 늙은 사람들 같아서 그들이 로지의 친구에 불과하다는 것이 전혀 이상하게 느껴지지 않았다. 내가 그녀의 연인이라고 생각하면 자긍심과 짜릿한 전율이 일었다. 토요일 오후 다과회에서 모든 사람들과 함께 재잘거리고 웃는 그녀를 보면 그렇게 흐뭇할 수가 없었다. 우리가 함께한 밤들이 떠올라서 나의 엄청난 비밀을 까맣게 모르는 사람들을 비웃게 되었다. 그런데 가끔씩 라이어널 힐리어가 나를 놀림감 삼아 신나게 농담을 하는 것처럼 재밎어하는 눈초리로 나를 쳐다보는 것 같았다. 혹시 그녀가 나와의 밀애를 말한 걸까. 아니면 나도 모르게 내가 티를 낸 것일까. 나는 로지에게 힐리어가 뭔가 눈치를 챈 것 같다고 말했다. 그녀는 금방이라도 미소를 머금을 듯한 파란 눈으로 나를 쳐다보았다.

"신경 쓰지 않아도 돼." 그녀가 말했다. "그 사람이 원래 좀 짓궂어."

퀜틴 포드와 친했던 적은 한 번도 없었다. 그는 나를 따분하고 별 볼 일 없는 애송이로 여겼고(지당한 생각이었다.) 늘 예의를 차렸지만 나를 주목하지는 않았다. 내 기분 탓이었는지 몰라도 그는 이전보다 더 내게 쌀쌀맞게 구는 것 같았다. 그런데 어느 날 뜻밖에도 해리 레트퍼드가 내게 같이 식사하고 연극을 보러 가자고 청했다. 나는 그것을 그녀에게 말했다.

"오, 당연히 가야지. 엄청 재미있을 거야. 난 해리랑 있으면 자꾸 웃게 돼."

그래서 나는 그와 함께 식사를 했다. 그는 아주 유쾌했고, 그가 들려주는 배우들의 이야기가 흥미로웠다. 그는 빈정거리면서 웃기는 재주가 있었는데 퀜틴 포드를 신나게 씹어 댈 때는 정말 재미있었다. 나는 그에게서 로지 이야기를 끌어내려 했지만 그는 그녀에 대해 할 말이 전혀 없었다. 그는 음탕한 인간 같았다. 살살거리는 눈웃음하며 우스꽝스럽고 은근한 말본새가 여자들을 아주 홀릴 것 같았다. 나는 그가 저녁을 사는 것이 내가 로지의 애인이라는 걸 알고 친근감을 느껴서는 아닐까 생각할 수밖에 없었다. 하지만 그가 안다면 다른 사람들도 안다고 봐야 했다. 티를 내지 말았어야 했는데 속으로 그들에 대해 살짝 우월감을 느낀 것은 사실이었다.

그러다가 그해 겨울 1월이 끝나 갈 무렵에 새로운 인물이 림퍼스 로드에 등장했다. 잭 카이퍼라는 네덜란드계 유대인으로 암스테르담에서 온 다이아몬드 상인이었는데 사업차 런던에서 몇 주일을 묵고 있었다. 그가 어떻게 드리필드 부부를 알게 되었는지는 모르겠다. 애초에 집을 찾아온 것이 작가에 대한 존경심 때문이었는지는 몰라도 재차 발걸음을 한 것은 확실히 그 때문이 아니었다. 그는 키가 크고 퉁퉁했으며, 머리와 눈은 검었고, 대머리에 크고 고부라진 코를 가진 남자였다. 나이는 오십 대였지만 육감적인 데다 강단 있고 쾌활한 모습이 왕성한 인상을 주었다. 그는 대놓고 로지를 칭송했다. 날마다 그녀에게 장미꽃을 보내는 것으로 보아 상당한 재력가인 듯했다. 그녀는 그가 너무 지나치다고 말은 하면서도 좋아했다. 나는 그 인간을 참을 수가 없었다. 그는 뻔뻔하고 시끄러웠다. 외국인의 영어로 완벽하고 유창하게 대화하는 것이 아주 꼴 보기 싫었고, 로지를 과도하게 칭찬하는 것도 못마땅했다. 그녀의 친구들에게 스스럼없이 구는 것도 못마땅했다. 알고 보니 퀜틴 포드도 나만큼 그치를 못마땅히 여기고 있었다. 우리는 서로 정다운 사이가 되었다.

"저치가 오래 있지 않기에 망정이지 원." 퀜틴 포드는 입을 꽉 다물고 검은 눈썹을 추켜올렸다. 하얀 머리와 길고 누르께한 얼굴이 놀랍도록 신사다워 보였다. "여자들은 항상 똑같아. 망나니를 좋아해."

"치 떨리게 천박한 인간이죠." 내가 불평했다.

"그게 바로 저치의 매력이야." 퀜틴 포드가 말했다.

그로부터 이삼 주 동안 나는 로지의 코빼기도 못 보았다. 잭 카이퍼가 밤마다 그녀를 이 근사한 레스토랑으로, 저 극장으로 데리고 다녔기 때문이다. 나는 짜증 나고 속이 상했다.

"그 사람은 런던에 아는 사람이 아무도 없어." 로지가 심란한 내 마음을 달래려 말했다. "여기 있는 동안 되도록 많이 구경하고 싶대. 야박하게 항상 혼자 보러 다니게 놔둘 수는 없잖아. 어차피 두 주 남짓만 머물 거고."

나는 그녀가 굳이 희생을 자처하는 의도를 알 수 없었다.

"당신은 그 사람이 싫지도 않아요?" 내가 물었다.

"아니. 재미만 있던데. 그 사람 때문에 자꾸 웃게 돼."

"그 사람이 당신에게 눈독 들이고 있다는 거 몰라요?"

"자기가 좋다잖아. 나한테 해를 끼치는 것도 아니고."

"늙고 뚱뚱하고 징그러운 남자예요. 난 쳐다보기만 해도 소름이 돋던데."

"그렇게 형편없는 남자는 아닐 거야." 로지가 말했다.

"그치랑 얽히지 않는 게 좋아요." 나는 반발했다. "진짜 재수 없는 망종이란 말이에요."

로지는 머리를 긁었다. 그녀의 안 좋은 버릇이었다.

"외국인들은 영국인과 완전히 달라서 얼마나 재미있는지 몰라." 그녀가 말했다.

잭 카이퍼가 암스테르담으로 돌아갔을 때 나는 하늘에 감사했다. 로지와는 그다음 날 같이 식사를 하기로 되어 있었다.

우리는 특별히 소호에서 식사하기로 했다. 그녀가 이륜마차를 타고 와 나를 태웠고, 우리는 소호로 마차를 몰았다.

"당신의 징그러운 영감탱이는 간 거지요?"

"응." 그녀는 웃음을 터뜨렸다.

나는 팔로 그녀의 허리를 감았다.(인간의 소통에서 즐겁고도 거의 필수적인 이 행위를 위해서라면 요즘의 택시보다 이륜마차가 훨씬 편하다는 사실을 다른 곳에서 언급한 바 있으니 여기서 반복하는 수고는 하지 않겠다.) 나는 팔로 허리를 감고 그녀에게 입을 맞추었다. 그녀의 입술은 봄날의 꽃 같았다. 우리는 목적지에 도착했다. 나는 내 모자와 외투를(허리가 딱 맞고 옷깃과 소맷부리가 벨벳으로 된 아주 긴 옷을) 옷걸이에 걸고 나서 로지에게 망토를 달라고 했다.

"그냥 입고 있을게." 그녀가 말했다.

"그럼 엄청 더울 텐데요. 그러다 밖에 나가면 감기 걸려요."

"상관없어. 오늘 처음 입은 거야. 이거 예쁘지 않아? 봐. 이 머프와 한 쌍이야."

나는 망토를 쳐다보았다. 모피였다. 나는 몰랐지만 흑담비 모피였다.

"엄청 비싸 보여요. 어디서 난 거죠?"

"잭 카이퍼가 사 줬어. 어제 그가 떠나기 전에 같이 나가서 샀어." 그녀가 매끄러운 털을 쓰다듬었는데 장난감을 얻은 아이처럼 행복해 보였다. "이거 얼마인지 알아?"

"나는 짐작도 못 하겠군요."

"260파운드. 내 평생에 이렇게 비싼 건 처음이라는 거 알아? 나는 너무 과하다고 말렸지만 말을 듣지 않았어. 그 사람이 고집을 피워서 받을 수밖에 없었어."

로지는 좋아서 깔깔 웃었고, 두 눈이 반짝거렸다. 하지만 나는 내 얼굴이 뻣뻣하게 굳고 소름이 등허리를 따라 흐르는 것을 느꼈다.

"카이퍼가 그렇게 비싼 모피 망토를 당신에게 사 주었다는 걸 드리필드가 알면 이상하게 여기지 않겠어요?" 나는 아무렇지 않은 듯 가장하며 물었다.

로지는 장난스럽게 눈알을 요리조리 굴렸다.

"테드가 어떤지 알잖아. 그이는 아무것도 몰라. 그이가 물으면 전당포에서 20파운드 주고 샀다고 하면 돼. 그럼 그렇구나 하고 말 거야." 그녀는 망토의 목깃에 얼굴을 비볐다. "진짜 보들보들해. 누가 봐도 비싼 건지 딱 알겠어."

나는 음식을 억지로 삼키면서 비통한 심정을 내색하지 않으려고 이런저런 이야기로 대화를 계속했다. 로지는 내가 하는 말을 듣는 둥 마는 둥 했다. 새 망토에 정신이 팔려 있었고, 굳이 무릎에 얹어 놓은 머프를 일 분에 한 번씩 내려다보았다. 그녀는 그것을 애정이 담긴 시선으로 쳐다보았는데 나른하고 육감적이면서 자아도취적인 눈빛이 어려 있었다. 나는 그녀에게 화가 치밀었다. 그녀가 멍청하고 천하게 느껴졌다.

"카나리아를 삼킨 고양이가 따로 없군요." 나는 한마디 꼬집지 않을 수 없었다.

그녀는 깔깔 웃기만 했다.

"지금 딱 그런 기분이야."

내게 260파운드는 막대한 액수였다. 망토 하나에 그런 큰 돈을 쓰는 사람이 있다니 상상조차 못 한 일이었다. 당시에 나는 한 달에 14파운드로 부족함 없이 생활하고 있었다. 혹시 언뜻 계산이 안 되는 독자를 위해 덧붙이자면 일 년 치 생활비가 총 168파운드다. 나는 순전히 우정의 표시로 그렇게 비싼 선물을 하는 사람이 있다는 게 믿기지 않았다. 잭 카이퍼가 런던에 있는 동안 매일 밤 로지랑 동침하고서 떠날 때 그녀에게 값을 치렀다고 볼 수밖에 없었다. 그녀는 어떻게 그런 걸 받을 수 있을까? 그로 인해 본인이 얼마나 저급해지는지 모른단 말인가? 그자가 그렇게 값비싼 것을 준 게 얼마나 천박하기 짝이 없는 짓인지 그녀는 모른단 말인가? 아무래도 모르는지 내게 이렇게 말했다.

"친절한 사람 아니야? 유대인이 언제나 인심이 후하기는 하지만."

"그럴 능력이 되는가 보죠." 내가 말했다.

"아, 맞아, 그 사람 돈이 엄청 많아. 떠나기 전에 뭐라도 주고 싶다면서 갖고 싶은 거 없느냐고 물었어. 그래서 망토랑 거기에 맞는 머프면 좋겠다고 말했는데 이런 걸 사 줄 줄은 몰랐지. 같이 가게에 들어갔을 때 나는 아스트라한 양털 망토를 보여 달라고 했어. 그런데 그 사람이 이러는 거야. '아니, 흑담비, 최고급품으로.' 그리고 이걸 보고는 이걸로 사 주겠다고 고집을 부렸어."

그녀의 새하얀 육체, 그 우윳빛 피부가 뚱뚱하고 징그러운 영감의 품에 안기고 그의 두툼하고 주글주글한 입술이 그녀의 입술에 입 맞추는 모습이 눈앞에 떠올랐다. 그간 차마 믿고 싶지 않아 내내 부정했던 의혹이 결국 진실이었다는 걸 깨닫는 순간이었다. 그녀는 퀜틴 포드, 해리 레트퍼드, 라이어널 힐리어와 외출해 식사했을 때도 나하고 그랬던 것처럼 잠자리를 했던 것이다. 나는 말을 할 수가 없었다. 자칫 그녀를 모욕하는 말이 나올지도 몰랐다. 질투가 났다기보다 치욕스러웠던 것 같다. 그녀의 손에 철저히 놀아난 기분이랄까. 나는 입 속에 맴도는 지독한 조롱이 입 밖으로 튀어나오지 않도록 의지력을 총동원해야 했다.

우리는 극장으로 자리를 옮겼다. 나는 연극 내용이 귀에 들어오지 않았다. 내 팔에 닿는 흑담비 망토의 매끄러운 감촉만 느껴졌고 계속 머프를 쓰다듬는 그녀의 손가락만 보였다. 다른 남자들과 그랬다는 건 그럭저럭 참아 낼 수 있었지만 잭 카이퍼와 그랬다는 걸 생각하면 몸서리가 났다. 어떻게 그럴 수 있을까? 내가 가난하다는 것이 한스러웠다. 돈이 많았더라면, 그래서 내가 더 좋은 것으로 사 줄 테니 그 더러운 모피는 그 작자에게 돌려주라고 말할 수 있었더라면 얼마나 좋을까. 그녀는 내가 말이 없다는 걸 알아챘다.

"오늘 밤에는 말이 없네."

"그랬나요?"

"어디 아픈 거 아니지?

"전혀요."

그녀는 나를 곁눈질로 흘끔거렸다. 나는 눈을 맞추지 않았지만 그녀의 눈에 내가 잘 아는 짓궂고 천진한 미소가 담겼다는 걸 알고 있었다. 그녀는 더 말하지 않았다. 연극이 끝났을 때 비가 내려서 우리는 이륜마차를 탔다. 나는 마부에게 그녀의 림퍼스 로드 주소를 알려 주었다. 그녀는 내내 말이 없다가 빅토리아 스트리트에 이르렀을 때 말했다. "나도 같이 집에 갈까?"

"좋을 대로 해요."

그녀는 마차 지붕을 밀어 열고 마부에게 내 주소를 알려 주었다. 그리고 내 손을 잡고 꼭 쥐었지만 나는 가만히 있었다. 화가 나서 무게를 잡고 창밖만 똑바로 쳐다보았다. 빈센트 스퀘어에 도착했을 때 나는 그녀가 마차에서 내리는 걸 도와주고 그녀를 집 안에 들였지만 말은 하지 않았다. 나는 모자와 외투를 벗었다. 그녀는 망토와 머프를 소파 위에 툭 던졌다.

"왜 이렇게 골이 났어?" 그녀가 내게 다가오며 물었다.

"골이 나긴요." 나는 고개를 돌리며 대꾸했다.

그녀는 두 손으로 내 얼굴을 감쌌다.

"어쩜 이리 바보 같을까? 잭 카이퍼가 내게 모피 망토를 사준 게 화낼 일이야? 너는 사 줄 수 없잖아, 안 그래?"

"그렇긴 하죠."

"그건 테드도 마찬가지야. 나한테 260파운드짜리 모피 망토를 사양하라고 하면 안 되지. 모피 망토 하나 갖는 게 내 평생 소원이었어. 잭에게 그 정도는 아무것도 아니고."

"그치가 그저 우정의 표시로 그걸 주었다는 말을 나더러 믿으라고 하진 말아요."

"그럴 수도 있지. 게다가 그 사람은 암스테르담으로 돌아갔어. 그 사람이 언제 또 올지 누가 알겠어?"

"그 작자만이 아니잖아요."

나는 이제 성나고 상처받고 분개한 눈으로 로지를 쳐다보았다. 그녀는 내게 미소를 지었다. 무슨 말로 그녀의 아름다운 미소에 담긴 그 달콤하고 다정한 빛을 묘사할 수 있을까. 그녀의 목소리는 우아하고 상냥했다.

"아이참, 왜 다른 사람들 일로 속을 썩고 그래? 그게 너한테 해될 게 뭐가 있다고? 내가 재밌게 놀아 주잖아! 나랑 있으면 행복하지 않아?"

"아주 행복하죠."

"그럼 된 거야. 안달하고 질투하는 건 바보나 하는 짓이야. 지금 얻을 수 있는 것에 만족하면 안 돼? 기회가 있을 때 인생을 즐겨야지. 어차피 100년 후엔 우리 모두 죽을 텐데 뭐가 그리 심각해? 할 수 있을 때 우리 좋은 시간 보내자."

그녀는 두 팔을 내 목에 감고 내 입술에 입술을 댔다. 나는 분노를 잊고 그녀의 아름다움만, 포근하고 다정한 그녀만 생각했다.

"나를 있는 그대로 받아들여 줘." 그녀가 속삭였다.

"알았어요." 나는 말했다.

18

이 시기에 나는 드리필드를 거의 만나지 못했다. 그는 낮에는 대개 편집 일을 했고 밤에는 글을 썼다. 물론 토요일 오후 모임에서는 쾌활한 모습과 반전이 있는 재치로 재미를 주었다. 나를 보면 반가워하면서 사소한 것들을 화제로 잠시 잡담을 나누었지만 그의 관심은 자연스럽게 나이가 더 많고 더 중요한 손님들에게 쏠리기 마련이었다. 그러나 나는 그가 점점 무덤덤해져 간다는 느낌을 받았다. 그는 더 이상 내가 블랙스터블에서 알고 지낸 명랑하고 소박한 지인이 아니었다. 내가 점점 예민해진 탓인지 몰라도 그는 사람들을 놀리기도 하고 농담도 주고받았지만 그와 그들 사이에 보이지 않는 벽이 있는 것 같았다. 매일매일의 일상은 허상에 불과한 것처럼 공상의 세상을 살아가는 사람 같았다. 가끔 만찬 자리에서 연설을 해 달라는 요청을 받았고 문예 클럽에도 가입했다. 그는 작품 활동을 통해 진입한 협소한 사회를 벗어나 신분이 높은 사람들과 안면을 트기 시작했다. 유명 작가와 어울리고 싶어 하는 숙녀들의 오찬이나 다과회에 초대받는 일이 갈수록 많아졌다. 로지도 같이 초대를 받았지만 거의 가지 않았다. 파티는 관심이 없다고 했다. 어차피 그들이 원한 것은 테드일 뿐 그녀가 아니었다. 그녀에게는 멋쩍기도 하고 소외감을 느끼는 자리였을 것이다. 파티를 주최한 여자들은 로지를 함께 초대하는 것을 아주 성가시게 여겼을 테고 그녀가 그것을 알게 되었을 수도 있다. 또 그들이 예의상 초대해 놓고 예의를 지키기가 귀찮아져 그녀를 무시했을 수도 있다.

바로 이 무렵 에드워드 드리필드는 『생명의 잔』을 출간했다. 그의 작품을 비평하는 것은 내 일이 아니거니와 최근에는 일반 독자들의 궁금증을 풀어 줄 관련 저작물들이 쏟아져 나왔다. 다만 『생명의 잔』은 대표작도 아니고 가장 인기를 끈 작품도 아니지만 내게 가장 흥미로운 작품이라는 점을 밝혀 둔다. 이 소설이 지닌 냉혹한 무자비함은 감상벽 일색인 영국 소설들 틈에서 독창성을 뽐내고 있다. 이 소설은 참신하고 통렬하다. 시큼털털한 사과 맛이 난다. 처음에는 떨떠름하지만 묘하게 달콤쌉싸름해서 입맛이 도는 그런 맛이다. 드리필드의 작품 중에서 나도 한번 써 봤으면 하는 생각이 드는 것은 이것이 유일하다. 아이가 죽는 장면은 끔찍하고 비통하면서도 감정의 지나친 분출이 없으며, 뒤따르는 흥미로운 사건들도 한번 읽으면 쉽게 잊히지 않는다.

이 부분 때문에 가련한 드리필드는 뜻하지 않은 시련에 부딪쳤다. 출간 이후 며칠은 그의 다른 소설들과 비슷한 경로를 밟을 것으로 보였다. 많은 비평이 쏟아져 나올 테고 회의적인 평가도 있겠지만 호평이 우세한 가운데 판매량은 나쁘지도 대단하지도 않을 것 같았다. 로지는 그가 300파운드 정도 수익이 들어올 것으로 예상하고 있으며 이번 여름에 강변의 별장을 빌리자는 말을 하더라고 했다. 최초의 서평 두세 편은 이쪽도 저쪽도 아닌 어정쩡한 입장이었다. 그러다가 한 조간신문에 격렬한 비판이 실렸다. 그 책에 관한 칼럼이었다. 칼럼은 쓸데없이 불쾌하고 음란한 책이라면서 이런 것을 대중에게 내놓았다고 출판사를 꾸짖었다. 그리고 영국의 젊은이들에게 미칠 해로운 영향력과 그것이 도출할 참상들을 나열했다. 또한 여성을 모독하는 책이라고 판단했다. 서평자는 이러한 책이 어린 소년들이나 순진한 처녀들의 손에 떨어질 가능성이 있다면서 우려를 표했다. 다른 신문들도 한목소리를 냈다. 더 어리석은 자들은 책의 판매를 금지하라고 요구했고, 어떤 이들은 검찰이 개입해야 할 사안이 아닐까 진지하게 자문하기도 했다. 비난이 대세를 이루었다. 사실주의적 경향이 강한 대륙의 소설에 익숙한 작가들이 에드워드 드리필드는 이보다 더 훌륭한 작품을 쓴 적이 없다고 용감하게 여기저기서 목소리를 냈지만 묵살되었다. 이 같은 정직한 의견들은 대중의 입맛에 영합하려는 저열한 욕망으로 간주되었다. 도서관들은 책의 대여를 금지했고 기차역 서점들은 책을 받지 않았다. 이 모든 것이 심히 불쾌한 상황일 수밖에 없었지만 에드워드 드리필드는 이성적으로 차분히 인내했다. 그는 어깨를 추어올렸다.

"자꾸 진짜가 아니라고 하는데 말이지……." 그는 미소를 지었다. "웃기지 말라고 해. 그건 진짜야."

이 시련의 시기에 친구들의 충직함은 그에게 버팀목이 되었다. 『생명의 잔』을 찬미하는 것은 심미안의 증표가 되었다. 말하자면 이 작품에 충격을 받았다는 것은 교양이 없음을 실토하는 것이나 다름없었다. 바턴 트래퍼드 부인은 이것을 걸작이라고 칭하기를 주저하지 않았다. 비록 바턴 씨가 《쿼털리》에 글을 싣기에는 적당한 때가 아니었지만 에드워드 드리필드의 장밋빛 미래에 대한 그녀의 믿음은 굳건했다. 그야말로 파란을 일으켰던 책을 이제 와 읽어 보면 야릇한 기분이 든다.(깨닫는 바도 있다.) 순진한 사람이 얼굴을 붉힐 만한 말은 어디에도 없고 오늘날의 독자들이 기겁할 만한 사건 하나 찾아볼 수 없으니 말이다.

19

육 개월쯤 지나자 『생명의 잔』에 대한 논란은 잦아들었다. 드리필드는 훗날 '그들의 열매'라는 제목으로 출간하게 되는 소설을 시작한 뒤였다. 당시 나는 입원 환자들의 처치 담당으로 4학년 과정에 있었다. 어느 날 근무 중에 병동 회진을 돌기 위해 사수 외과의를 기다리러 병원의 중앙 홀로 들어갔다가 편지들을 놓아두는 선반을 살폈다. 빈센트 스퀘어의 내 주소를 모르는 사람들이 병원으로 편지를 보내는 일이 왕왕 있었기 때문이다. 나는 내 앞으로 온 전보를 발견하고 깜짝 놀랐다. 그 내용은 이러했다.

오늘 오후 5시에 꼭 방문 바람. 중요한 일.
이저벨 트래퍼드

그녀가 나를 무슨 일로 찾는 걸까 궁금했다. 지난 이 년 동안 열 번 남짓 만났는데 그녀는 나를 눈여겨 보지 않았고, 나는 그녀의 집에 가 본 적도 없었다. 보통 다과회에는 남자들이 드물기 때문에 막판에 사람이 부족해진 여주인이 젊은 의대생이라도 없는 것보다는 낫다고 생각할 수 있었다. 하지만 전보 내용으로 보아 아무래도 파티는 아닌 듯했다.

내가 처치를 보조하는 외과의는 따분하고 수다스러운 사람이었다. 일이 끝났을 때는 5시가 넘은 시각이었고 첼시까지 내려가려면 족히 이십 분은 걸렸다. 바턴 트래퍼드 부인은 템스 강가의 아파트 단지에 살고 있었다. 나는 6시가 다 된 시각에 도착해 초인종을 누르고 부인이 댁에 계시는지 물었다. 응접실로 안내된 내가 늦은 이유를 설명하기 시작하자 부인이 내 말을 잘랐다.

"우린 당신이 일 때문에 빠져나올 수 없겠거니 생각했어요. 그건 중요하지 않아요."

남편이 그 자리에 있었다.

"차라도 한잔 드셔야 할 텐데." 그가 말했다.

"오, 차를 마시기엔 시간이 좀 늦지 않았어요?" 그녀가 상냥하게 나를 쳐다보았다. 친절함이 가득한 온화하고 멋진 눈이었다. "차는 필요 없지요?"

그날 점심에 먹은 거라고는 버터 바른 스콘과 커피가 전부였기 때문에 목이 마르고 배도 고팠지만 그렇다고 말하고 싶지 않았다. 그래서 차는 됐다고 사양했다.

"올곳 뉴턴 씨는 알지요?" 그녀는 내가 방에 들어갔을 때 큰 팔걸이의자에 앉아 있다가 지금은 서 있는 남자를 가리켰다. "에드워드의 집에서 만난 적 있을 거예요."

있고말고. 자주 오는 사람은 아니었지만 귀에 익은 이름이었다. 나는 그를 기억했다. 사람을 아주 초조하게 만드는 자여서 대화를 나눈 적은 없었다. 지금은 철저히 잊혔지만 그때는 영국에서 가장 잘 알려진 평론가였다. 몸이 크고 뚱뚱한 금발 머리 남자였는데 투실투실한 흰 얼굴에 눈은 연파란색이었고 금발 머리는 희끗희끗했다. 눈동자 색깔이 돋보이도록 항상 연파란색 넥타이를 매고 있었다. 그는 드리필드의 집에서 만난 작가들에게 아주 사근사근했고 듣기 좋은 덕담을 했지만 그들이 가고 나면 그들을 씹어 대는 것으로 큰 웃음을 주곤 했다. 그는 절묘하게 고른 말을 써 가며 낮고 차분한 목소리로 말했다. 핵심을 찌르면서 친구를 험담하기로는 이자를 능가할 사람이 없었다.

올굿 뉴턴은 나와 악수를 나누었고, 늘 배려심이 흘러넘치는 트래퍼드 부인은 내가 편히 있기를 바라는 마음에서 내 손을 잡아 자기 옆 소파에 앉혔다. 탁자에 아직 다과가 놓여 있었다. 그녀는 잼 샌드위치를 한 쪽 집어 우아하게 씹었다.

"최근에 드리필드 부부를 만난 적 있어요?" 그녀는 잡담을 하려는 것처럼 내게 물었다.

"지난 토요일에 그 집에 갔었어요."

"그때 이후 두 사람 중 누구도 만난 적 없고요?"

"없어요."

바턴 트래퍼드 부인은 시선을 올굿 뉴턴에게서 남편에게로,

다시 그 반대로 옮겼다. 도와 달라는 무언의 요청 같았다.

"돌려 말해 봤자 얻을 게 뭐가 있겠어요, 이저벨."

뉴턴이 특유의 정곡을 찌르는 어투로 말했다. 눈에 심술궂은 빛이 희미하게 반짝거렸다.

바턴 트래퍼드 부인이 내게 고개를 돌렸다.

"그러면 드리필드 부인이 남편을 버리고 도망간 거 모르겠군요."

"뭐라고요!"

나는 기함할 지경이었다. 내 귀를 믿을 수가 없었다.

"당신이 사실을 말해 주는 게 좋겠어요, 올굿." 트래퍼드 부인이 말했다.

평론가는 몸을 젖혀 의자에 기대더니 양쪽 손끝을 맞댔다. 그러고는 열정적인 어조로 말했다.

"어젯밤에 서평 문제로 에드워드 드리필드를 만날 일이 있었어요. 요즘 그의 작품에 대한 서평을 쓰고 있거든요. 저녁을 먹고 나서 날이 좋기에 그의 집까지 걸어가기로 했지요. 그는 나를 기다리고 있었어요. 게다가 시장님의 연회나 왕립 미술원의 만찬처럼 중요한 행사가 있으면 모를까 그는 밤에는 외출하지 않잖아요. 그러니 그 집에 거의 다 와서 문이 벌컥 열리고 에드워드가 나오는 걸 보았을 때 내가 얼마나 놀랐을지, 아니 얼마나 당황했을지 한번 상상해 보세요. 알다시피 임마누엘 칸트는 매일 똑같은 시각에 산책하는 습관이 있어서 쾨니히스베르크 주민들은 그를 보고 시계를 맞추곤 했어요, 그래서 어느 날 그가 평소보다 한 시간 일찍 집을 나서자 하얗게 질렸다고 하지요. 뭔가 큰일이 일어나지 않고서야 그럴 수 없다는 생각이 들어서 말이죠. 그들의 짐작은 맞았습니다. 그때 임마누엘 칸트는 바스티유 감옥이 함락되었다는 소식을 막 들었던 거예요."

올굿 뉴턴은 그 일화의 효과를 누리기 위해 잠시 말을 멈추었다. 바턴 트래퍼드 부인은 그에게 이해심이 어린 미소를 지어 보였다.

"내 쪽으로 부리나케 다가오는 드리필드를 보았을 때 경천동지의 대사건을 기대한 것은 아니지만 뭔가 심상치 않은 일이 있구나 직감했지요. 그는 지팡이도 장갑도 없이 구닥다리 검정색 알파카 작업복에 챙이 넓은 중절모 차림이었어요. 표정이 거칠고 행동거지가 제정신이 아닌 사람 같았지요. 결혼 생활의 우여곡절은 있기 마련이니 부부간의 의견 충돌로 무작정 집을 나온 것인가, 아니면 편지를 부치러 우체국에 가는 길인가 나대로 생각을 했지요. 그가 그야말로 그리스의 용장들 사이를 날아다니던 헥토르처럼 내달렸거든요. 나를 알아보지 못하기에 혹시 아는 체하고 싶지 않은 건가 하는 의구심이 들더군요. '에드워드.' 하고 그를 불러 세웠지요. 움찔하는 것 같더라고요. 잠시 내가 누구인지 모르는 눈치였어요. '무슨 일로 이 방탕한 동네 핌리코를 그리 헐레벌떡 지나가는가? 누구에게 복수라도 하려는 건가?' 하고 내가 물었지요. 그가 '오, 당신이었군.' 하대요. 그래서 '어디 가?' 하고 물으니 '아무데도.' 하고 대꾸하더군요."

이 속도라면 올굿 뉴턴의 이야기가 언제 끝날지 기약이 없었고, 나는 저녁 식사 시간을 삼십 분이나 넘겼다고 허드슨 부인에게 쓴소리를 들을 수밖에 없었다.

"나는 찾아온 용건을 말한 뒤에 그의 집으로 돌아가서 내가 고민 중인 문제를 좀 더 편히 상의하자고 제안했지요. 그랬더니 그가 말하길 '지금은 진정이 안 되어서 집에 갈 수가 없어. 좀 걷지. 걸으면서 얘기해.' 하더군요. 나는 그러자고 돌아섰지요. 우리는 걷기 시작했는데 그의 발걸음이 하도 빨라서 내가 걸음을 늦추라고 말해야 했어요. 존슨 박사[66]라도 급행열차의 속도로 플리트 스트리트를 걸으며 대화를 나눌 수는 없었을 겁니다. 차림새가 심상치 않고 행동거지도 아주 심란해 보였기 때문에 에드워드를 한적한 길로 유도하는 것이 좋겠다는 생각이 들더군요. 그리고 내가 쓰려는 글에 대해 이야기했어요. 생각 중인 주제가 예상보다 방대해져서 주간지 칼럼에 발표하는 것이 과연 올바른 처사인지 의심스럽다고 말이죠. 그 문제를 상세히 설명하고 나서 의견을 물었지요. 그가 대뜸 '로지가 떠났어.'라고 대답하더군요. 나는 잠시 무슨 말을 하는 것인지 어리둥절하다가 그 풍만한 여자 얘기로구나 깨달았지요. 종종 내게 찻잔을 건네주던, 매력이 없지 않던 그 여자. 그는 내게서 축하보다는 위로를 바라는 말투였어요."

올굿 뉴턴은 다시 말을 멈추고 파란 눈을 반짝거렸다.

"정말 훌륭하시네요, 올굿." 바턴 트래퍼드 부인이 말했다.

---

[66] 영국의 시인이자 수필가, 사전 편찬자인 새뮤얼 존슨(Samuel Johnson, 1709~1784). 플리트 스트리트 인근에 그가 살았던 집이 보존되어 있다.

"기막히게요." 그녀의 남편이 말했다.

"연민이 필요한 상황 같아서 '이보게.' 하고 내가 말문을 열었을 때 그가 내 말을 가로채더니 말하더군요. '오늘 마지막 우편으로 편지를 받았어. 아내가 조지 켐프 경이랑 같이 달아났어.'"

나는 놀라 말문이 막혔다. 트래퍼드 부인이 재빨리 나를 흘끔거렸다.

"'조지 켐프 경이 누군가?' 하니까 그가 '블랙스터블 사람일세.' 하고 대답했어요. 나로서는 생각할 여유가 없어서 그냥 작심하고 터놓고 말했지요. '그 여자 잘 쫓아냈어.' 하고요. 그랬더니 그가 소리를 지르더군요. '올긋!' 나는 걸음을 멈추고 그의 팔을 잡았습니다. '그 여자는 자네를 속이고 자네의 모든 친구들과 바람을 피웠단 말이야. 온 세상이 알도록 품행이 난잡했다고. 이보게 에드워드, 진실을 직시하세나. 자네 아내는 싸구려 매춘부나 다름없네.' 그는 내 손을 뿌리치고는 코코넛을 빼앗긴 보르네오숲의 오랑우탄처럼 낮게 으르렁거리더니 말릴 틈도 없이 휭하니 달아나 버렸어요. 나는 하도 놀라서 그의 고함 소리와 달려가는 발소리를 듣고 있을 수밖에 없었지요."

"그렇게 가게 두시면 안 되죠." 바턴 트래퍼드 부인이 말했다. "그런 상태에서는 템스강에 몸을 던졌을 수도 있어요."

"나도 그 생각은 했지만 그가 강 쪽으로 달려가지 않고 우리가 걸어온 동네의 지저분한 길로 뛰어가는 것을 보았어요. 작가가 작품을 쓰다 말고 자살한 사례는 역사상 찾아볼 수가 없다는 생각도 들었고요. 어떤 고난이 닥쳐도 미완성인 작품을 후세에 남기고 싶지는 않은 법이거든요."

그 이야기는 내게 놀라움과 충격과 실망을 안겼다. 하지만 나는 트래퍼드 부인이 나를 부른 이유를 알 수 없어 불안하기도 했다. 그녀는 나와 사실상 거의 모르는 사이였기 때문에 내가 이 일과 무슨 연관이 있을 거라고 생각할 이유도, 내게 이 소식을 일부러 알려 줄 까닭도 없었다.

"가엾은 에드워드." 그녀가 말했다. "물론 이게 전화위복이 되리라는 건 부정할 사람이 없을 거예요. 하지만 그 사람이 상심할까 걱정이에요. 다행히 경솔한 행동은 하지 않았지만요." 그녀는 내게 고개를 돌렸다. "나는 뉴턴 씨의 이야기를 듣자마자 림퍼스 로드로 갔답니다. 에드워드는 나가고 없었어요. 하녀 말로는 방금 나간 것 같았어요. 그렇다면 올굿 씨에게서 도망치고 나서 오늘 아침 사이에 집에 들어오기는 한 거예요. 당신은 왜 내가 와 달라고 청했는지 궁금하겠지요."

나는 대꾸하지 않고 그녀가 계속하기를 기다렸다.

"블랙스터블에서 처음 드리필드 부부를 만난 거 맞지요? 조지 켐프 경이 누구인지 우리에게 알려 줘요. 에드워드는 그가 블랙스터블 사람이라고 했어요."

"그는 중년이고, 아내와 두 아들이 있습니다. 아들들은 제 또래이고요."

"그런데 나는 그가 누구인지 통 모르겠어요. 『디브렛 귀족 연감』을 뒤져 봐도 찾을 수가 없거든요."

나는 웃음을 터뜨릴 뻔했다.

"아, 그는 진짜 귀족이 아니에요. 그 지방 석탄 장수인데 하도 거들먹거려서 블랙스터블에서 조지 경이라고 불리는 겁니다. 그냥 농담이에요."

"시골 사람들의 유머는 독특해서 모르는 사람들이 이해하기 힘들 때가 많아요." 올굿이 말했다.

"우리 모두가 나서서 최대한 에드워드를 도와야 해요." 바턴 트래퍼드 부인이 말했다. 그녀는 뭔가를 생각하듯 내게 시선을 돌렸다. "켐프라는 사람이 로지 드리필드와 도망쳤다면 자기 아내를 버렸을 거예요."

"그렇겠죠." 내가 대답했다.

"한 가지 수고를 좀 해 주실 수 있을까요?"

"제가 할 수 있는 일이라면."

"블랙스터블에 내려가서 정확히 어떻게 된 일인지 알아봐 주실래요? 아무래도 우리가 그 사람 아내와 연락을 취해야 할 것 같아요."

나는 다른 사람들의 일에 끼어드는 것을 좋아한 적이 한 번도 없다.

"그건 제가 할 수 있는 일이 아닌 것 같습니다."

"그 여자를 만나 주실 수 없을까요?"

"아뇨, 그건 안 되겠어요."

바턴 트래퍼드 부인은 내 대답이 퉁명스럽다고 생각했을지라도 내색할 사람이 아니었다. 그녀는 살짝 미소를 지었다.

"그럼 그 일은 일단 미뤄 두죠. 시급한 건 블랙스터블로 내려가서 켐프에 대해 알아보는 거니까요. 나는 오늘 저녁 에드워드를 만나 볼게요. 그 사람이 그 끔찍한 집에 혼자 있는 상상만 해도 견딜 수가 없어요. 바턴과 나는 그 사람을 여기로 데려오기로 마음을 굳혔어요. 빈방도 있겠다, 여기서 작업할 수 있게 조치할 생각이에요. 당신도 그게 그 사람을 위한 최선이라고 생각하지요, 올곳?"

"그렇고말고요."

"그 사람이 여기서 평생 지낸다고 해도 안 될 이유는 없어요. 적어도 몇 주는 있어야 해요. 그러다가 여름철에 우리랑 같이 여행을 떠나도 좋고요. 우리는 브리타니로 떠날 예정이에요. 그 사람도 분명히 좋아할 거예요. 확실히 기분 전환이 될 테니까요."

바턴 트래퍼드가 아내만큼이나 다정한 눈길을 내게 고정하고 말했다. "시급한 것은, 이 젊은 소본스[67]께서 블랙스터블에 내려가 활약을 해 주겠느냐 하는 거요. 현재의 상황을 정확히 알아야 하니까. 그게 핵심이지."

바턴 트래퍼드 씨는 이렇게 유쾌한 태도와 속어도 불사하는 재담으로 고고학적 관심을 표출하곤 했다.

"설마 거절할라고요." 그의 아내는 부드럽고 호소하는 듯한 눈길을 내게 던지며 말했다. "거절하지 않을 거죠? 너무 중요한 일인데 우리를 도울 사람은 당신뿐이에요."

나는 대체 어찌 된 영문인지 그녀 못지않게 궁금했지만 그녀가 내 심정을 알 리 없었다. 심장을 난도질하는 질투의 칼

---

67) sawbones. 외과의를 가리키는 속어.

날에 내가 얼마나 괴로운지도 알 턱이 없었다.

"토요일 이전에는 병원을 떠날 수 없습니다." 나는 말했다.

"그거면 돼요. 참 친절하시네요. 에드워드의 모든 친구들이 당신에게 감사할 거예요. 그럼 언제 돌아오시죠?"

"월요일 이른 아침까지는 런던으로 돌아와야 합니다."

"그날 오후에 여기로 와서 나랑 같이 차 마셔요. 노심초사 당신을 기다리고 있을게요. 다행이네요. 이제 됐어요. 그럼 나는 에드워드를 찾아가 봐야겠어요."

그만 가 보라는 뜻이었다. 올긋 뉴턴도 작별 인사를 하고 나와 함께 아래층으로 내려왔다.

"오늘 이저벨은 '아라곤의 캐서린'[68] 같은 분위기가 도는 것이 참으로 멋져 보이는군." 우리 뒤에서 문이 닫혔을 때 그가 중얼거렸다. "절호의 기회가 왔고, 그걸 놓칠 우리의 친구가 아니지. 친절한 마음씨의 상냥한 여인. 비뉴스 투트 앙티에 아 사 프르와 아타셰."[69]

나는 무슨 소리를 하는지 이해하지 못했다. 앞에서 독자들에게 들려준 바턴 트래퍼드 부인의 이야기는 훨씬 나중에 가서야 알게 된 것들이기 때문이다. 하지만 나는 그가 그녀를 은근히 비꼬고 있다는 것을 알고 재밌어서 킥킥 웃었다.

"당신은 청춘이니 우리 친구 디지가 불운의 순간에 거명한

---

68) 헨리 8세의 첫 번째 부인. 경건하고 위엄 있는 성격이었다고 전해진다.
69) 라신의 희곡 「페드르」 1막 3장에 나오는 대사를 인용한 말. "Vénus toute entière à sa proie attachée." 프랑스어로 '먹잇감을 틀어쥔 비너스'라는 뜻이다.

'런던의 곤돌라'를 타고 가겠군요?"[70]

"버스 타고 갈 건데요."

"아, 그래요? 난 당신이 이륜마차를 타고 갈 거면 중간에 나 좀 내려 달래려고 했는데. 옛날에 옴니버스라고 불렀던 그 순박한 탈것을 타고 가겠다면 나는 이 거치적거리는 살덩이를 사륜마차에 실을 수밖에요."

그는 사륜마차를 손짓해 부른 뒤 내게 그 통통한 손가락 두 개를 내밀어 악수를 청했다.

"월요일에 봅시다. 친애하는 헨리라면 '대단히 절묘하고 섬세한 임무'라고 칭했을 일의 결과를 들어야 하니 말이오."

---

70) 빅토리아 시대에 총리를 지낸 벤저민 디즈레일리는 말 한 필이 끄는 이륜마차를 런던의 곤돌라로 칭했다.

20

하지만 내가 올굿 뉴턴을 다시 만난 것은 오랜 세월이 흐른 뒤였다. 당시 블랙스터블에 갔을 때 바턴 트래퍼드 부인의 편지를 받았기 때문이다.(그녀는 만일의 경우를 대비해 내 주소를 적어 두었다.) 이유는 만나서 설명할 테니 그녀의 아파트로 오지 말고 6시에 빅토리아역 일등칸 대합실에서 만나자고 했다. 나는 월요일에 일을 마치자마자 병원을 나와 그곳으로 갔다. 얼마간 기다리니 그녀가 안으로 들어섰다. 그녀는 경쾌한 걸음으로 내게 다가왔다.

"뭘 좀 알아 왔어요? 우리 조용한 구석 자리로 가서 앉아요."

우리는 자리를 찾다가 한 곳을 발견했다.

"여기로 오라고 부탁한 이유부터 설명하죠." 그녀가 말했다. "에드워드는 지금 나랑 같이 지내고 있어요. 처음에는 안 오겠다고 했는데 우리가 설득했어요. 그런데 지금 신경이 곤두서 있고 몸도 아프고 짜증이 많아요. 그 사람이 당신을 만나는 위험을 감수하고 싶지 않았어요."

나는 알아낸 사실들을 가감 없이 말해 주었고, 트래퍼드 부인은 귀담아들었다. 그녀는 가끔씩 고개를 끄덕였다. 하지만 나는 그녀가 내 말을 듣고 소동이 난 블랙스터블의 상황을 제대로 이해할 거라고 기대하기 힘들었다. 온 마을이 발칵 뒤집혀 들썩이고 있었다. 이렇게 물의를 일으킨 사건은 실로 오랜만이라 아무도 다른 이야기를 할 수 없었다. 담장 위의 달걀 험프티 덤프티가 바닥으로 떨어진 것이다. 조지 켐프 경은 종적을 감추었다. 일주일쯤 전 그는 사업차 런던에 간다고 말했고, 이틀 뒤 그에 대한 파산 신청서가 제출되었다. 그의 건축사업은 성공을 거두지 못했고 블랙스터블을 바닷가 휴양지로 만들려는 계획도 수포로 돌아간 듯했다. 그는 모든 수단을 동원해 돈을 끌어모을 수밖에 없었다. 작은 마을에 온갖 소문이 돌고 있었다. 저축한 돈을 그에게 맡겼다가 전 재산을 날릴 위기에 처한 소시민들이 수두룩했다. 자세한 내막은 알 수 없었다. 숙부도 숙모도 사업 쪽으로는 아무것도 몰랐고, 나 역시 사람들이 하는 말을 알아들을 만한 지식이 없었기 때문이다. 하지만 조지 켐프의 집은 저당이 잡힌 상태였고 가구들에도 매매 증서가 붙어 있었다. 아내는 빈털터리로 남겨졌다. 스무 살과 스물한 살 난 두 아들은 석탄업에 종사하고 있었지만 그 사업체도 같이 침몰하는 중이었다. 조지 켐프는 현금을 최대한 챙겨 사라졌다. 사람들은 어떻게 알았는지 그가 가져간 돈이

1500파운드라고 했다. 체포 영장이 나왔다는 소문도 있었다. 그가 이 나라를 떴다고 보는 사람들도 있었는데, 누구는 호주로 갔다고 했고 누구는 캐나다로 갔다고 했다.

"꼭 잡아야 할 텐데." 숙부가 말했다. "종신형을 받아 마땅한 인간이야."

너도 나도 분노했다. 사람들은 그를 도저히 용서할 수 없었다. 그가 항상 떠들면서 나댄 것도, 그들을 놀려 대고 그들에게 술을 사고 가든파티를 연 것도, 멋진 마차를 몰고 갈색 중산모를 비뚜름히 쓴 것도 모두 꼬투리가 되었다. 하지만 일요일 저녁 예배 후 제의실에서 교구 위원이 숙부에게 전한 말이 결정타가 됐다. 지난 이 년간 조지 켐프는 거의 매주 하버샴에서 로지 드리필드를 만나 왔고, 둘은 만날 때마다 펍에서 그날 밤을 같이 보냈다는 얘기였다. 펍 주인이 조지 경의 무모한 여러 계획 중 일부에 돈을 투자했다가 돈을 몽땅 날린 것을 알고 그 사실을 폭로한 것이다. 그는 조지 경이 다른 사람은 몰라도 은혜를 베풀고 친구로 대접해 준 사람까지 사기를 친 것은 도를 넘은 짓이라고 분개했다.

"아마 둘이 같이 도망쳤을 거요." 숙부가 말했다.

"그래도 전혀 이상하지 않지요." 그 교구 위원이 말했다.

저녁 식사 후 하녀가 식탁을 치우는 동안 나는 메리앤과 이야기를 나누러 부엌으로 들어갔다. 메리앤도 교회에 다녀서 그 이야기를 들어 알고 있었다. 아마도 당시에 신도들은 숙부의 설교가 귀에 잘 들어오지 않았을 것이다.

"목사님은 둘이 같이 도망쳤을 거라고 하시던데." 나는 말했다. 내가 아는 것은 조금도 발설하지 않았다.

"아, 당연하지요." 메리앤이 말했다. "그 여자가 진짜 좋아한 사람은 그 남자였던 거예요. 그 작자가 손가락 하나만 까딱해도 누구든 다 버리고 갈 여자였어."

나는 시선을 떨구었다. 비통하고 수치스러워 마음이 괴로웠고 로지에게 화가 났다. 그녀에게서 몹쓸 짓을 당한 것만 같았다.

"이제 다시는 그 여자를 보지 못하겠구나." 내가 말했다.

그 말을 내뱉는데 가슴이 무너졌다.

"그렇겠지요." 메리앤이 명랑하게 말했다.

나는 바턴 트래퍼드 부인에게 그녀가 알아야 할 것들을 추려 이러한 이야기를 들려주었다. 만족스러워서인지 아니면 힘겨워서인지 그녀는 한숨을 푹 내쉬었다.

"좌우간 이것으로 로지와는 끝이로군요." 그녀는 말했다. 그리고 일어서서 손을 내밀었다. "왜 작가들은 이런 불행한 결혼을 하는 걸까요? 참 슬픈 일이에요. 정말 슬픈 일이에요. 애써 준 것 고마워요. 이제 무슨 상황인지 조금 알게 되었어요. 관건은 이 일이 에드워드의 집필에 방해가 되어서는 안 된다는 거예요."

그녀의 발언은 나와 하등의 상관도 없는 말처럼 들렸다. 그때 나란 인간이 안중에 있을 리 없었다. 나는 그녀를 데리고 빅토리아역을 나와 첼시의 킹스 로드로 내려가는 버스에 태워 주고 나서 하숙집까지 걸어서 돌아왔다.

21

나는 드리필드와 연락이 끊겼다. 소심한 성격 탓에 그를 수소문하지도 않았고 시험 때문에 바쁘기도 했다. 시험에 합격하고 나서는 외국에 나갔다. 신문에서 그가 로지와 이혼했다는 기사를 본 것이 어렴풋이 기억난다. 그녀의 소식은 더 이상 듣지 못했다. 가끔씩 10파운드나 20파운드쯤 되는 소액의 돈이 그녀 어머니에게 배달되었다. 뉴욕 소인이 찍힌 등기 우편이었는데 발신인의 주소나 편지글은 없었다. 로지 외에는 갠부인에게 돈을 보낼 사람이 없었으므로 로지가 보냈을 것으로 추정되었다. 이후 때가 되어 어머니는 세상을 떠났고, 어찌어찌 그 소식이 로지의 귀에 들어갔는지 편지는 더 이상 오지 않았다.

22

앨로이 키어와 나는 약속대로 블랙스터블행 5시 10분 기차를 타기 위해 금요일에 빅토리아역에서 만났다. 우리는 기차 흡연실 구석의 양쪽 편에 각기 자리를 잡았다. 아내가 달아난 이후 드리필드가 어찌 지냈는지는 로이에게서 들었다. 로이는 자연스러운 과정을 밟아 바턴 트래퍼드 부인과 아주 가까운 사이가 되었다. 로이가 어떤 사람인지 알고 그녀를 기억하는 나로서는 그것이 불가피한 일이라는 생각이 들었다. 그가 트래퍼드 부부와 함께 유럽 대륙을 여행했다는 이야기를 들었을 때도 당연하게 느껴졌다. 그는 바그너, 후기 인상파 회화, 바로크 건축에 대한 부부의 열정에 한껏 공감했다고 했다. 또한 첼시의 아파트에서 그녀와 자주 오찬을 함께했고, 훗날 트래퍼드 부인이 건강이 좋지 않아 응접실에 틀어박혀 지낼 때는 할 일이 천지인 와중에도 일주일에 한 번은 그녀와 한자리에 앉았다고 했다. 로이는 인정이 많았다. 그녀가 세상을 떠났을 때는 존경스러운 감수성을 발휘해 부인의 타고난 배려심과 선별력을 제대로 평가하는 글을 썼다.

그의 온정이 당연하지만 의외의 방식으로 결실을 보게 되었다는 것은 다행스러웠다. 그동안 트래퍼드 부인에게 들은 에드워드 드리필드의 이야기가 현재 로이가 집필 중인 소중한 전기에 도움이 될 수밖에 없을 것이기 때문이다. 에드워드가 부정한 아내의 도주로 인해 로이가 프랑스어로 표현했듯 데장파레,[71] 즉 난파되었을 때 바턴 트래퍼드 부인은 그를 반강제로 그녀의 집에 데려왔을 뿐 아니라 그를 설득해 일 년 가까이 머물도록 했다. 그리고 그를 살뜰히 보살피고 한결같은 친절을 베풀었다. 또한 여성적 책략에 남성적 의지가 접목된 여인이자 선량한 심성에 큰 기회를 알아보는 안목을 갖춘 여인으로서 현명한 이해심을 발휘했다. 그가 『그들의 열매』를 완성한 것은 그녀의 아파트에서 지낼 때였다. 그녀가 그것을 자신의 작품으로 여긴다 해도 이상하지 않은 상황이었다. 드리필드는 그 책을 그녀에게 헌사함으로써 배은망덕하지 않다는 것을 입증했다. 그녀는 그를 이탈리아에 데려가(물론 트래퍼드 씨도 동행했다. 트래퍼드 부인은 추문의 빌미를 제공하기에는 험담하기 좋아하는 사람들의 생리를 너무 잘 알고 있었다.) 존 러스킨[72]의 책

---

71) désemparer. 프랑스어로 '항해가 불가능하게 만들다.'라는 뜻.
72) John Ruskin(1819~1900). 영국의 예술 평론가.

을 손에 들고서 그 나라의 영원불멸한 아름다움을 에드워드 드리필드에게 보여 주었다. 그런 다음 템플에 그가 지낼 집을 구해 주고, 그 집에서 간소한 오찬을 열어 파티의 여주인 역할을 톡톡히 해냈다. 드리필드는 그의 높아 가는 위상에 걸맞은 손님들을 맞이할 수 있었다.

이때 그의 위상이 높아진 것은 그녀의 공이 컸음을 인정해야 한다. 그는 집필 활동을 중단하고 한참이 지나서야 큰 명성을 누리게 되었지만 트래퍼드 부인이 부단한 노력으로 그 명성의 기반을 닦았다는 것은 분명했다. 바턴 씨가 《쿼털리》에 글을 발표해 드리필드를 영국 소설의 거장으로 대우해야 한다는 최초의 목소리를 내도록 권유했을 뿐 아니라(뛰어난 글솜씨의 소유자이니 상당 부분 직접 썼을지도 모른다.) 책이 출간될 때마다 출판 기념회를 열어 주었다. 이곳저곳 다니면서 편집자들은 물론이고 영향력 있는 기관의 소유주들을 만났다. 또한 만찬 자리를 마련해 도움이 될 만한 인사들을 모두 초대했다. 에드워드 드리필드를 설득해 명사들의 자택에서 열린 자선 행사에서 글을 낭송하게 했고, 그의 사진이 주간지에 실리도록 손을 썼다. 인터뷰는 그녀의 손을 거쳐 수정되었다. 그녀는 십 년 동안 열렬한 홍보 담당자로서 그를 끊임없이 대중 앞에 내세웠다.

바턴 트래퍼드 부인은 대단한 활약을 했지만 도를 넘지는 않았다. 그녀를 빼고 드리필드만 초대하는 것은 소용없는 짓이었다. 그럴 경우 그가 초대를 거절했기 때문이다. 그리고 어떤 만찬이든 바턴 부인과 바턴 씨, 드리필드 세 사람이 초대를 받으면 셋이 함께 왔다가 함께 떠났다. 그녀는 한시도 드리 필드에게서 눈을 떼지 않았다. 파티의 여주인들이 발끈할 만한 일이었다. 받아들이든지 포기하든지 둘 중 하나였다. 대부분은 받아들이는 쪽이었다. 바턴 트래퍼드 부인은 조금 화가날 때면 드리필드를 통해 언짢은 심기를 드러냈다. 그녀는 여전히 상냥한 반면 에드워드 드리필드가 유달리 퉁명스러울 때가 그러했다. 하지만 그녀는 그를 구슬려 말을 끌어낼 줄 알았고 저명인사들이 모인 자리에서는 그를 빛나게 만들었다. 그에게 그녀는 완벽한 사람이었다. 그가 이 시대의 가장 위대한 작가라는 확신을 그의 앞에서 숨기는 법이 없었다. 늘 공개적으로 그를 거장이라고 지칭했을 뿐 아니라 사적으로도 조금은 장난기를 더해 그를 그렇게 치켜세웠다. 그녀는 끝까지 애교스러운 모습을 잃지 않았다.

그러다가 큰일이 터졌다. 드리필드가 폐렴에 걸려 중병을 앓게 된 것이다. 한때는 사경을 헤매기도 했다. 바턴 트래퍼드 부인은 할 수 있는 모든 것을 다 했다. 마음이야 직접 간호하고 싶었을 테지만 예순을 넘긴 나이로 노쇠한 처지였기에 전문 간호사를 고용할 수밖에 없었다. 그가 겨우 회복되었을 때 의사는 그에게 시골로 가기를 권했다. 몸이 아직은 허약했으므로 간호사가 따라가야 했다. 트래퍼드 부인은 그가 본머스로 가기를 바랐다. 그래야 본인이 주말마다 내려가서 살피고 챙길 수 있었다. 하지만 드리필드는 콘월을 선호했고, 의사도 드리필드에게 펜잰스의 온화한 기후가 맞을 거라고 거들었다. 이저벨 트래퍼드처럼 육감이 발달한 여자라면 불길한 예감을 느꼈을 법하건만 그렇지는 않았다. 그녀는 그를 보내 주었다. 그저 간호사에게 중차대한 임무를 맡긴다면서 영문학의 미래뿐 아니라 살아 있는 저명인사의 생명과 행복이 당신의 손에 달렸다고 당부했다. 그것은 막중한 책임이었다.

삼 주 후 에드워드 드리필드는 트래퍼드 부인에게 편지를 보내 특별 허가증[73]으로 간호사와 결혼했다는 것을 알렸다.

나는 이 상황에 대처하는 태도만큼 트래퍼드 부인의 큰 도량을 단적으로 보여 주는 것은 없다고 생각한다. 그녀가 어떻게 했을까? 배신자, 배신자라고 소리쳤을까? 머리를 쥐어뜯다가 바닥에 쓰러져 버둥거리면서 히스테리 발작을 일으켰을까? 온화하고 교양 있는 바턴 씨에게 덤벼들어서는 바보 영감이라고 소리쳤을까? 신의 없는 남자들과 음란한 여자들을 탓했을까? 아니면 정신과 의사들이 말하듯 가장 정숙한 여자들도 능숙하게 구사한다는 욕설을 고래고래 목청껏 질러 대서 상처받은 심정을 토로했을까? 천만에. 그녀는 드리필드에게 상냥한 축하 편지를 보냈고, 신부에게도 이제 사랑하는 친구가 하나가 아니라 둘이 생겼으니 얼마나 기쁜지 모른다는 편지를 썼다. 런던으로 돌아오는 즉시 둘이 같이 그녀의 집에 와서 묵고 가라고 청했다. 그리고 누구를 만나든 그 결혼이 정말 정말 잘된 일이라고 말했다. 에드워드 드리필드도 이제 곧 노인이 되니 돌봐 줄 사람이 필요하지요. 그걸 병원 간호사보다

---

73) 사전 절차 없이 언제 어디서든 결혼할 수 있는 권리로 캔터베리 대주교가 발행한다.

더 잘할 사람이 누가 있겠어요? 새 드리필드 부인에 대해서도 칭찬을 늘어놓았다. 그렇게 예쁘지는 않은데 인상이 참 좋아요. 물론 딱히, 딱히 숙녀라고 할 수 없는 여자지만 너무 대단한 여자는 에드워드가 부담스러울 거예요. 그녀는 그에게 마침맞은 아내랍니다. 바턴 트래퍼드 부인을 가리켜 인정이 넘치는 사람이라고 해도 틀린 말은 아니겠지만, 만약 그 인정에 독이 녹아 있을 수 있다면 나는 이 경우가 아닐까 하는 느낌이 든다.

23

로이와 내가 블랙스터블에 도착했을 때 화려하지도 싸구려 같지도 않은 자동차가 로이를 기다리고 있었다. 운전사는 다음 날 나와 점심을 같이 하고 싶다는 드리필드 부인의 쪽지를 가지고 있었다. 나는 택시에 타고 '베어 앤드 키'로 갔다. 로이에게 듣자니 마린 호텔이 새로 생긴 모양이었지만 젊은 시절의 단골집을 버릴 만큼 문명의 호사를 선호하지는 않았다. 변화는 역에서부터 감지되었다. 기차역은 예전 자리가 아니라 새 도로 위쪽에 있었다. 차를 타고 시가지를 달릴 때에도 기분이 이상했다. 하지만 '베어 앤드 키'는 여전했다. 낡고 무뚝뚝하고 못난 모양새로 나를 맞이했다. 입구에 아무도 없었다. 운전사는 내 짐을 내려놓고 가 버렸다. 내가 사람을 불러 보았지만 응답이 없었다. 바 안으로 들어가 보니 머리를 짧게 자른 젊은 여자가 콤프턴 매켄지 씨의 책을 읽고 있었다. 나는 방이 있는지 물었다. 그녀는 살짝 기분 나쁜 표정으로 나를 보며 있을걸요 하고 말했지만 그것으로 끝이기에 나는 누구든 방을 보여 줄 수 있을까요 하고 정중히 물었다. 그녀는 일어서서 문을 열고 카랑카랑한 목소리로 외쳤다. "케이티."

"무슨 일이야?" 하는 소리가 들렸다.

"어느 신사분이 방을 달래."

잠시 후 아주 지저분한 무늬 드레스 차림의 노쇠한 여자가 더러운 회색 대걸레를 들고 나타나 두 층계참 위 아주 작고 누추한 방을 보여 주었다.

"이것보다 더 나은 방은 없습니까?" 내가 물었다.

"상인들이 주로 묵는 방이에요." 그녀가 코웃음을 치며 대꾸했다.

"다른 방은 전혀 없습니까?"

"일인실은 없어요."

"그럼 이인실을 주세요."

"가서 브렌트퍼드 부인에게 물어보고요."

나는 노파를 따라 1층으로 내려갔다. 노파가 방문을 두드렸다. 들어오라는 말이 들리고 노파가 문을 열자 안에 희끗희끗한 머리를 물결 모양으로 정교하게 손질한 통통한 여자가 눈에 들어왔다. 그녀는 책을 읽고 있었다. '베어 앤드 키' 사람들은 모두들 문학에 관심이 많은 모양이었다. 내가 7호실을 마음에 안 들어 한다고 케이티가 말하자 그 여자가 못마땅한 눈길로 나를 쳐다보았다.

"5호실을 보여 드려." 그녀가 말했다.

나는 자기네 집에서 묵으라는 드리필드 부인의 제안을 오만하게 거절하고 그도 모자라 마린 호텔에서 묵으라는 로이의 현명한 조언 역시 감상에 빠져 귓등으로 들은 것이 경솔했구나 싶어 슬슬 후회가 되기 시작했다. 케이티는 나를 데리고 다시 2층에 올라가 시가지가 내려다보이는 널찍한 방으로 안내했다. 이인용 침대가 방의 대부분을 차지하고 있었다. 창문은 족히 한 달은 열지 않은 듯했다.

나는 여기로 하겠다고 말하고는 저녁 식사에 대해 물었다.

"뭐든 가능해요." 케이티가 말했다. "여기는 아무것도 없지만 내가 뛰어가서 사 오면 되지요."

영국의 여관이 어떤지 알고 있었기 때문에 나는 가자미튀김과 구운 양갈비를 주문했다. 그러고 나서 산책을 나갔다. 바닷가로 내려가자 조성한 산책로가 나왔다. 예전에 바람이 몰아치던 들판에는 방갈로와 별장이 줄지어 늘어서 있었는데 하나같이 추레하고 눅눅했다. 오랜 세월이 흘렀건만 블랙스터블을 인기 있는 바닷가 휴양지로 변신시키려던 조지 경의 꿈은 여전히 요원해 보였다. 퇴역 군인 하나와 노부인 둘이 허물어져 가는 아스팔트 길을 걸어갔다. 참으로 음산했다. 바다 쪽에서 차가운 바람이 불어오고 보슬비가 내렸다.

나는 시내로 돌아갔다. 궂은 날인데도 '베어 앤드 키'와 '듀크 오브 켄트' 사이 공간에 남자들이 삼삼오오 모여 서 있었다. 이들의 아버지가 그랬듯 눈은 연푸른빛을 띠었고 솟은 광대뼈에는 붉은 혈색이 돌았다. 이상하게도 파란색 저지 옷을 입은 선원들 중에 아직도 작은 금귀고리를 한 사람들이 몇 명 보였다.[74] 늙은 사내들도 있었고 사내아이 티를 갓 벗은 청년들도 있었다. 나는 거리를 한가로이 걸어갔다. 은행은 정면을 재단장했지만 내가 우연히 만난 무명작가하고 같이 탁본을 뜰 종이와 밀랍을 샀던 문구점은 변한 것이 없었다. 영화관이 두세 곳 생겼는데 알록달록한 영화 포스터들이 고지식한 거리에 생뚱맞게 방탕한 분위기를 더하는 바람에 술을 너무 많이 마신 점잖은 노부인 같은 인상을 주었다.

나는 행상꾼들이 사용하는 좁고 칙칙한 방의 커다란 육인용 탁자에서 혼자 저녁을 먹었다. 식사 시중은 그 지저분한 케이티가 들었다. 나는 난롯불을 피워 줄 수 없겠냐고 물었다.

"6월이라 안 돼요." 그녀가 말했다. "4월 이후로는 불 안 피워요."

"비용은 제가 낼게요." 내가 항의했다.

"6월이라 안 돼요. 10월에는 되는데 6월에는 안 돼요."

나는 식사를 마치고 와인이라도 한잔하러 바에 들어갔다.

"무척 조용하군요." 나는 머리를 짧게 자른 바 여급에게 말했다.

"네, 조용하죠." 그녀가 대꾸했다.

"금요일 저녁이니 사람들이 꽤 많을 줄 알았는데요."

"음, 그렇게 생각할 수도 있겠네요."

---

74) 예로부터 뱃사람들은 바다에 빠져 죽으면 시체가 발견되었을 때 귀에 찬 귀고리로 장례 비용을 치른다는 미신이 있어 금귀고리를 많이 착용했다.

뚱뚱한 몸집과 붉은 얼굴에 희끗한 머리를 짧게 친 남자가 뒤쪽에서 들어왔다. 나는 그가 주인장이로구나 짐작했다.

"혹시 브렌트퍼드 씨인가요?" 내가 그에게 물었다.

"네, 맞아요."

"아버님을 잘 압니다. 와인 한잔 하시죠?"

나는 그에게 내 이름을 말했다. 그가 어렸을 때만 해도 내 성씨는 블랙스터블에서 가장 잘 알려진 이름이었건만 민망하게도 그는 기억나는 것이 전혀 없는 눈치였다. 하지만 그는 내가 사는 와인을 받아 들었다.

"사업차 내려오셨소?" 그가 내게 물었다. "가끔 상인들이 몇 사람씩 묵곤 합니다. 항상 손님들의 편의를 봐 드리려 하는 편이에요."

나는 드리필드 부인을 만나러 왔다고 말하고는 무슨 용무인지는 그가 상상하도록 내버려 두었다.

"그 집 양반은 자주 만났어요." 브렌트퍼드 씨가 말했다. "그 양반이 여기 들러 흑맥주를 한 잔씩 하는 걸 아주 좋아했거든요. 퍼마신 건 아니고 그저 바에 앉아 얘기하는 걸 좋아했지요. 세상에, 한번 말을 시작하면 한 시간이고, 상대도 가리지 않았어요. 드리필드 부인은 그 양반이 여기 오는 걸 아주 싫어했어요. 그 양반이 아무한테도 말하지 않고 슬그머니 집을 빠져나와 여기까지 터덜터덜 걸어왔다니까요. 알다시피 그 나이의 남자가 걷기는 좀 먼 거리잖아요. 그 양반이 없어진 걸 집에서 알면 드리필드 부인은 딱 눈치채고 전화를 걸어 그 양반이 여기 있느냐고 묻곤 했어요. 그 후에는 자동차를 몰고 와서 안으로 들어와 내 아내를 찾았지요. 그러고는 말했어요. '브렌트퍼드 부인, 바에 들어가서 우리 그이 좀 데리고 나와 줄래요? 남자들이 우글거리는 곳이라 내가 들어가기 뭣해서 그래요.' 그럼 아내는 바에 들어와서 그 양반에게 이렇게 말했지요. '드리필드 씨, 마나님이 차에서 기다리고 있으니 맥주 마저 마시고 마나님이랑 집에 가세요.' 그 양반은 아내가 전화하거들랑 나 여기 없다고 하라고 내 아내에게 부탁했지만 우리 입장에서 그럴 수야 없지요. 나이가 많은 분이라 우리가 책임질 일이 생기면 곤란하니까요. 이 교구에서 태어나신 분이고, 첫 아내도 블랙스터블 사람이었어요. 그 여자는 오래전에 세상을 떴는데 내가 만난 적은 없어요. 재미난 양반이었어요. 격을 두지 않았죠. 런던에서는 귀한 대접을 받았나 보더라고요. 돌아가셨을 때 신문이 온통 그 양반으로 도배된 걸 보면 말이죠. 하지만 그 양반과 이야기를 하다 보면 그런 생각이 전혀 안 들었어요. 나나 당신처럼 그냥 아무개처럼 느껴졌거든요. 물론 우리는 그 양반을 편히 모시려고 했죠. 안락의자에 앉으시라고 해도 굳이 카운터에 앉았어요. 발이 벽 몰딩에 닿는 느낌이 좋다면서. 자기는 바가 좋다고 늘 말했어요. 거기서는 인생이 보인다고. 그리고 자기는 늘 인생을 사랑했다고. 참 특별한 분이었어요. 우리 아버지를 떠올리게 했지요. 우리 아버지는 책이라고는 평생 읽은 적이 없고 프랑스산 브랜디를 하루 한 병씩 마셨어요. 일흔여덟 살에 처음이자 마지막으로 병이 나서 그대로 세상을 떴지만. 드리필드 영감이 세상을 뜨고 나니까 그 양반이 참 그립더군요. 요전에 아내한테 말한 것

처럼 언제 한번 그 양반의 책을 한 권 읽어 볼까 해요. 이 동
네가 나오는 책이 몇 권 된다고 하더라고요."

24

이튿날 아침은 몹시 추웠지만 비는 내리지 않아서 나는 목사관을 향해 시가지를 걸어갔다. 가게 위에 붙은 이름들은 갠, 켐프, 코브, 이글던 등 켄트 지방에서 대대로 이어진, 내가 아는 이름들이었지만 정작 아는 사람은 하나도 보이지 않았다. 나는 한때 말을 걸지 않고 보기만 해도 모르는 사람이 거의 없던 거리를 유령이 된 기분으로 걸어 내려갔다. 갑자기 낡디낡은 소형차가 나를 지나쳐 가다가 멈춰 서더니 후진을 했다. 누군지 나를 흥미로운 눈으로 쳐다보았다. 큰 키에 육중한 체격의 나이 든 남자가 차에서 내려 내게 다가왔다.

"윌리 어셴든 아니오?" 그가 물었다.

나는 그를 알아보았다. 이 마을 의사의 아들로 나와 동창이었다. 그가 아버지의 업을 이었다는 것은 알고 있었다.

"잘 지냈나?" 그가 물었다. "그렇지 않아도 손주 녀석을 보러 목사관에 다녀오는 길이야. 지금 그곳은 사립 초등학교가 되었어. 이번 학기 초에 녀석을 거기 넣었다네."

그는 옷차림새가 추레했지만 얼굴은 봐줄 만했다. 젊을 때는 상당한 미남이었을 듯했다. 그것을 이제야 알다니 기분이 묘했다.

"벌써 할아버지가 된 거야?" 내가 물었다.

"셋이나 된다네." 그가 웃음을 터뜨렸다.

그 말이 내게는 충격으로 다가왔다. 그는 태어나 걸음마를 배우고 곧 어른이 되어 결혼하고 아이들을 낳았고, 그 아이들이 다시 아이들을 낳았다. 겉으로 보기에 그는 빠듯한 형편에 쉬지 않고 일을 하며 살아온 듯했다. 시골 의사 특유의 허세스럽고 활달하고 유들유들한 분위기가 났다. 그는 삶이 끝난 남자였다. 내게는 구상 중인 책들과 희곡들이 있었고 미래에 대한 계획들도 수두룩했다. 흥미진진한 미래가 나를 기다리고 있을 것 같았다. 하지만 나 역시 남들의 눈에는 내 눈에 비친 이 남자처럼 나이 든 남자에 불과하겠구나 싶었다. 나는 너무 심란해서 어릴 적 같이 놀았던 그의 형제나 친했던 오랜 벗들에 대해 물을 정신도 없이 바보 같은 말이나 몇 마디 하고는 그와 헤어졌다. 계속 걸어서 목사관으로 갔다. 목사관은 널찍널찍하게 사방팔방으로 뻗어 나간 건물로 우리 숙부보다 더 진지하게 목사직을 수행할 현재의 목사가 쓰기엔 너무 한적한 곳에 자리하고 있었고, 현재의 높은 물가를 고려하면 덩치가 너무 컸다. 큰 정원 한가운데에 건물이 서 있었고, 주변은 초록빛 들판이었다. 큼직하고 네모난 명판이 이곳이 신사 자제들을 위한 사립 학교라는 것을 명시하고 교장의 이름과 학위를 알려 주었다. 나는 말뚝 울타리 안쪽을 넘겨다보았다. 정원이 지저분한 데다 어수선했고 내가 잉어를 낚던 연못은 흙으로 메워져 있었다. 교회에 딸린 경작지는 주택지가 되었다. 울퉁불퉁한 길에 작은 벽돌집들이 줄지어 늘어서 있었다. 나는 조이 레인을 거닐었다. 거기도 집들이 있었는데 바다를 면한 방갈로들이었다. 옛날의 요금소는 깔끔한 찻집이 되었다.

나는 여기저기 돌아다녔다. 작고 노란 벽돌집들이 들어선 거리가 무수히 많았지만 아무도 통 보이지 않아서 그 안에 누가 사는지는 알 수 없었다. 부두로 내려가 보았다. 한적했다. 잔교에서 조금 떨어진 곳에 부랑자 하나가 누워 있었다. 선원들 두셋이 창고 밖에 앉아 있다가 지나가는 나를 빤히 쳐다보았다. 이제 석탄 무역은 완전히 끊겨져 더 이상 석탄선이 블랙스터블로 들어오지 않았다.

펀 코트에 갈 시간이 되어 '베어 앤드 키'로 걸음을 돌렸다. 여관 주인이 다임러 자동차를 써도 된다기에 그걸 타고 오찬에 갈 생각으로 차를 쓰겠다고 말해 두었다. 여관에 도착하니 다임러 브루엄 모델이 한 대 서 있었는데 그렇게 낡고 금방이라도 부서질 듯한 차는 처음이었다. 덜덜 떨면서 끽끽, 쿵쿵, 덜그럭 소리를 내다가 별안간 몸부림을 쳐 대서 과연 목적지까지 갈 수 있을지 의문이었다. 신기하고 놀라운 것은 이 차에서 숙부가 일요일 아침에 교회에 갈 때 빌려 타던 낡은 랜도 사륜마차 냄새가 난다는 거였다. 그때처럼 쿰쿰한 마구간

케이크와 맥주

냄새, 마차 바닥에 깔려 있던 퀴퀴한 지푸라기 냄새가 났다. 오랜 세월이 지났건만 어째서 이 자동차에서도 그 냄새가 나는 걸까. 향기나 악취만큼 과거를 되살리는 것도 없어서 느릿느릿 지나는 주변 시골 풍경은 사라지고 어느새 나는 그 옛날 마차 앞자리에 앉은 사내아이로 돌아갔다. 옆에는 성찬식 접시가 놓여 있었고, 맞은편에 앉은 숙모에게서 깨끗한 속옷 냄새와 연한 향수 냄새가 희미하게 났다. 숙모는 검은색 실크 망토와 깃털이 달린 작은 보닛 차림이었다. 수단을 입은 숙부는 살진 허리에 실크로 된 넓은 띠를 둘렀고, 황금 목걸이에 매달린 황금 십자가가 숙부의 배에 놓여 있었다.

"윌리, 오늘은 얌전히 굴어야 한다. 뒤를 돌아봐서는 안 되고 자리에 똑바로 앉아 있는 거야. 주님의 집은 빈둥거리는 곳이 아니니 너보다 못한 처지의 아이들에게 모범이 되거라."

내가 펀 코트에 도착했을 때 드리필드 부인과 로이는 정원을 거닐고 있었다. 내가 차에서 내리자 그들이 다가왔다.

"로이에게 내 꽃들을 보여 주던 참이에요." 드리필드 부인이 나와 악수하면서 말했다. 그러고는 한숨을 쉬며 덧붙였다. "이제 남은 건 꽃밖에 없지 뭐예요."

그녀는 육 년 전 마지막으로 만났을 때보다 더 늙어 보이지는 않았다. 상복을 입은 모습이 차분하면서도 눈에 띄었다. 목선에 하얀 크레이프 깃이, 그리고 소매에도 같은 재질의 소맷부리가 달려 있었다. 로이는 말끔한 파란색 양복에 검은 넥타이 차림이었는데 세상을 떠난 유명인에게 경의를 표하기 위해서인 것 같았다.

"내 다년초 화단을 보여 드릴게요." 드리필드 부인이 말했다. "그러고 나서 점심 먹으러 가요."

우리는 같이 거닐었다. 로이는 이쪽으로 대단히 박식했다. 이름을 모르는 꽃이 없었고, 담배 기계에서 줄줄이 나오는 담배처럼 입에서 라틴어 학명들이 척척 나왔다. 반드시 갖추어야 할 품종들이 무엇이며 그것들을 어디서 구할 수 있는지, 특정한 품종들이 얼마나 기막히게 사랑스러운지 드리필드 부인에게 말해 주었다.

"에드워드의 서재를 들렀다가 갈까요?" 드리필드 부인이 제안했다. "그이가 살았을 때랑 똑같이 관리하고 있어요. 아무것도 달라지지 않았어요. 얼마나 많은 사람들이 이 집을 구경하러 찾아오는지 알면 놀라실걸요. 물론 가장 보고 싶어 하는 건 작업실이에요."

우리는 열려 있는 유리문을 통해 안으로 들어갔다. 책상 위에 장미들이 담긴 꽃병이 있었고, 팔걸이의자 옆 작은 원탁 위에는 《스펙테이터》가 한 부 놓여 있었다. 재떨이에는 거장의 파이프가 있었고 잉크스탠드에는 잉크가 가득했다. 모든 것이 완벽히 갖춰진 광경이었다. 이유를 알 수는 없지만 내 눈에는 이상하게 죽어 보이는 방이었다. 벌써부터 박물관의 곰팡이 냄새가 났다. 드리필드 부인은 책장으로 가서 장난기와 슬픔이 반씩 섞인 미소를 짓더니 파란색으로 장정된 책등 대여섯 개를 스르륵 쓸었다.

"에드워드는 당신의 작품을 굉장히 좋아했어요." 드리필드 부인이 말했다. "당신의 책들을 재차 자주 읽곤 했죠."

"그랬다면 저로서는 아주 기쁜 일이지요." 내가 정중히 말했다.

지난번 왔을 때만 해도 이곳에 내 책은 분명히 없었다. 나는 자연스러운 동작으로 내 책을 한 권 뽑아 먼지가 있는지 손가락으로 쓸어 보았다. 먼지는 없었다. 그다음엔 샬롯 브론테의 책을 한 권 꺼내어 그럴듯한 대화를 이어 가면서 같은 실험을 했다. 아니 이번에도 먼지는 없었다. 드리필드 부인에게 훌륭한 가정부와 성실한 하녀가 있다는 것만은 분명했다.

우리는 점심을 먹으러 갔다. 영국식 로스트비프와 요크셔 푸딩이 있는 영국식 성찬이었다. 우리는 로이가 작업 중인 작품에 대해 이야기했다.

"나는 우리 로이의 수고를 덜어 주려 최대한 노력하고 있어요." 드리필드 부인이 말했다. "이것저것 자료를 있는 대로 모으고 있죠. 고생스럽기는 한데 아주 흥미롭기도 해요. 옛날 사진이 엄청 많이 나왔어요. 내가 보여 드릴게요."

점심을 먹고 나서 우리는 응접실로 갔다. 나는 그 방 실내 장식에서 드리필드 부인의 완벽한 취향을 다시금 느낄 수 있었다. 유명한 작가의 아내에게 어울렸던 방이 이제는 미망인의 방이 되었다. 꽃무늬 의자와 소파도, 포푸리 그릇도, 드레스덴 도자기 인형도 아련한 아쉬움을 띠고 있었다. 화려한 지난날을 구슬프게 회상하는 것처럼. 이렇게 추운 날에는 난롯불을 좀 피우면 좋으련만 영국인은 보수적일 뿐 아니라 추위에도 강한 민족이다. 게다가 남들이 불편해해도 개의치 않고 원칙을 고수한다. 나는 아직 10월 초하루 전인데 난롯불을 피운다는 것이 드리필드 부인에게 과연 가당키나 할지 의문이었다. 그녀는 예전에 나를 드리필드 부부와의 오찬에 데려왔던 그 숙녀분과 요즘에도 왕래가 있느냐고 내게 물었다. 떨떠름한 태도로 보아 저명한 남편이 죽은 뒤로는 귀족층과 부유층의 관심 밖으로 밀려난 듯했다. 우리의 대화는 망자에게 고정되었다. 로이와 드리필드 부인은 내가 기억하는 것들을 말하게 하려고 교묘한 질문을 던졌다. 나는 혼자 간직하기로 한 일들을 무심코 발설할까 봐 정신을 바짝 차렸다. 갑자기 날씬한 하녀가 작은 쟁반에 담긴 명함 두 장을 가지고 들어왔다.

"신사 두 분이 차를 타고 오셨는데요, 마님, 집과 정원을 좀 구경할 수 있겠냐고 하시네요."

"아이참, 귀찮게!" 드리필드 부인은 그렇게 소리치면서도 놀랍도록 활기찬 목소리였다. "재밌지 않아요? 그렇지 않아도 우리 집을 구경하려는 사람들 이야기를 막 하려던 참이거든요. 하여간 잠시도 쉴 틈이 없다니까요."

"미안하지만 지금은 안 된다고 말씀하시는 게 어때요?" 로이가 짓궂게 들리는 어투로 말했다.

"오, 그럴 순 없죠. 에드워드는 그러는 걸 바라지 않을 거예요." 그녀는 명함을 쳐다보았다. "내가 지금 안경이 없어서요."

그녀는 내게 명함들을 건넸다. '헨리 비어드 맥두걸, 버지니아 대학'이라는 명함에는 연필로 '영문학 조교수'라고 쓰여 있었다. 다른 하나는 '장 폴 언더힐'이었고 아래쪽에 뉴욕의 주소가 적혀 있었다.

"미국인들이네." 드리필드 부인이 말했다. "환영한다고 말씀

드려, 어서 들어오시라고."

곧 하녀가 외지인들을 안으로 안내했다. 둘 다 젊은 남자들이었는데 큰 키에 딱 바라진 어깨, 깨끗이 면도한 얼굴이었고 낯빛이 가무잡잡하고 눈이 수려했다. 둘 다 뿔테 안경을 쓰고 있었고, 숱이 많은 검은 머리는 이마 뒤로 빗어 넘겨 묶었다. 둘 다 차려입은 영국식 정장은 새것 같았다. 조금 쑥스러운 듯 보였으나 말이 장황했고 예의가 아주 깍듯했다. 그들은 문학 여행차 영국을 돌아다니고 있다고 설명했다. 헨리 제임스의 집을 방문하러 라이로 가던 길인데, 에드워드 드리필드의 팬으로서 많은 사연이 어려 있는 성지를 둘러보려는 마음에서 허락을 얻어 보고자 실례를 무릅쓰고 들렀다고 했다. 그들이 라이를 언급한 것이 드리필드 부인의 신경을 조금 거슬렀다.

"거기 아주 좋은 골프장이 있다죠?" 그녀가 말했다.

그녀는 미국인들에게 로이와 나를 소개했다. 나는 로이의 상황 대처 능력에 감탄을 금치 못했다. 로이는 예전에 버지니아 대학교에서 강연을 했고 거기 교수진 중 저명인사의 집에서 묵은 모양이었다. 그는 매력적인 버지니아 사람들의 후한 대접은 물론이고 회화와 문학에 대한 지적 호기심에 더없이 큰 감명을 받았다고 했다. 그리고 누구누구와 누구누구는 잘 지내시느냐고 안부를 물었는데, 거기서 평생 갈 친구들을 사귀었고 선량하고 친절하고 똑똑한 사람들만 만난 것 같았다. 곧 젊은 교수가 당신의 작품을 좋아하다고 말하자 로이는 이 작품과 저 작품은 어떤 목표를 가지고 쓴 것들인데 목표치에 한참 미달한 듯하다고 겸손하게 말했다. 드리필드 부인은 웃는 얼굴로 공감하며 그 말을 경청했지만 나는 그녀의 미소가 점점 굳어지는 것을 보았다. 로이도 눈치챘는지 별안간 말을 뚝 끊었다.

"제 작품 이야기는 지루하니 그만하도록 하죠." 그가 크고 활기찬 어투로 말했다. "사실 제가 이 자리에 있는 것은 영광스럽게도 에드워드 드리필드의 전기를 써 달라는 드리필드 부인의 의뢰를 받았기 때문입니다."

물론 손님들은 지대한 관심을 보였다.

"고된 일입니다, 진짜예요." 로이가 장난스럽게 미국식으로 말했다. "다행히 드리필드 부인의 지원을 받고 있지만요. 드리필드 부인은 완벽한 아내였을 뿐 아니라 뛰어난 서기이자 비서였습니다. 부인께서 쓰라고 넘겨주신 자료들이 워낙 방대하고 완전해서 저로서는 달리 더 할 게 없을 정도예요. 그저 부인의 부지런함과⋯⋯ 성의가 이루어 낸 성과물을 잘 활용하고 있어요."

드리필드 부인은 가만히 눈을 내리깔고 카펫을 쳐다보았고, 젊은 두 미국인들은 눈길을 그녀에게 돌렸다. 그들의 크고 검은 눈에는 공감과 관심, 존경이 담겨 있었다. 이후 조금 더 대화가 이어졌다. 문학 이야기도 있었지만 골프 이야기도 나왔다. 손님들이 라이의 골프장에서 한두 라운드 돌고 싶다고 인정했기 때문이다. 이 대목에서도 로이는 대화를 주도했다. 이런저런 벙커는 주의하라고 말하고는 런던에 오면 서닝데일에서 같이 골프를 치자고 했다. 그 말이 끝나자 드리필드 부인이 일어서더니 에드워드의 서재와 침실, 물론 정원까지 보여 주겠다고 제안했다. 로이가 따라나서려고 일어났지만 드리필드 부인은 그에게 살짝 미소를 지으며 상냥하고도 단호한 어조로 말했다.

"오지 않으셔도 돼요, 로이." 그녀가 말했다. "내가 안내할게요. 당신은 여기 남아서 어셴든 씨와 말씀 나누고 계세요."

"오, 알겠습니다. 그러죠."

외지인들은 우리에게 작별 인사를 했고, 로이와 나는 다시 꽃무늬 팔걸이의자에 앉았다.

"이 방 참 근사해." 로이가 말했다.

"대단히."

"이렇게 되기까지 에이미가 애를 많이 썼어. 그 양반이 이 집을 산 건 두 사람이 결혼하기 이삼 년 전이었네. 부인은 이 집을 팔자고 했지만 그 양반이 듣질 않았지. 어떤 면에서는 고집이 아주 센 분이었어. 알다시피 이 집은 울프 양인가 하는 사람의 소유였다지. 이 양반의 부친은 이 집 관리인이었고. 이 양반이 어릴 때 이 집을 사는 게 꿈이었다고 말했다는군. 소원대로 집을 샀으니 그냥 갖고 있으려 한 거지. 태생은 물론이고 그의 사정이 속속들이 알려진 곳에서 살고 싶지는 않을 텐데 말이야. 한번은 가엾은 에이미가 어느 하녀를 고용하기 직전에 그 여자가 이 양반의 종손녀라는 걸 알게 되었지. 에이미가 처음 왔을 때 이 집은 다락방부터 지하실까지 토트넘 코트 로드의 가구 일색이었다는군. 왜 있지 않나, 터키 카펫, 마호가니 탁자, 보송보송한 천을 씌운 가구 세트가 있는 응접실, 최신식 쪽매붙임 가구들. 자고로 신사의 집은 그렇게 꽉꽉 채

워져야 한다는 게 그 양반의 생각이었던 거지. 에이미 말로는 너무 끔찍했대. 그 양반이 아무것도 못 바꾸게 하니 아주 신중하게 손을 쓸 수밖에. 도저히 그런 집에서는 살 수가 없겠더래. 그래서 바로잡기로 결심하고는 그 양반이 눈치채지 못하게 하나씩 하나씩 바꿔 나간 거야. 그녀의 말에 따르면 가장 바꾸기 힘들었던 건 그 양반의 책상이었어. 자네가 눈여겨봤는지 모르겠지만 지금 서재에 책상이 하나 있지 않은가. 그거 대단히 훌륭한 물건일세. 나도 탐이 날 정도야. 그 양반이 예전에 쓰던 건 상판이 접히는 미국제 고물 책상이었네. 워낙 오랫동안 쓰기도 했고 그 책상에서 작품들을 십여 권 썼다면서 그 양반이 그걸 통 버리려 하지 않았다네. 그런 물건에 마음을 쓰는 일은 없었는데 하도 오래 간직하다 보니 애착이 생긴 거지. 결국 에이미는 그걸 내다 버렸는데 그 사연은 당사자에게 직접 들어 봐. 아주 기막힌 이야기야. 부인은 참으로 놀라운 여자일세. 대개는 자기 뜻을 관철한다네.”

“내가 봐도 그렇더군.” 나는 말했다.

아까 집을 같이 돌아보러 나서려 했을 때 단번에 로이를 떨쳐낸 것만 봐도 알 수 있었다. 그는 나를 흘끔거리고는 웃음을 터뜨렸다. 로이는 바보가 아니었다.

“자네는 나만큼 미국을 잘 알지 못할 거야.” 그가 말했다. “그들은 죽은 사자보다 살아 있는 생쥐를 더 좋아해. 그것도 내가 미국을 좋아하는 이유 중 하나일세.”

25

드리필드 부인은 순례자들을 보내고 나서 겨드랑이에 사진
첩을 하나 끼고 돌아왔다.

"참 멋진 젊은이들이에요!" 그녀가 말했다. "영국의 젊은이
들도 문학에 저렇게 뜨거운 관심을 가지면 좋으련만. 그 사람
들에게 에드워드의 장례식 사진을 주었더니 내 사진도 달라
지 뭐예요. 그래서 사인을 해 줬어요." 그러고는 아주 우아하
게 말했다. "당신이 그들에게 아주 좋은 인상을 남겼어요, 로
이. 그 사람들이 당신을 만나 아주 큰 영광이었다고 했어요."

"나야 미국에서 강연을 자주 하니까요." 로이가 겸손하게
말했다.

"오, 그래도 당신의 책을 읽었다고 하던데요. 작품이 남성미
가 넘쳐서 좋대요."

사진첩에는 옛날 사진이 많았다. 학생들의 단체 사진 속에 까치 머리를 한 지저분한 사내아이가 있었는데 미망인이 손가락으로 가리키며 알려 주고 나서야 나는 그 아이가 드리필드인 것을 알아보았다. 드리필드가 좀 더 성장한 후 럭비 팀과 찍은 사진도 있었고, 바다로 도망쳤을 때의 모습, 저지 셔츠와 리퍼[75] 재킷 차림의 젊은 선원 드리필드도 있었다.

"여기 그이가 첫 결혼을 했을 때 찍은 사진이 있네요." 드리필드 부인이 말했다.

그는 턱수염을 기르고 흑백 체크무늬 바지 차림이었다. 상의 단춧구멍에는 공작고사리를 받친 크고 흰 장미를 한 송이 꽂았고, 그의 옆 탁자 위에 기다란 실크해트가 놓여 있었다.

"여기 신부가 있군요." 드리필드 부인은 웃음을 참으면서 말했다.

가엾은 로지. 사십 년 전 시골 사진사가 찍은 그녀의 모습은 기괴했다. 그녀는 호화로운 홀을 배경으로 큰 꽃다발을 들고 아주 뻣뻣하게 서 있었다. 허리가 무척 잘록하고 버슬을 착용한 드레스가 우아했다. 앞머리가 눈까지 내려와 있었다. 머리숱이 많은 정수리 위에 오렌지꽃 화관이 얹혀 있는데 화관에서부터 베일이 뒤쪽으로 길게 이어졌다. 그때 그녀가 얼마나 사랑스러웠을지 아는 사람은 나뿐이었다.

"소름 끼치게 천해 보이는 여자로군." 로이가 말했다.

"실제로 그랬답니다." 드리필드 부인이 중얼거렸다.

---

75) 단추가 두 줄로 달리고 길이가 짧은 두꺼운 모직 재킷.

우리는 에드워드의 사진을 더 보았다. 세상에 막 알려지기 시작했을 때 찍은 사진들, 콧수염만 길렀을 때의 사진들, 깨끗이 면도한 후기의 사진들. 얼굴은 점점 야위었고 주름도 늘어났다. 초반부 사진에 드러난 고집과 평범함은 갈수록 노쇠한 세련됨으로 바뀌어 갔다. 경험과 생각, 성취된 야심에 의해 점점 변해 가는 그가 보였다. 나는 젊은 선원의 사진을 다시 보고는 노년기의 사진에서 뚜렷이 드러나는 그의 초연한 빛이 이때부터 엿보였구나 생각했다. 그것은 아주 오래전 내가 드리필드를 대하면서 느꼈던 바이기도 했다. 남들에게 보이는 얼굴은 가면이었고 그의 행위도 중요하지 않았다. 그의 실체는 죽을 때까지 알려지지 않은 고독한 존재였고, 그의 작품을 쓰는 작가와 그의 인생을 살아가는 남자 사이를 조용히 오가는 유령이 아니었을까. 세상이 에드워드 드리필드라 여기는 두 꼭두각시에게 냉소적이고 초연하게 미소를 짓는 유령. 내가 이제껏 기록한 에드워드 드리필드는 두 발을 딛고 선 살아 있는 인간이 아니다. 나는 그를 납득이 가는 동기와 합리적 행동으로 살을 붙여 완성하지도 않았다. 그러려고 노력하지도 않았다. 그것은 더 유능한 앨로이 키어의 필력에 기꺼이 맡길 생각이다.

　나는 배우 해리 레트퍼드가 찍어 준 로지의 사진들을 발견했다. 라이어널 힐리어가 그린 로지의 초상화 사진도 한 장 있었다. 아릿한 느낌이 솟구쳤다. 그것은 내 기억 속에 가장 멋지게 자리 잡은 그녀의 모습이었다. 그녀는 구식 드레스를 입고도 그 안에서 살아 숨 쉬었고 넘치는 열정에 전율하고 있었다.

사랑의 도전에 기꺼이 자신을 내던질 듯한 모습이었다.

"인상이 극성맞은 여자 같은데요." 로이가 말했다.

"말하자면 젖 짜는 아낙 타입이죠." 드리필드 부인이 대꾸했다. "나는 항상 이 여자가 백인 검둥이 같다는 생각을 했어요."

이것은 바턴 트래퍼드 부인이 로지를 칭할 때 자주 썼던 말로 로지의 도톰한 입술과 넓적한 코를 꼬집은 멸칭이었다. 하지만 이들은 로지의 머리카락이 얼마나 은빛을 띤 황금빛이었는지, 피부는 또 얼마나 금빛이 도는 은빛이었는지 알지 못했다. 그녀의 홀리는 미소를 알지 못했다.

"백인 검둥이는 터무니없는 말입니다. 새벽처럼 순수한 여자였어요. 헤베[76] 같은 여자, 월계화 같은 여자였어요."

드리필드 부인은 웃는 얼굴로 로이와 의미심장한 눈길을 주고받았다.

"그 여자라면 바턴 트래퍼드 부인에게 들은 이야기가 많아. 악담을 하고 싶은 생각은 없네만 썩 좋은 여자였다고는 생각하지 않네."

"그건 오해야." 내가 대꾸했다. "정말 좋은 여자였어. 나는 그 여자가 성질을 부리는 걸 한 번도 본 적이 없네. 뭐든 원하는 게 있으면 다 들어주는 여자였어. 누구의 험담 한 번 하는 걸 들어 본 적이 없네. 마음씨가 고운 사람이었어."

"엄청 지저분한 여자였어. 집 안 꼴이 늘 엉망이었지. 의자는 먼지가 뽀얗게 내려앉아서 앉고 싶지 않았고, 구석 쪽은

---

76) 그리스 신화에 나오는 청춘의 여신.

차마 쳐다보고 싶지도 않았어. 여자의 몸가짐도 마찬가지였고. 치마도 똑바로 못 입어서 옆으로 페티코트가 얼마간 늘어져 있었지."

"그런 건 크게 신경 쓰지 않는 여자였으니까. 그렇다고 해서 그녀의 아름다움이 깎이는 건 아니었네. 아름다운 만큼 좋은 여자였어."

로이는 웃음을 터뜨렸고, 드리필드 부인은 미소 띤 얼굴을 가리려 손을 입가로 가져갔다.

"아이참, 어셴든 씨, 그건 너무 지나친 말씀이세요. 사실을 직시해야죠, 그 여자는 색광이었어요."

"참으로 딱한 말씀이로군요." 나는 말했다.

"그렇다면 가엾은 에드워드를 그따위로 대우했으니 그다지 좋은 여자는 아니었다고 해 두죠. 물론 결국은 전화위복이 되었지만요. 그 여자가 버리고 달아나지 않았더라면 그이는 평생 그 무거운 짐을 짊어져야 했을 테고, 그런 혹을 붙이고서는 그 위치까지 오르지 못했을 거예요. 하지만 그 여자가 그이를 두고 심하게 부정을 저질렀다는 사실은 변하지 않아요. 듣자니까 말도 못 하게 난잡했다고 하더군요."

"이해를 못 하시는군요." 내가 말했다. "그녀는 아주 단순한 여자였어요. 건강하고 천진한 본능을 가진 여자 말입니다. 사람들을 행복하게 만드는 걸 좋아했죠. 사랑을 사랑했어요."

"그런 걸 사랑이라고 할 수 있을까요?"

"그럼 그냥 사랑의 행위라고 해 두죠. 천성이 정이 많은 여자였어요. 누군가를 좋아하면 그 남자와 잠자리를 하는 것이 그녀에게는 상당히 자연스러운 일이었어요. 두 번 생각하는 법이 없었죠. 그건 악덕도 아니고 음탕한 것도 아닙니다. 천성일 뿐이죠. 태양이 햇빛을 발산하고 꽃들이 향기를 내뿜듯 자연스럽게 자신을 내어 준 거예요. 그녀 자신에게 기쁜 일이었어요. 사람들에게 기쁨을 주는 걸 좋아했으니까요. 됨됨이와는 아무런 상관이 없습니다. 그녀는 늘 진실하고 예의 바르고 순박한 여자였어요."

드리필드 부인은 피마자기름을 복용하고는 그 맛이 싫어 레몬 조각을 빤 사람 같았다.

"난 이해가 안 되는데요." 그녀가 말했다. "솔직히 난 대체 그 여자의 어떤 점이 에드워드의 눈에 들었는지 한 번도 이해가 된 적이 없었어요."

"그 양반은 그 여자가 온갖 남자들과 놀아나고 있다는 걸 알았을까?" 로이가 물었다.

"몰랐겠죠." 그녀가 재빨리 대답했다.

"그 말씀은 그분을 저보다 더 모자란 바보로 취급하시는 겁니다, 드리필드 부인." 내가 말했다.

"그럼 왜 그이가 눈감아 준 거죠?"

"이렇게 말씀드릴 수 있습니다. 알다시피 그녀는 사랑을 불러일으키는 여자는 아니었어요. 애정만 끌어냈죠. 그런 여자를 두고 질투한다는 건 말이 안 되는 거예요. 숲속의 빈터에 있는 맑고 깊은 샘물 같은 여자였어요. 뛰어들면 참으로 황홀한. 떠돌이, 집시, 사냥터 관리인이 나보다 먼저 뛰어들었다고 해서 그 물이 덜 시원하거나 덜 깨끗할 리가 없잖습니까."

케이크와 맥주

로이는 다시 웃음을 터뜨렸고, 드리필드 부인도 이번에는 살짝 띠운 미소를 가리지 않았다.

"자네한테서 그런 서정적 표현을 들으니 재미난데." 로이가 말했다.

나는 한숨을 삼켰다. 내가 진지하게 나가면 꼭 사람들은 나를 비웃는 경향이 있고, 나 역시 감정이 격앙되었을 때 쓴 내 글을 시간이 흐른 뒤에 읽고는 곧잘 자조적인 심정이 되곤 한다. 진지한 감정이란 본디 부조리를 내포하는 게 분명하다. 나로서는 도무지 그 이유를 알 수가 없지만. 다만 영원불멸한 지성이 보기에는 하찮은 행성에 잠시 머물다 가는 처지에 온갖 고통에 시달리며 아등바등하는 인간이 그저 농담처럼 느껴질 수도 있을 것이다.

드리필드 부인은 내게 뭔가를 묻고 싶은 눈치였다. 묻기에 확실히 민망한 질문인 듯했다.

"만약 그 여자가 돌아오고 싶어 했다면 그이가 다시 받아 줬을까요?"

"저보다 그분을 더 잘 아시잖습니까. 저는 아닐 거라고 봅니다. 그분은 일단 어떤 감정이 소진되고 나면 그 감정을 불러일으켰던 사람에게 더 이상 아무런 관심을 두지 않으셨어요. 강렬한 감성과 한없는 냉정함이 조합된 특이한 성격이었다고 봐야죠."

"무슨 말을 그렇게 하나." 로이가 소리쳤다. "나는 그분처럼 다정한 사람을 만난 적이 없네."

드리필드 부인은 나를 물끄러미 쳐다보다 시선을 떨구었다.

"그 여자가 미국으로 건너갔을 때 어떤 일이 있었을지 궁금하군." 로이가 말했다.

"켐프와 결혼했겠지요." 드리필드 부인이 말했다. "그들이 이름을 바꿨다고 들었어요. 물론 이쪽으로는 두 번 다시 얼굴을 디밀지 못하겠죠."

"그 여자 언제 죽었지요?"

"오, 한 십 년쯤 전에요."

"그 소식은 어떻게 아셨습니까?" 내가 물었다.

"조지 켐프의 아들, 헤럴드 켐프한테서요. 그 사람은 메이드스톤에서 장사를 하고 있어요. 에드워드한테는 말하지 않았어요. 그이에게는 오래전에 죽은 여자인데 굳이 과거를 환기할 이유가 없었거든요. 항상 상대의 입장이 되어 생각하면 도움이 되잖아요. 내가 그이라면 젊은 시절의 불행한 사건을 돌이키고 싶지 않을 거라고 생각했죠. 내 생각이 맞았다고 생각하지 않으세요?"

26

드리필드 부인이 아주 고맙게도 차로 블랙스터블까지 데려다주겠다고 했지만 나는 걷겠다고 했다. 그리고 다음 날 펀코트에서 저녁 식사를 함께하기로 하고 내가 에드워드 드리필드와 자주 왕래하던 두 시기에 대해 기억나는 대로 기록해 보겠다고 약속했다. 나는 무엇을 어떻게 써야 할까 궁리하면서 굽이진 길을 따라 걸어갔다. 도중에 마주친 사람은 전혀 없었다. 문체는 생략의 기술이라고 하지 않던가? 그렇다면 이번 글은 아주 뛰어난 작품이 될 터인데 로이의 자료로만 사용될 거라 생각하니 애석하게 느껴졌다. 마음만 먹으면 내가 폭탄을 던질 수도 있겠구나 싶어 큭큭 웃음도 나왔다. 에드워드 드리필드와 그의 첫 번째 결혼에 대한 그들의 궁금증을 풀어 줄 사람이 한 명 있긴 한데 나는 그 사실을 나 혼자 알고 있기로

했다. 그들은 로지가 죽었다고 알고 있지만 오해였다. 로지는 멀쩡히 살아 있었다.

연극 공연 일로 뉴욕에 있을 때 내가 그곳에 왔다는 소식이 내 매니저의 열혈 홍보 담당자에 의해 대대적으로 광고되었다. 어느 날 나는 편지를 한 통 받았다. 봉투의 손글씨는 분명 아는 글씨체인데 누구인지 짐작이 가지 않았다. 큼직하고 둥그렇고 단호하지만 세련되지 않은 필체였다. 너무나 익숙한 손글씨가 누구 것인지 기억이 나지 않아 답답했다. 봉투를 열면 될 것을 그냥 쳐다만 보면서 기억을 더듬었다. 나에게는 보면 가슴이 철렁해 몸이 떨리는 필체도 있고, 너무 성가셔 일주일이 지나도 뜯을 마음이 들지 않는 필체도 있다. 결국 봉투를 뜯고 편지를 읽는데 어리둥절한 기분이 들었다. 편지는 두서없이 시작됐다.

당신이 뉴욕에 있다는 소식을 방금 접했어요. 한번 만나고 싶어요. 지금은 뉴욕에 살지 않지만, 용커스는 그 근방이니 만약 차를 가지고 있다면 삼십 분이면 쉽게 올 수 있을 거예요. 무척 바쁠 테니까 방문 날짜는 당신에게 맡길게요. 우리가 마지막으로 만난 것이 까마득한 옛날이지만 당신의 옛 친구 로지 이글던(전 드리필드)을 잊지 않았기를 바랍니다.

나는 주소를 보았다. 앨버말이라고 되어 있었는데 아무래도 호텔이나 아파트 같았다. 그다음에 어느 거리의 이름이 있고, 용커스라고 적혀 있었다. 별안간 감전된 듯 온몸에 전율이 흘렀다. 오랜 세월이 흐르는 동안 가끔씩 로지 생각을 했지만 근래 들어 그녀는 죽었을 거라고 혼자 생각하곤 했던 것이다. 나는 이름을 보고 잠시 어리둥절했다. 왜 켐프가 아니라 이글던일까? 아마 영국에서 도망쳐 왔을 때 켄트 지방에서 흔한 성씨인 이 이름으로 바꾼 듯했다. 처음에는 그냥 핑계를 대고 만나지 말까 하는 생각이 들었다. 나는 늘 수줍은 성격 탓에 오랫동안 만나지 못한 사람은 다시 만나기를 꺼리는데 이번에는 호기심이 발동했다. 그녀가 어떤 모습일지 보고 싶기도 하고 무슨 일이 있었는지 듣고 싶었다. 마침 주말에 돕스 페리로 내려갈 일이 있었고 그곳에 가려면 용커스를 거쳐야 해서 다음 토요일 4시에 가겠다고 답장을 보냈다.

앨버말은 큰 아파트로 비교적 최근에 지어졌고 형편이 넉넉한 사람들이 거주하는 듯했다. 유니폼을 입은 흑인 안내원이 전화를 걸어 내 이름을 댔고, 나는 다른 흑인 안내원이 있는 엘리베이터를 타고 위층으로 올라갔다. 평소답지 않게 초조했다. 유색인 하녀가 문을 열어 주었다.

"들어오세요." 하녀가 말했다. "이글던 부인께서 기다리고 계세요."

나는 거실로 안내되었다. 거실 한쪽 끝에 많은 문양이 조각된 네모난 오크 탁자와 같은 종류의 찬장 하나, 의자 네 개가 있는 것으로 보아 주방으로도 쓰이는 것 같았다. 그랜드래피즈[77]의 가구업자들은 제임스 1세 시대풍이라고 칭할 만한

---

77) 대량 생산된 저렴한 가구들로 유명한 미시간주 서남부 도시.

것들이었다. 하지만 반대편에는 연파란색 다마스크 천을 씌운 루이 15세 시대풍 도금 소파와 의자 세트가 있었다. 그것 말고도 화려하게 조각된 도금 탁자가 많았는데 탁자마다 오르몰루 장식이 된 세브르 꽃병들과 벌거벗은 여인을 표현한 청동상들이 서 있었다. 청동상들은 민감한 신체 부위를 강풍에 휘날리는 듯한 긴 옷이 교묘히 가린 모양새였고 저마다 장난스럽게 뻗은 팔 끝에 전등이 들려 있었다. 상점 진열장에서만 보았던 지극히 화려한 축음기는 가마 모양이었고 전체적으로 도금을 하고 와토[78]풍의 신하들과 부인들을 그려 넣은 것이었다.

그렇게 오 분 정도 기다렸을 때 문이 열리더니 로지가 성큼 들어왔다. 그녀는 내게 두 손을 내밀었다.

"아, 이게 얼마 만이야." 그녀가 말했다. "이렇게 오랜 세월이 흐른 후에야 다시 만나다니 참 속상하네. 잠깐만." 그녀는 문 쪽으로 가서 소리쳤다. "제시, 차를 내와. 찻물이 제대로 끓었나 확인하고." 그러고는 다시 돌아왔다. "저 아이에게 차를 제대로 끓이게 일일이 가르쳐야 해서 얼마나 성가신지 몰라."

로지는 적어도 일흔은 되어 보였고, 모조 다이아몬드가 빽빽이 박힌 아주 멋진 초록색 민소매 시폰 드레스 차림이었다. 네모난 목둘레에 길이가 아주 짧은 옷이 손에 딱 달라붙는

---

78) 장 앙투안 와토(Jean Antoine Watteau, 1684~1721). 로코코 화풍으로 유명한 프랑스 화가.

장갑처럼 몸을 팽팽히 감싸고 있었다. 몸매로 보아 고무 코르셋을 착용한 것 같았다. 손톱은 핏빛으로 칠했고 눈썹은 모두 뽑아내고 없었다. 뚱뚱한 데다 이중 턱이었고, 파우더를 잔뜩 뿌렸는데도 가슴 쪽 피부가 붉고 얼굴도 붉었다. 그래도 건강하고 원기 왕성해 보였다. 여전히 숱은 많지만 거의 하얗게 센 머리는 짧고 층지게 잘라 고불고불하게 만 파마 머리였다. 젊었을 때는 부드럽고 자연스러운 곱슬머리였는데 지금은 미용실에 막 다녀온 것처럼 뻣뻣하고 구불거려서 옛날과 가장 많이 달라 보이는 부분이었다. 변하지 않은 것은 미소뿐이었다. 그녀의 미소는 여전히 천진하고 짓궂고 사랑스러웠다. 들쭉날쭉하고 모양새가 나빠 그리 보기에 좋지 않았던 치아는 가지런하고 눈처럼 새하얀 치아로 바뀌었다. 돈을 아낌없이 투자한 게 분명했다.

유색인 하녀가 차와 파이, 샌드위치, 쿠키, 사탕, 작은 나이프와 포크, 앙증맞은 냅킨이 담긴 찻상을 내왔다. 아주 단정하고 멋들어졌다.

"난 이거, 차 없이는 못 살아." 로지는 버터를 바른 따끈한 스콘을 집어 먹으면서 말했다. "나는 이게 제일 맛있더라고, 의사는 먹지 말라고 하지만. 의사가 늘 하는 말이 있어. '이글던 부인, 차를 마실 때마다 그렇게 쿠키를 대여섯 개씩 드시면서 살은 어떻게 빼시려고요.'" 그녀가 내게 미소를 지었다. 고불고불한 머리며 파우더, 뚱뚱한 몸에도 불구하고 별안간 로지가 예전의 그 로지처럼 느껴졌다. "그러면 나는 이렇게 말하지. '조금은 좋아하는 걸 먹어 줘야 좋지요.'"

내게 그녀는 언제나 편한 말 상대였다. 곧 우리는 몇 주 만에 다시 만난 사람들처럼 이야기를 나누었다.

"내 편지 받고 놀랐지? 누구 편지인지 몰라볼까 봐 드리필드라고 밝힌 거야. 우린 미국으로 건너왔을 때 이름을 이글던으로 바꿨어. 조지가 블랙스터블을 떠날 때 약간의 소동을 일으켰거든. 들어서 알고 있겠지만. 그이는 새 나라에 왔으니 새 이름으로 시작하는 게 좋다고 생각했어."

나는 살짝 고개를 끄덕였다.

"가엾은 조지, 그이는 십 년 전에 죽었어."

"안타까운 소식이네요."

"에효, 그이도 나이 먹는 건 어쩔 수 없었지. 일흔이 넘은 나이였어. 그 나이로 보이지는 않았지만. 내게는 큰 타격이었어. 세상에 그이만큼 좋은 남편은 없을 거야. 결혼한 날로부터 죽는 날까지 나한테 성질 한 번 부리지 않았거든. 재산도 넉넉히 남겨 주었고."

"다행이네요."

"그이는 여기서 크게 성공했어. 늘 꿈꿨던 건축업에 뛰어들었지. 태머니[79]와도 친분이 있었어. 이십 년 전에 오지 않은 것이 실수였다고 늘 말했어. 여기에 발을 내디딘 첫날부터 이 나라를 좋아했어. 갈 데가 천지였어. 그게 이 나라의 장점 아니겠어. 그이는 성공할 수밖에 없는 사람이었어."

"영국엔 다시 간 적 없었어요?

---

79) 19세기와 20세기 초에 세력을 떨친 미국 민주당의 뉴욕시 중앙 위원회.

"아니, 난 가고 싶다는 생각이 안 들던데. 조지는 가끔씩 그 얘기를 하곤 했지만. 그냥 여행으로 잠깐 다녀오자고. 그런데 결국 말뿐이었지. 이제는 그이도 없고, 나는 그러고 싶은 생각이 없어. 뉴욕에 있다가 런던에 가면 엄청 따분할 거야. 전에 우린 뉴욕에서 살았거든. 여긴 조지가 죽고 나서 온 거야."

"용커스를 선택한 이유가 있어요?

"난 늘 여기가 좋았어. 은퇴하면 용커스에 가서 살자고 조지한테 말하곤 했지. 내가 보기엔 잉글랜드랑 닮은 구석이 조금 있잖아. 메이드스톤이나 길퍼드 같은 곳 말이야."

나는 미소를 지었지만 무슨 말인지 알 것 같았다. 용커스는 노면 전차와 빵빵거리는 자동차, 영화관과 네온사인에도 불구하고 굽이진 큰길은 장터가 들어선 영국의 소도시 같은 활기를 띠었다.

"물론 블랙스터블 사람들이 어떻게 됐을까 가끔 궁금하긴 해. 대부분 저세상 사람이 됐겠지만. 아마 그 사람들도 내가 죽었다고 생각할 테지."

"저도 거기 다녀온 지 삼십 년은 됐어요."

그때 나는 로지가 죽었다는 소문이 블랙스터블에 도는 줄은 모르고 있었다. 아마 누군가 조지가 죽었다는 소식을 전했는데 와전된 모양이었다.

"여기서는 당신이 에드워드 드리필드의 첫 번째 부인이었다는 걸 아무도 모르지요?"

"오, 모르지! 만약 알았다면 우리 아파트 주변에 기자들이 쫙 깔렸겠지. 가끔씩 브리지 게임[80]을 하다가 사람들이 테드의 책 이야기를 꺼내서 아주 웃음이 나 죽겠어. 미국 사람들은 아주 좋아 죽는다니까. 난 한 번도 대단하다고 생각한 적이 없었는데 말이야."

"소설은 잘 읽지 않았잖아요?"

"역사책을 더 좋아했지. 이제 그런 거 읽을 시간 없어. 난 주간지가 제일 좋아. 여기 주간지는 환상적이야. 영국에는 그런 거 없잖아. 게다가 브리지도 해야 해서. 난 컨트랙트[81]광이야."

나는 로지를 처음 만났을 때 그녀의 능수능란한 휘스트 실력에 놀랐던 기억이 났다. 분명 브리지 게임을 할 때도 민첩하고 대담하고 정확한 솜씨를 뽐낼 것 같았다. 한편이 되면 좋을 것이고 상대편이 되면 위협적일 것이다.

"테드가 죽었을 때 여기서 얼마나 난리가 났는지 말도 못해. 여기 사람들이 테드를 많이 좋아하는 줄은 알았지만 테드가 그렇게 거물인 줄은 몰랐거든. 신문은 온통 그 사람 얘기뿐이고, 그 사람과 펀 코트 사진까지 실렸어. 그 사람 언젠가 그런 집에서 살고 싶다는 말을 입에 달고 살았어. 어쩌다가 간호사랑 결혼을 했을까? 난 그 사람이 바턴 트래퍼드 부인이랑 결혼할 거라고 늘 생각했었어. 그들에게 자식은 없지?"

"없어요."

"테드는 아이를 갖고 싶어 했을 거야. 내가 첫아이를 낳은

---

80) 네 명이 둘씩 편을 먹고 쉰두 장의 카드로 승부를 가리는 카드놀이.
81) 휘스트에서 발전한 최종 브리지 게임의 형태로 으뜸패가 있고 점수제로 승부를 가린다.

뒤 더는 출산을 못 하게 된 것에 큰 충격을 받았지."

"아이가 있었는지는 몰랐어요." 나는 놀라서 말했다.

"오, 있었지. 그 아이 때문에 테드가 나랑 결혼한 거야. 하지만 애를 낳을 때 너무 고생을 했고, 의사들은 내가 더는 아이를 낳을 수 없다고 했어. 그 가엾은 아이가 살아 있었다면 나도 조지랑 도망치지는 않았겠지. 딸아이는 여섯 살 때 죽었어. 참 사랑스러운 아이였는데. 그림같이 예뻤고."

"그 이야기는 한 번도 하지 않았잖아요."

"못 하지, 그 아이 이야기는 도저히 할 수가 없었어. 아이가 뇌막염에 걸려서 병원에 데려갔어. 병원에서 아이를 독방에 눕히고 아이랑 같이 있게 해 주었지. 그때 그 아이가 겪은 걸 난 절대 잊지 못할 거야. 비명을 지르고 또 질렀어. 비명을 그치지 않았지. 그런데도 아무도 손을 쓰지 못했어."

로지의 목소리가 갈라졌다.

"드리필드가 『생명의 잔』에서 묘사한 죽음이 그거였군요."

"맞아. 난 테드가 참 이상한 사람이라는 생각을 늘 했어. 그이야기는 나 못지않게 입에 담지도 못하던 사람이 그걸 글로 쓰다니 말이야. 하나도 빠뜨리지 않고 전부. 당시에 내가 놓쳤던 사소한 것들까지 모두 썼더라고. 나는 그걸 보고 나서야 기억이 났어. 그이가 무정하다고 생각할 수도 있지만 그렇지는 않아. 그이도 나만큼 괴로워했어. 병원에서 집에 돌아오면 아이처럼 엉엉 울곤 했지. 참 이상한 남자 아니야?"

『생명의 잔』은 큰 물의를 일으켰다. 특히 작품 속 아이의 죽음과 잇따른 사건이 화근이 되어 드리필드에게 엄청난 역풍을 가져왔다. 나는 그 묘사를 생생히 기억했다. 참혹했다. 감정이라고는 조금도 담겨 있지 않았다. 그것은 독자들의 눈물샘을 자극하는 대신 그 어린아이에게 그토록 잔혹한 고통을 주었다는 이유로 독자들의 분노를 샀다. 사람들은 심판의 날 하느님께서 반드시 해명을 요구하실 일이라고 느꼈다. 대단한 힘이 살아 있는 글이었다. 이것이 실화를 바탕으로 했다면 잇따른 사건도 실제로 있었던 일일까? 1890년대 대중에게 충격을 안긴 것도, 평론가들이 부도덕할 뿐만 아니라 터무니없다고 규탄한 것도 바로 이 부분이었다. 『생명의 잔』에서 아이가 죽은 뒤 남편과 아내는(그들의 이름은 잊어 버렸다.) 병원에서 집으로 돌아와 있었다. 그들은 가난한 사람들이었고 하숙집에서 근근이 살아가는 처지였다. 그들은 차를 마셨다. 저녁 7시쯤이었고 차를 마시기에는 늦은 시각이었다. 일주일 동안 잠시도 긴장을 늦추지 못하고 쉴 새 없이 불안에 떨며 지낸 터라 고단했고 슬픔으로 제정신이 아니었다. 그들은 아무 말도 나누지 않았다. 그저 참담한 침묵 속에 앉아 있었다. 시간은 흘러갔다. 갑자기 아내가 자리에서 일어나 침실로 들어가 모자를 썼다.

"나 외출해." 그녀가 말했다.

"알았어."

그들은 빅토리아역 인근에 살았다. 그녀는 버킹엄 팰리스 로드를 따라 걷다가 공원을 가로질렀다. 피커딜리로 들어가서 서커스 쪽으로 천천히 걸어갔다. 한 남자가 그녀와 눈이 마주치고는 걸음을 멈추고 그녀를 돌아보았다.

"안녕하세요." 그가 말을 건넸다.

"안녕하세요."

그녀는 걸음을 멈추고 미소를 지었다.

"나랑 한잔하러 갈래요?" 그가 물었다.

"그럴까요."

두 사람은 피커딜리 사잇길의 어느 술집으로 들어갔다. 매춘부들이 모여 있는 술집이라 남자들이 매춘부를 데리러 들어왔다. 그들은 맥주를 한 잔씩 마셨다. 그녀는 낯선 남자와 웃고 떠들면서 자기 이야기를 엉터리로 지어내 말했다. 얼마 후 남자는 같이 집에 가지 않겠냐고 물었다. 그녀는 그건 안 된다고 호텔로 가자고 말했다. 그들은 택시를 타고 블룸즈버리로 갔고, 방을 빌려 하룻밤을 지냈다. 이튿날 아침 그녀는 버스를 타고 트라팔가 스퀘어로 와서 공원을 가로질렀다. 그녀가 집에 돌아왔을 때 남편은 막 아침을 먹으려고 자리에 앉은 참이었다. 그들은 아침을 먹고 나서 아이의 장례식을 치르러 다시 병원에 갔다.

"뭐 좀 물어봐도 될까요, 로지?" 나는 물었다. "책에서 아이가 죽은 뒤에 벌어진 일 말이에요. 실제로 일어난 일인가요?"

그녀는 망설이는 얼굴로 잠시 나를 쳐다보았다. 곧 그녀의 입술에 변함없이 아름다운 그 미소가 떠올랐다.

"까마득한 옛일인데 이제 와서 뭐가 달라지겠어? 당신에겐 말 못 할 것도 없지. 그 사람이 있는 그대로 쓴 건 아니야. 나름대로 짐작한 거지. 나는 그 사람이 그만큼이나 알고 있다는 데 놀랐어. 나는 그 사람한테 아무 말도 안 했거든."

로지는 담배를 한 개비 꺼내 생각에 잠긴 듯 담배 끝을 탁자에 톡톡 쳤지만 불은 붙이지 않았다.

"우리가 병원에서 돌아온 건 그 사람이 말한 대로야. 걸어서 돌아왔지. 택시 안에 도저히 앉아 있을 수 없을 것 같았거든. 온몸이 죽어 버린 것처럼 허전했어. 하도 울어서 눈물이 더는 나오지 않았고 피곤했어. 테드는 나를 위로하려 했지만 내가 제발 조용히 하라고 소리치니까 이후에는 아무 말도 하지 않았지. 그때 우리는 복스홀 브리지 로드에 방을 얻어 살고 있었는데, 3층에 있는 거실 하나와 침실 하나짜리 집이라 그 가엾은 아이를 병원에 둘 수밖에 없었어. 하숙집에서는 아이를 간호할 수도 없었고 집주인이 그건 안 된다고 했거든. 아이가 병원에서 간호를 받는 게 더 낫다고 테드가 말하기도 했고. 그리 나쁜 사람은 아니었어, 집주인 여자 말이야. 매춘부였던 여자인데 테드는 그 여자랑 한 시간씩 이야기를 나누곤 했어. 우리가 들어오는 소리를 듣고 그 여자가 올라왔지.

'아이는 좀 어때요? 괜찮아요?' 그 여자가 묻더라.

'죽었어요.' 테드가 말했어.

나는 아무 말도 할 수 없었어. 그 여자가 차를 가져다주었지. 입맛이 전혀 없었지만 테드가 권해서 억지로 햄 샌드위치를 조금 먹었어. 그러고는 창가에 앉았어. 여주인이 찻상을 치우러 올라왔을 때 나는 돌아보지도 않았어. 아무하고도 말을 섞고 싶지 않았어. 테드는 책을 읽고 있었어. 적어도 읽는 척을 하려 했지만 책장을 넘기지는 않았어. 눈물이 책 위로 뚝뚝 떨어지는 게 보였지. 나는 계속 창밖을 내다보았어. 그때는

6월 말, 28일이라 낮이 길었어. 우리가 살던 집은 길모퉁이에 가까워서 펍에 들락거리는 사람들, 오가는 노면 전차가 보였지. 그러다 문득 정신을 차리니 어느새 밤이었어. 가로등이 모두 켜져 있었고, 거리에 사람들이 정말 많았어. 기운이 하나도 없었어. 다리가 납덩이같았지.

'가스등 켤까?' 내가 테드에게 말했어.

'켜고 싶어?'

'깜깜한 데 앉아 있을 필요 없잖아.'

그 사람이 가스등을 켰지. 그리고 파이프 담배를 피우기 시작했어. 그 사람이야 그걸로 기분이 나아지겠지만 나는 그냥 앉아서 거리만 쳐다보았지. 그러다가 뭐에 씌었던 걸까. 그 방에 계속 앉아 있다가는 미칠 것 같았어. 어디든 불빛과 사람들이 있는 곳으로 가고 싶었어. 테드로부터 달아나고 싶었어. 아니 그보다는 테드가 생각하고 느끼는 모든 것들로부터 달아나고 싶었지. 방이 두 개뿐이라 침실로 들어갔어. 아이의 침대가 그대로 있었지만 그쪽은 쳐다보지도 않았어. 나는 모자와 베일을 쓰고는 옷을 갈아입고 테드에게 돌아갔지.

'나 외출해.' 내가 말했어.

테드가 나를 쳐다보더라. 내가 새 드레스로 갈아입은 걸 분명 알아봤을 거야. 그리고 내 말투에서 함께 나가고 싶은 생각이 없다는 걸 느꼈겠지.

'알았어.'

책에서 그 사람은 내가 공원을 걸어갔다고 했지만 아니었어. 빅토리아역으로 가서 이륜마차를 잡아타고 차링 크로스로 갔으니까. 요금은 1실링밖에 안 했어. 거기서 스트랜드를 걸어 올라갔어. 뭘 할지는 집을 나오기 전에 결정해 두었어. 해리 레트퍼드라고 기억나? 그때 그 남자는 아델피 극장에서 공연 중이었어. 2막의 코미디 배역이었지. 나는 극장 뒷문으로 가서 내 이름을 댔어. 해리 레트퍼드, 난 항상 그 사람을 좋아했었어. 조금 원칙이 없고 금전적으로 이상한 면이 있지만 나를 웃게 해 주었거든. 결점이 많아도 보기 드물게 좋은 사람이었어. 그 사람 보어 전쟁[82]에서 죽었다는 거 알아?”

“아뇨. 그가 사라졌고, 다시는 출연진 명단에 이름이 올라오지 않았다는 것만 알고 있었어요. 무슨 장사라도 하고 있겠거니 생각했죠.”

“아니야. 그 사람 곧장 거기 나갔다가 레이디스미스에서 죽었어. 그날 조금 기다리니까 그 사람이 내려왔어. 내가 말했지. ‘해리, 오늘 밤 우리 신나게 놀아 봐. 로마노스에서 저녁 먹을까?’ 그랬더니 그 사람이 ‘좋지. 여기서 기다려. 조금 있으면 쇼가 끝나니까 분장 지우고 내려올게.’ 했어. 그 사람을 만나니까 기분이 좀 나아지더라. 그때 그 사람 경마 술사 역을 맡고 있었어. 체크무늬 정장에 중절모를 쓰고 코가 빨간 그 사람을 보니까 웃음이 저절로 나왔어. 나는 쇼가 끝나기를 기다렸어. 그가 내려왔고, 우리는 로마노로 걸어갔지.

‘배고파?’ 그가 묻더라.

---

82) 1899년 영국이 남아프리카에서 금과 다이아몬드의 이권을 놓고 보어인의 트란스발 공화국과 오렌지 자유국을 상대로 벌인 전쟁.

'배고파 죽겠어.' 하고 대답했지. 진짜 그랬어.

'그럼 최고로 먹어 보자고. 비용은 문제없어. 빌 테리스한 테 최고의 여자랑 식사하러 간다고 구슬려서 2파운드 받아 왔거든.'

'우리 샴페인 마셔.' 내가 말했지.

'과부 만세!' 그가 말했어.

그 시절에 로마노스에 가 봤는지 모르겠네. 멋진 곳이었지. 거기 가면 극장 쪽 사람들이며 경마꾼들을 볼 수 있었어. 게 이어티 극장 여배우들도 오던 곳이고. 가 볼 만한 곳이었지. 그리고 그 로마인. 해리가 그 사람이랑 알아서 그 사람이 우 리 테이블로 다가왔어. 그 사람, 이상한 엉터리 영어로 말을 하더라. 사람들을 웃기려고 일부러 그러는 것 같았어. 아는 사 람이 쪼들리면 늘 5파운드쯤 빌려주는 사람이었지.

'아이는 좀 어때?' 해리가 물었어.

'나아졌어.'

사실대로 말하고 싶지 않았어. 남자들이 얼마나 이상한지 알 거야. 남자들이 이해하지 못하는 것들이 있어. 그 가엾은 아이가 죽어 병원에 누워 있는데 내가 저녁을 먹으러 나온 걸 알았다면 해리는 나를 말종이라고 생각했겠지. 참 안됐다 어 쩌고저쩌고하는 말이야 했겠지만 그건 내가 바라는 게 아니 었어. 나는 웃고 싶었어."

로지는 만지작거리던 담배에 불을 붙였다.

"알다시피 아내가 임신했을 때 남편이 못 견디고 밖으로 나 돌면서 다른 여자를 만나는 일이 있잖아. 그럼 여자는 꼭 그걸 눈치채거든. 여자는 그걸 알고 야단법석을 떨지. 그 인간이 나가서 그 짓을 할 때 자기는 지옥을 다녀왔다고 하면서 도저히 못 참겠다고 말이야. 나는 그런 여자들에게 바보처럼 굴지 말라고 늘 이야기해. 남편이 당신을 사랑하지 않아서 그런 게 아니라고. 그러니 그렇게 속상할 일이 아니라고 말이야. 아무것도 아닌 일이라고. 그냥 우울해서 벌어진 일이라고. 남편도 힘들지 않았다면 그런 생각은 하지 않았겠지. 그때 나도 그런 심정이었어.

식사를 마치자 해리가 묻더라고. '자, 이제 어떻게 할까?'

'뭘 어떻게 해?' 내가 말했지.

그 시절엔 댄스홀도 없어서 달리 갈 데가 없었어.

'우리 집에 가서 사진첩 구경할래?' 해리가 말했어.

'안 될 거 없지.' 내가 말했어.

그는 차링 크로스 로드의 작은 아파트에 살았어. 방 두 개에 욕실과 부엌이 있는. 우리는 그곳으로 갔고, 나는 거기서 그날 밤을 보냈지.

이튿날 아침에 돌아가 보니 아침이 차려져 있고 테드는 막 먹기 시작한 참이었어. 그이가 뭐라고 하면 마구 퍼부을 작정이었지. 될 대로 되라는 심정이었어. 전에도 내 손으로 벌어먹고 살았는데 또 못 하랴 싶었어. 여차하면 짐 싸서 그이를 떠날 생각이었어. 하지만 내가 안으로 들어섰을 때 그이가 고개를 들더니 이러는 거야.

'마침 잘 왔어. 내가 당신 소시지까지 먹을까 하던 참이야.'

나는 자리에 앉아 그이에게 차를 따라 줬어. 그이는 신문을 읽었고. 우리는 식사를 마치고 병원에 갔어. 그이는 어디 갔었느냐고 묻지 않았어. 대체 무슨 생각을 하는지 알 수가 없더라고. 나한테 더없이 다정하게 굴었어. 나는 비참했어. 더 이상 버틸 자신이 없는데 그이한테는 내 마음을 달래 줄 방법이 없었어."

"그 책을 읽고 무슨 생각이 들었나요?"

"그이가 그날 밤 일을 꽤 잘 알고 있다는 게 놀라웠어. 그걸 글로 쓰다니 어처구니가 없었지. 누가 봐도 그런 건 책에 넣을 만한 것이 아니잖아. 참 별난 종자들이야, 당신네 작가들."

그때 전화벨이 울렸다. 로지는 수화기를 들어 귀에 댔다.

"어머, 바누치 씨, 전화를 다 하시고 친절하셔라. 오, 나야 건강히 잘 지내죠, 고마워요. 예쁘게, 잘 지낸다고 봐야죠. 내가 이 나이에 칭찬을 마다할까요."

로지는 대화를 나누기 시작했다. 그녀의 말투로 보아 익살스럽고 진한 농을 잘하는 사람인 듯했다. 나는 그녀의 대화를 귀담아듣지 않았다. 이야기가 길어지는 듯해서 작가의 삶에 대해 곰곰이 생각하기 시작했다. 작가의 삶이란 가시밭길이다. 우선 가난과 세상의 냉대를 견뎌야 한다. 어느 정도 성공을 거두고 나서는 살얼음판을 걸어야 한다. 그리고 변덕스러운 대중에 휘둘린다.

작가를 흔드는 인간들은 수두룩하다. 인터뷰를 하려는 신문 기자들, 사진을 찍으려는 사진작가들, 원고를 달라는 편집자들, 소득세를 긁어 가는 세금 징수원들, 오찬을 같이 하자는 귀하신 몸들, 강연을 부탁하는 협회 국장들, 결혼하고 싶다는 여자들, 이혼하겠다는 여자들, 사인해 달라는 젊은이들, 배역을 달라는 배우들, 생판 남인데 돈을 빌려 달라는 사람들, 감정이 북받쳐 부부 문제를 상의하려는 부인네들, 자기 작품에 대해 조언을 구하는 진지한 청년들, 대리인들, 출판업자들, 관리인들, 따분한 인간들, 팬들, 평론가들, 그리고 작가 본인의 양심. 하지만 작가는 한 가지 보상을 얻는다. 뭔가 마음에 맺힌 것이 있다면 괴로운 기억, 친구를 저세상으로 떠나보낸 슬픔, 짝사랑, 상처받은 자존심, 배은망덕한 인간에 대한 분노, 어떤 감정이든, 어떤 번뇌든 그저 글로 풀어 버리기만 하면 된다. 그걸 소설의 주제로, 수필의 소재로 활용하면 모든 걸 잊을 수 있다. 작가는 유일한 자유인이다.

로지는 수화기를 내려놓고 나를 돌아보았다.

"내 애인들 중 하나야. 오늘 밤 브리지 게임을 할 건데 그이가 차를 가지고 데리러 온다고 전화했어. 이탈리아 이민자이지만 정말 착해. 한때 뉴욕 시내에서 식료품 가게를 크게 운영했는데 지금은 은퇴했지."

"재혼할 생각은 한 적 없어요, 로지?"

"없어." 그녀는 미소를 지었다. "청혼하는 남자가 없어서는 아니고 지금 이대로 행복하니까. 어떤 느낌이냐면 늙은이하고 결혼하기는 싫고, 이 나이에 젊은 남자랑 결혼하는 것도 어리석은 짓이니까. 한세상 신나게 살았으니 여기서 그만 마무리해도 괜찮아."

"왜 조지 켐프랑 달아났어요?"

"난 늘 그이를 좋아했어. 테드를 알기 훨씬 전부터 알던 사이야. 물론 그이랑 결혼하게 될 줄은 꿈에도 몰랐지. 그이는 이미 결혼한 몸이었고 나름 체면이라는 게 있었으니까. 그런데 어느 날 그이가 나를 찾아와서는 일이 잘못되어서 파산했다, 며칠 뒤 체포 영장도 나올 거다, 미국으로 도망갈 건데 같이 가겠느냐 하는데 내가 뭘 어쩌겠어? 그 길을 혼자 가게 둘 수는 없었어. 돈도 없을 텐데. 항상 남부럽지 않게, 자기 집에 자기 마차까지 가지고 살던 사람인데. 그리고 난 일하는 것이 두렵지 않았어."

"난 당신이 마음에 둔 사람은 그 사람뿐이었다는 생각을 가끔 해요." 내가 말했다.

"그렇게 볼 수도 있지."

"그 사람의 어떤 점이 마음에 들었어요?"

로지의 시선이 벽에 걸린 사진으로 흘러갔다. 무슨 이유에서인지 그동안 내가 못 보고 지나친 사진이었다. 크게 확대된 조지 경의 사진이 조각된 도금 액자에 들어 있었다. 미국에 도착한 직후에 찍은 듯했고, 둘이 결혼했을 때 찍은 것 같기도 했다. 사진은 실물의 4분의 3 크기였다. 사진 속에서 그는 긴 프록코트의 단추를 단단히 채우고 머리에 높은 실크해트를 비딱하게 기울여 쓰고 있었다. 단춧구멍에는 커다란 장미꽃이 꽂혀 있었고, 한쪽 팔 밑에는 은 손잡이가 달린 지팡이가 들려 있었다. 오른손에 든 큰 시가에서 연기가 모락모락 피어올랐다. 풍성한 콧수염은 끝에 왁스를 발랐고, 능청스러운 눈빛으로 으스대며 활보하는 걸음새였다. 넥타이에는 말발굽 모양의 다이아몬드 핀이 있었다. 한껏 차려입고 더비 경마장에 가는 펍 주인 같았다.

"그건 말이지." 로지가 말했다. "그이는 언제나 완벽한 신사였거든."

케이크와 맥주, 혹은 집안의 비밀[1]

『케이크와 맥주』는 영국의 문호 서머싯 몸이 작가로서 원숙기에 접어든 1930년에 발표해 문단과 세간에 큰 파장을 일으켰던 풍자 소설이다. 당시 문단의 내막이 적나라하게 그려진 데다 등장인물들이 서머싯 몸의 가까운 지인이나 유명 인사들과 흡사했기 때문이다. 몸은 특정인을 겨냥하지 않았다고 공식적으로는 연계성을 부인했지만 본인 스스로 항상 실존한 인물을 토대로 창작에 임했다고 밝힌 바 있다.

에드워드 드리필드의 실제 모델로 지목된 토머스 하디는 에드워드 드리필드와 여러 측면에서(작은 체형, 잉글랜드 남부의

---

[1] 이 작품의 1930년 초판 제목은 'Cake and Ale or The Skeleton in the Cupboard'이다.

가난한 집안 출신, 건축과 펍에 대한 애호, 한참 어린 여자와의 재혼, 아이의 죽음과 관련한 장면으로 인해 금서 조치된 경력 등) 공통점이 많다. 또한 두 번째 아내 플로렌스 하디가 하디의 전기에서 첫 번째 아내 에마 기퍼드의 흔적과 그녀에 대한 호의적인 내용을 지우는 데 병적으로 집착한 것도 사실이다.

처세술로 성공한 작가 앨로이 키어의 원형은 서머싯 몸의 이십 년 지기 친구였던 소설가 휴 월폴로 추정되고 있다. 월폴은 『케이크와 맥주』를 받아 든 첫날 잠을 이룰 수 없었다고 한다. "공포감이 점점 커져 갔다. 그것은 누가 봐도 나의 초상화였다." 버지니아 울프는 일기에 적기를 "몸이 그려 낸 출세 지향적인 문인의 초상은 고문에 가까운 부분이다. 휴는 벼락출세한 얼굴 두껍고 위선적인 대중 작가로 그려지고 있다."라고 평했다.

월폴이 『케이크와 맥주』의 출판을 막으려 하자 서머싯 몸은 월폴에게 편지를 보내 다음과 같이 그를 달랬다고 한다. "만약 자네가 이 작품에서 자네의 모습을 보았다면 우리가 대동소이할 뿐 결국은 같은 인간이기 때문일세."

유희와 쾌락, 덧없음

이 작품의 제목인 '케이크와 맥주'는 단순한 물질적 쾌락, 혹은 삶의 유희를 뜻하는 관용구인데 문학 작품에서는 셰익스피어의 희극 「십이야」에 최초로 등장한다. 올리비아의 집에서 사랑의 노래를 부르며 흥청거리는 앤드루 경과 토비 경에게 올리비아의 집사 말볼리오가 소란을 멈추라고 말하자 토비 경은 묻는다. "자네가 도덕적이라고 해서 케이크와 맥주가 더는 안 된단 말인가?"

'케이크와 맥주'라는 제목이 시사하듯 삶의 유희와 쾌락은 이 작품의 테마로 뚜렷이 자리하고 있다. 서머싯 몸은 자신의 문학적 자서전인 『요약』에서 철학자들과 도덕론자들이 육체의 만족이 짧다는 이유로 육체를 줄곧 미심쩍게 바라보았음을 지적하며 쾌락이 영원히 지속되지 않는다고 해서 쾌락이 아닌 것은 아니라고 말했다. 쾌락의 가치가 경시되어 관념과 도덕에 치우치는 위험을 경계한 것이다. 서머싯 몸 자신도 온갖 종류의 감각적 쾌락을 체험하려 노력했다고 밝혔다.

본 작품에서 쾌락과 유희를 대변하는 인물은 로지 드리필드다. 그녀는 빅토리아기의 덕목이었던 정조 관념과 체면을 비웃기라도 하듯 '케이크와 맥주'에 충실한 삶을 살아간다. 결혼 전 술집에서 여급으로 일하면서 유부남 조지 켐프와 내연 관계를 맺고 결혼한 이후에도 자유롭게 남자들과 잠자리를 하면서 여러 명의 애인을 둔다. 외상값을 떼먹고 야반도주도 하며, 나중에는 남편을 버리고 유부남 조지 켐프와 함께 미국으로 달아난다. 죄책감을 느끼거나 위축되는 모습은 보이지 않는다. 적어도 작중 화자인 어셴든의 눈에는 그렇다. 그녀는 도무지 누구를 미워하거나 헐뜯을 줄을 모른다. 시종일관 어린 애처럼 천진하고 해맑을 뿐이다. 마치 슬픔이나 증오 같은 부정적 감정을 잠시도 마음에 담아 둘 수 없는 것처럼 행동하는

데 이러한 면모는 어린 딸이 뇌막염으로 세상을 떴을 때 극대화되어 나타난다. 딸이 숨을 거둔 날 밤 그녀는 외출해 아무 일도 없는 것처럼 외간 남자와 어울린다. 윤리적 잣대를 들이댄다면 개탄스러운 일일지도 모르나 로지의 입장에서는 자연스러운 행동이다.

"그 방에 계속 앉아 있다가는 미칠 것 같았어. 어디든 불빛과 사람들이 있는 곳으로 가고 싶었어. 테드로부터 달아나고 싶었어. 아니 그보다는 테드가 생각하고 느끼는 모든 것들로부터 달아나고 싶었지."

이튿날 아침 로지는 여차하면 남편을 떠날 생각으로 귀가한다. 그녀와 남편을 이어 주던 딸아이가 죽고 나자 더는 남편에게서 아무런 위안도 얻지 못할 것임을 깨달았기 때문이다.

그렇다고 해서 그녀를 쾌락만을 좇는 이기적인 인물이라고 할 수는 없다. 그녀의 육체적 자유분방함은 인생을 관조하는 초연함과 이해, 관용에서 비롯된다고 볼 수 있다. 그녀는 어셴든과 연인으로 지내던 중 유대인 상인과 잠자리를 하고 나서 고가의 선물을 받는데 어셴든이 알고 분노하자 태연하게 어셴든을 달랜다. 어차피 100년 후엔 우리 모두 죽을 텐데 왜 그리 심각하느냐고. 그녀가 파산한 조지 켐프와 함께 미국으로 떠난 것도 연민에 따른 행동이었다. 이후 그녀는 고향의 어머니가 죽을 때까지 생활비를 보내기도 한다.

초월적 세계관은 작품 곳곳에서 찾아볼 수 있고 특히 후반부에 두드러진다. 드리필드의 두 번째 아내와 앨로이가 로지를 천박하다고 깎아내리자 어셴든은 로지를 변호하다가 그들의 비웃음을 사고는 "영원불멸한 지성이 보기에는 하찮은 행성에 잠시 머물다 가는 처지에 온갖 고통에 시달리며 아등바등하는 인간이 그저 농담"거리에 불과하다고 생각한다. 심각하던 일상이 별안간 덧없이 느껴지고 인간의 일생이 우주의 한 점으로 쪼그라드는 대목이다.

하지만 '케이크와 맥주'라는 표현은 작중 어디에도 직접적으로 드러나 있지 않다. 에드워드 드리필드가 노년에 명성을 얻은 뒤 자주 동네 펍에 내려가 평범한 사람들과 담소를 즐기며 맥주를 마시는 것으로 언급될 뿐이다. 거장의 반열에 오른 뒤 그가 찾았던 것은 값비싼 술이 아니라 서민들이 즐겨 마시는 맥주였다. 작품 초반에 성공한 작가 앨로이 키어가 사교 클럽에서 와인 담당 직원에게 우아한 언변을 뽐내며 독일산 고급 백포도주를 주문하는 장면과 대조를 이룬다.

변화의 길목에서

이 작품의 시대 배경이 되는 정확한 연도는 명시돼 있지 않지만 오락 문화, 교통수단, 역사적 사실로 미루어 이야기의 시작점은 추정이 가능하다. 작중 화자 어셴든은 열다섯 살 때 자전거 타는 법을 배우다가 드리필드 부부를 처음 만나게 되는데 그 시절 소도시 블랙스터블에서 세이프티 자전거는 흔하지 않았다고 회상한다. 현대적인 자전거의 형태를 갖춘 세이프티 자전거가 대중화되기 시작한 것은 1880년대다. 그로부터 오 년 후 어셴든은 런던에서 드리필드 부부와 재회하여 문인들 및 예술가들과 어울리게 되며, 이때 만난 배우 해리 레트퍼드가 1899년 발발한 보어 전쟁에서 사망한 것으로 차후 밝혀진다. 그렇다면 어셴든이 블랙스터블에서 드리필드 부부를 처음 만나고 런던에서 인연을 이어 간 기간은 1880년대 초반에서 1899년 사이로 보면 될 것이다. 이 시기는 빅토리아 여왕의 재임(1837~1901) 후반부에 해당하고, 이 작품에는 빅토리아 후기의 시대정신과 변화하는 사회상이 잘 반영되어 있다.

빅토리아기 중후반에 일어난 정치, 경제, 사회적 격변은 영국 사회의 기존 체제를 흔들었다. 교회의 영향력은 쇠퇴하고 자연 과학이 힘을 얻었으며, 엄숙주의가 한발 물러나고 심미주의가 대두했다. 지배층의 변화 역시 불가피했다. 16세기 이후 영국 사회의 지배층을 형성한 젠트리, 이른바 신사 계층도 예외는 아니었다. 전통적인 의미에서 젠트리는 지주를 뜻했고 귀족들과 성직자들이 여기에 속했다. 그리고 대규모 부를 축적한 기업가, 금융가, 상인, 대학교수, 전문 직업인 들이 차차 이 계층으로 편입되었다.

19세기 들어 산업 혁명이 가속화하면서 대도시를 중심으로 부르주아들이 중심 세력으로 부상했지만 지방은 이러한 변화에 둔감했다. 태생적 특권층을 신성시하는 풍조가 여전했고 상위 계층을 존중하는 믿음은 확고했다. 어셴든의 숙모는 귀족 가문 출신으로 자신의 고귀한 태생을 평생 잊지 않았으며 여름휴가차 블랙스터블에 내려온 부유한 은행가를 장사꾼이라는 이유로 상대조차 하지 않는다. 오늘날의 자본주의적 시각에서 보면 고개가 갸웃거려지는 태도다. 블랙스터블 사람들은 한동네 주민인 그린코트 소령의 아내 역시 은근히 무시한다. 친정 집안이 공장 일꾼 출신이었기 때문이다. 이들은 여전히 구시대 관념에 젖어 있다. 특히 어셴든의 숙부와 숙모, 목사관 하녀 메리앤은 구체제의 가치관에서 벗어나지 못한 언행을 보인다.

반면에 조지 켐프와 로지 드리필드는 기존 질서와 관습의 대척점에 있는 인물들이다. 블랙스터블의 석탄 상인 조지 켐프는 세상의 변화에 발맞추어 가려 하지만 신분의 벽과 사람들의 고정 관념에 번번이 부딪힌다. 아무리 그가 풍족한 생활을 하고 이웃에게 호의를 베풀고 교회에 꼬박꼬박 참석해 많은 헌금을 내도 사람들의 눈에는 한낱 장사치일 뿐이다. 그는 주택 건설 등 대규모 사업에 손을 댔다가 파산하는 바람에 사람들에게 금전적 피해를 끼치며 미국으로 도주한다. 게다가 아내와 자식들을 버리고 다른 여자(로지 드리필드)와 함께 달아나는데 이 또한 기존 질서에 반하는 일탈 행위다. 자본주의의 고장으로 건너간 그는 그곳에서 자수성가한다. 영국 내 소도시의 견고한 구체제를 변화시키는 데 실패한 후 활동 무대를 바꾸어 신세계에 가서야 뜻을 펼칠 수 있었다. 로지 드리필드 역시 유희와 쾌락을 추구하는 본성으로 인해 보수적인 사회 체제와 마찰이 불가피하다고 하겠다.

성공한 작가, 위대한 작가

저자 서문에서도 밝혔듯 몸은 그의 최고작으로 평가받는 『인간의 굴레에서』에서 못다 한 이야기를 이 작품에서 풀어내고 있다. '인간의 굴레에서'라는 제목은 스피노자의 『에티카』 4부 표제에서 따온 말로 인간의 삶이 이성이 아닌 정념에 의해 지배되면서 겪는 예속 상태를 뜻한다. 『인간의 굴레에서』가 정념에 의한 인간의 내적 예속을 다루었다면, 『케이크와 맥주』는 한 작가의 생애를 통해 인간을 구속하는 외적 요인, 사회적 굴레에 초점을 맞추고 있다.

작중 소설가 에드워드 드리필드는 노년에 이르러 거장으로 칭송받다가 근래에 세상을 떠난 작가다. 화자 어셴든은 드리필드의 전기를 집필하게 된 동료 작가 앨로이 키어로부터 드리필드에 대한 자료나 정보를 달라는 부탁을 받는다. 어셴든이 무명 시절의 드리필드와 친분이 있었기 때문이다. 어셴든은 고향 블랙스터블과 런던에서 드리필드 부부와 함께했던 날들을 돌아보며 작가의 삶이란 무엇인가를 술회한다.

어셴든의 회고에 따르면 에드워드 드리필드는 가난한 평민 출신으로 젊은 시절 여러 직업을 전전하다 소설가로 등단하여 꾸준히 작품 활동에 임한다. 문단 내에서는 소소한 호평을 받기에 이르지만 이렇다 할 명성은 얻지 못한 채 근근이 작가의 삶을 이어 가던 중 후견인 트래퍼드 부인의 눈에 들어 큰 전환점을 맞이한다. 트래퍼드 부인은 드리필드를 미래의 '우승마'로 점찍고 물심양면 후원하기 시작하고, 드리필드는 그녀가 소개하는 상류 사회 사람들과 어울리며 훗날 거장으로 도약하기 위한 발판을 마련한다.

하지만 그에게 성공의 발판은 양날의 칼로 작용한다. 후원을 받으려면 트래퍼드 부인의 영향력을 수용할 수밖에 없기 때문이다. 그는 트래퍼드 부인이 선택하는 사람들을 만나고, 그녀가 주최하는 만찬에 참석해 그녀가 주문한 글을 낭독하고, 공식적인 자리에는 반드시 그녀를 동반한다. 그의 사회 활동은 철저히 그녀의 통제 아래에 놓인다. 아내 로지가 조지 켐프와 달아난 후에는 트래퍼드 부부의 집에 머물면서 차기작을 집필하기도 한다. 이후 간호사와 재혼할 때까지 그는 트래퍼드 부인의 세상에 종속된 삶을 살아간다. 이처럼 트래퍼드 부인은 드리필드의 작가적 삶을 견인하는 동시에 구속하는 요인으로 작용한다.

드리필드를 얽어매는 것은 후견인만이 아니다. 그는 자신의 체험을 바탕으로 한 『생명의 잔』을 발표하고 거센 사회적 저항에 부딪힌다. 평단과 대중은 이 작품이 고통스럽게 죽어 가는 아이를 감정을 배제한 채 덤덤하게 묘사했다는 점과 아이가 죽은 날 아이 엄마가 외간 남자와 통정하는 내용이 비도덕적이라는 이유로 분노한다. 그의 책은 금서로 지정된다. 정도의 차이는 있지만 예나 지금이나 작가는 대중과 평단의 비위를 거슬러서는 살아남기가 어렵다.

서머싯 몸은 작가를 위협하는 가장 큰 위험 요소로 성공을 꼽으면서 현명한 작가라면 마땅히 성공을 경계해야 한다고 말했다. 작가가 성공하면 원래 속했던 세상을 떠나 상류 사회에 진출하게 되는데, 애초에 그곳의 일원이 아니므로 아무리 영감을 받아 새로운 세상에 관한 창작에 열정을 불태운다고 해도 필시 겉핥기가 될 수밖에 없기 때문에 성공의 발판이 되어 준 작가 본인의 개성을 잃는 것이 그 원인이라고 보았다. 에드워드 드리필드는 사회적 성공과 창작 사이에서 균형을 이루며 말년까지 살아남았으므로 그 아슬아슬한 곡예에 성공한 셈이다.

어셴든은 천재성이 없어도 좋은 배경과 성실함, 처세술만으로 얼마든지 작가로서 성공을 거둘 수 있다고 말하면서, 이러한 이유로 거장을 판단하는 기준은 당시의 여론이 아니라 작가로서 얼마나 오랫동안 살아남는가, 즉 '장수'라고 말한다. 유행에 취약한 동시대인들이 얼마나 변덕스럽고 진정한 가치에 무지할 수 있는지 냉소를 감추지 않는다.

앨로이 키어는 어셴든에게 당시 대세였던 유미주의에 근거해 에드워드 드리필드를 위대한 작가라고 추켜세우지만 어셴든은 그의 주장을 일축한다. 아름다움은 완전하기 때문에 순간의 감성을 자극할 수는 있어도 필연적으로 지루함을 유발하므로 오래 지속되지 못한다는 것이다. 오히려 에드워드 드리필드가 전업 작가로서 오랫동안 많은 작품을 꾸준히 발표했다는 점에서 위대한 작가가 될 만한 자격을 갖추었다고 판단한다. 사생활과 작가로서의 삶을 병립시키기 어렵다는 점을 감안할 때 대중의 관심을 잃지 않고 오랫동안 작가로 생존한 것을 높이 평가한 것이다. 노작가로 늙었다는 것은 오랜 기간 시행착오를 거쳐 작가적 기량을 발전시켜 왔음을 뜻하기 때문이다. 서머싯 몸은 작가로서의 생존과 작가적 기량을 동일 시했는데, 일찍이 쇼펜하우어에게 영향을 받은 그에게 생존은 여러 측면에서 중대한 문제였다.

성공한 작가가 반드시 위대한 작가는 아니다. 한 시대를 풍미했으나 역사의 뒤안길로 사라진 무수한 작가들이 이를 뒷받침한다. 서머싯 몸에게 둘의 확연한 차이는 '지속성'에 있다. 그는 성공을 넘어 위대함으로 나아가려면 처세술만으로는 부족하며, 위대한 작가는 오랫동안 살아남는다고 보았다. 우선 동시대인에게서 좋은 평가를 받아야 하지만(그래야 후대인들의 선택지에 오를 수 있다.) 문예 사조와 시대를 뛰어넘어 생존해야만 위대한 작가가 될 조건을 갖추게 된다.

성공은 오랜 생존을 위한 전제 조건일 뿐 위대한 작가의 칭호는 세월의 계단을 딛고 올라선 자에게 수여되는 훈장과 같다. 문학에도 유행이 있고 득세한 특정 양식의 본질적 가치를 판단하는 것은 쉬운 일이 아니다.

2021년 8월
황소연

작가 연보

1874년   1월 25일, 프랑스 파리의 영국 대사관 고문 변호사로
일하던 로버트 몸의 막내아들로 태어났다.

1882년   어머니 이디스 몸이 폐결핵으로 별세했다.

1884년   아버지가 암으로 별세. 영국 켄트주 윗스터블 관할사제
인 숙부네에서 자람. 가을에 캔터베리의 킹스 스쿨에
입학했다.

1890년   폐결핵으로 한 학기를 남프랑스에서 요양하면서 모파상
을 비롯한 프랑스 작가들의 소설을 탐독했다.

1891년   킹스 스쿨을 중퇴하고 독일로 유학, 하이델베르크 대학
교에서 청강생으로 어학과 수학을 공부했다.

1892년   숙부의 권고로 공인회계사 공부를 시작했다가 그만두
고 런던의 세인트토머스 병원 부속 의학교에 입학하지

만 의학 공부보다는 작가 수업에 더 관심을 가졌다.

1897년   의학생의 경험을 토대로 쓴 첫 장편 소설 『램버스의 라이저(Liza of Lambeth)』를 발표, 베스트셀러가 되었다. 의학교를 졸업하고 면허를 얻지만 작가 수업을 위해 의업을 포기하고 스페인에 정착했다.

1898년   역사 소설 『성자 만들기(The Making of a Saint)』 발표. 후에 『인간의 굴레에서(Of Human Bondage)』의 원형이 되는 「스티븐 케리의 예술가적 기질(The Artistic Temperament of Stephen Carey)」을 썼으나 출판하지 못했다. 로마를 여행했다.

1899년   단편집 『정위(Orientations)』 출판.

1901년   보어 전쟁에서 힌트를 얻어 쓴 장편 소설 『영웅(The Hero)』을 출판했다.

1902년   중산층 여자가 농부와 결혼하는 이야기를 다룬 소설 『크래덕 부인(Mrs. Craddock)』 출판. 희곡 「명예로운 자(A Man of Honour)」가 공연되었다.

1903년   희곡 「현세의 이익(Loaves and Fishes)」과 「프레더릭 부인(Lady Frederick)」을 발표, 평가가 좋지 않자 희곡을 포기하고 소설에만 전념했다.

1904년   실험 소설 『회전목마(The Merry-Go-Round)』 출판. 파리로 건너가 몽파르나스에 자리 잡고 한동안 보헤미안 생활을 하며 여러 예술가들과 교제했다. 로지라는 여배우와 연애. 희곡 「도트 부인(Mrs. Dot)」을 집필했다.

1905년   스페인에 머물면서 안달루시아 여행기 『성처녀의 나라

(The Land of Blessed Virgin)』를 출판했다.

1906년   장편 소설 『주교의 에이프런(The Bishop's Apron)』을 출
판했다.

1907년   장편 소설 『탐험가(The Explorer)』 출판. 시칠리아 섬
여행. 런던의 코트 극장에서 공연한 풍속희극 「프레더
릭 부인」이 대성공을 거두고 일 년간의 장기 공연에 들
어갔다.

1908년   「잭 스트로(Jack Straw)」, 「도트 부인」 등 모두 네 편의
극이 런던의 4대 극장에서 동시에 공연되어 셰익스피
어 이래 최대의 인기를 누림. 공포 소설 『마술사(The
Magician)』를 발표했다.

1909년   희곡 「페넬로페(Penelope)」와 「스미스(Smith)」가 공연되
었다.

1910년   희곡 「열 번째 사나이(The Tenth Man)」와 「지주 귀족
(Landed Gentry)」이 공연되었다.

1911년   런던 메이페어에 근사한 주택을 구입했다.

1912년   스페인의 세비야에서 자전적 소설 『인간의 굴레에서』
를 쓰기 시작했다.

1914년   희곡 「약속의 땅(The Land of Promise)」 공연. 1차 세계
대전이 일어나자 프랑스 적십자 야전 의무대에 지원했다.

1915년   정보국에 발탁되어 스위스의 제네바에서 첩보 활동. 희
곡 「성취 불능(The Unattainable)」, 「선배(Our Betters)」
집필. 『인간의 굴레에서』 출판. 미국에서 시어도어 드
라이저가 《뉴 리퍼블릭》에서 이 소설을 격찬하지만 전

쟁 중이어서 큰 반향을 일으키지는 못했다.

1916년   시리 웰컴(Syrie Barnardo Wellcome)과 결혼했다. 첩보
　　　　　생활로 건강을 해쳐 미국에서 정양. 화가 폴 고갱을 모
　　　　　델로 한 소설을 쓰기 위해 타히티섬을 여행했다.

1917년   정보국의 중대 비밀 임무를 맡고 러시아에 갔다. 톨스토
　　　　　이, 도스토옙스키, 체호프의 고장에 가 보고 싶은 욕심
　　　　　때문에 무리한 부탁을 맡은 것이었다.

1918년   러시아에서 귀국하나 건강이 악화되어 스코틀랜드에
　　　　　서 요양했다.

1919년   희곡 「시저의 아내(Caesar's Wife)」, 「집과 미녀(Home
　　　　　and Beauty)」 집필. 장편 소설 『달과 6펜스(The Moon
　　　　　and Six pence)』를 출판하여 주목을 받고, 『인간의 굴레
　　　　　에서』도 재평가를 받았다.

1920년   중국을 여행했다.

1921년   단편집 『잎사귀의 떨림(The Trembling of a Leaf)』 출판.
　　　　　희곡 「서클(The Circle)」 공연. 보르네오와 서말레이시
　　　　　아를 여행했다.

1922년   여행기 『중국의 병풍(On a Chinese Screen)』을 출판했
　　　　　다. 희곡 「수에즈의 동쪽(East of Suez)」을 공연했다.

1924년   희곡 『현세의 이익』 출판. 많은 단편 소설을 발표했다.

1925년   단테의 『신곡』에서 힌트를 얻고 홍콩 여행을 바탕으로
　　　　　한 장편 소설 『인생의 베일(The Painted Veil)』을 출판
　　　　　했다.

1926년   희곡 「정숙한 아내(The Constant Wife)」 공연. 단편집

『카수아리나 나무(The Casuarina Tree)』를 출판했다.

1927년 「밀림의 발자국(Footprints in the Jungle)」 등 단편 소설 다수 발표. 『편지(The Letter)』를 각색하여 공연했다.

1928년 첩보 활동 경험을 소재로 하여 단편집 『어셴던 (Ashenden)』 출판. 희곡 「성스러운 불꽃(The Sacred Flame)」이 뉴욕에서 공연되었다.

1929년 이혼. 프랑스 카프페라에 정착. 보르네오와 서말레이시 아를 여행했다.

1930년 희곡 「밥벌이(The Breadwinner)」 발표. 여행기 『응접실 의 신사(The Gentleman in the Parlour)』와 토머스 하디 와 휴 월폴을 풍자적으로 그린 장편 소설 『케이크와 맥 주(Cakes and Ale)』 출판. 키프로스와 뉴욕을 여행했다.

1931년 단편집 『일인칭 단수(Six Stories Written in the First Person Singular)』 출판. 희곡 「서클」이 공연되었다.

1932년 단편집 『책가방(The Book Bag)』, 장편 소설 『궁색한 인 생(The Narrow Corner)』 출판. 희곡 「수고(For Services Rendered)」가 공연되었다.

1933년 단편집 『아, 왕이여(Ah King)』 출판. 희곡 「셰피(Sheppey)」 공연. 이 작품을 끝으로 더 이상 희곡을 쓰지 않았다. 스페인을 여행했다.

1934년 단편집 『심판의 자리(The Judgment Seat)』 출판.

1935년 기행문 『돈 페르난도(Don Fernando)』 출판.

1936년 콩트집 『세계주의자(Cosmopolitans)』 출판. 여행기 『나 의 남해 섬(My South Sea Island)』을 시카고에서 출판.

남아메리카와 서인도제도를 여행했다.

1937년   장편 소설 『극장(Theatre)』을 출판했다.

1938년   자전적 회상록 『요약(The Summing Up)』을 출판했다.
          인도를 여행했다.

1939년   장편 소설 『크리스마스 휴가(Christmas Holiday)』 출판.
          9월 1일, 2차 세계대전이 발발하자 요트로 프랑스에서
          탈출을 기도. 『세계 단편 백선(Tellers of Tales)』 뉴욕에
          서 출판되었다.

1940년   평론집 『전시(戰時)의 프랑스(France at War)』, 독서 안
          내책 『책과 당신(Books and You)』 출판. 6월 15일에 파
          리가 함락되자 카누를 타고 영국으로 탈출. 10월 미국
          으로 건너가 1946년까지 뉴욕에 정착했다.

1941년   자서전 『극히 개인적(Strictly Personal)』 뉴욕에서 출판.
          중편 소설 「별장에서(Up at the Villa)」를 발표했다.

1942년   장편 소설 『동트기 전(The Hour before the Dawn)』
          출판.

1943년   『현대 영미 명작선(Modern English and American
          Literature)』이 뉴욕에서 출판되었다.

1944년   장편 소설 『면도날(The Razor's Edge)』 출판.

1946년   역사 소설 『그때와 지금(Then and Now)』 출판. 『인간
          의 굴레에서』 원고를 미국 국회도서관에 기증했다.

1947년   단편집 『환경의 동물(Creatures of Circumstance)』 출판.

1948년   단편집 『이곳저곳(Here and There)』, 장편 소설 『카탈리
          나(Catalina)』 출판.

1949년   에세이 『작가 수첩(A Writer's Notebook)』 출판.

1950년   『인간의 굴레에서』 다이제스트판이 발간되었다.

1951년   『작가의 시점(The Writer's Point of View)』. 미국에서 '몸 연구소'가 설립되어 몸의 문헌들이 전시되었다.

1952년   평론집 『방랑의 무드(The Vagrant Mood)』 출판. 옥스퍼드 대학교에서 명예학위를 받았다. 네덜란드를 여행했다.

1953년   희곡 『고귀한 스페인 사람(The Noble Spaniard)』 출판.

1954년   엘리자베스 여왕으로부터 명예 훈위(Companion of Honour) 칭호를 받았다. 그리스와 로마 방문. 평론집 『세계 10대 소설과 그 작가(Ten Novels and their Authors)』를 발표했다.

1958년   평론집 『시점(Points of View)』을 출판하고 작가 생활을 끝낸다고 선언했다. 윈스턴 처칠 경과 함께 왕립문학원의 부원장에 선출되었다. 일본을 여행했다.

1961년   문학 훈위(Companion of Literature) 칭호를 받았다.

1965년   12월 16일, 프랑스 니스에서 아흔한 살의 나이로 사망했다.

세계문학전집 **394**

케이크와 맥주

1판 1쇄 펴냄 2021년 9월 7일
1판 9쇄 펴냄 2024년 10월 25일

지은이   서머싯 몸
옮긴이   황소연
발행인   박근섭, 박상준
펴낸곳   (주)민음사

출판등록   1966. 5. 19. (제 16-490호)
서울특별시 강남구 도산대로1길 62(신사동) 강남출판문화센터 5층 (우편번호 06027)
대표전화 02-515-2000   팩시밀리 02-515-2007
www.minumsa.com

한국어 판 © (주)민음사, 2021. Printed in Seoul, Korea

ISBN 978-89-374-6394-5 04800
ISBN 978-89-374-6000-5 (세트)

세계문학전집 목록

1·2 변신 이야기 오비디우스 · 이윤기 옮김 서울대 권장도서 100선

3 햄릿 셰익스피어 · 최종철 옮김 서울대 권장도서 100선 | 미국대학위원회 선정 SAT 추천도서

4 변신 · 시골의사 카프카 · 전영애 옮김 서울대 권장도서 100선

5 동물농장 오웰 · 도정일 옮김 미국대학위원회 선정 SAT 추천도서 | 《타임》 선정 현대 100대 영문소설

6 허클베리 핀의 모험 트웨인 · 김욱동 옮김 《뉴스위크》 선정 100대 명저

7 암흑의 핵심 콘래드 · 이상옥 옮김 미국대학위원회 선정 SAT 추천도서 | 《뉴스위크》 선정 10대 명저

8 토니오 크뢰거 · 트리스탄 · 베네치아에서의 죽음 토마스 만 · 안삼환 외 옮김 노벨 문학상 수상 작가

9 문학이란 무엇인가 사르트르 · 정명환 옮김

10 한국단편문학선 1 김동인 외 · 이남호 엮음 국립중앙도서관 선정 청소년 권장도서

11·12 인간의 굴레에서 서머싯 몸 · 송무 옮김

13 이반 데니소비치, 수용소의 하루 솔제니친 · 이영의 옮김 노벨 문학상 수상 작가

14 너새니얼 호손 단편선 호손 · 천승걸 옮김

15 나의 미카엘 오즈 · 최창모 옮김

16·17 중국신화전설 위앤커 · 전인초, 김선자 옮김

18 고리오 영감 발자크 · 박영근 옮김

19 파리대왕 골딩 · 유종호 옮김 노벨 문학상 수상 작가 | 《타임》 선정 현대 100대 영문소설

20 한국단편문학선 2 김동리 외 · 이남호 엮음

21·22 파우스트 괴테 · 정서웅 옮김 서울대 권장도서 100선 | 미국대학위원회 선정 SAT 추천도서

23·24 빌헬름 마이스터의 수업시대 괴테 · 안삼환 옮김

25 젊은 베르테르의 슬픔 괴테 · 박찬기 옮김 논술 및 수능에 출제된 책(1998~2005)

26 이피게니에 · 스텔라 괴테 · 박찬기 외 옮김

27 다섯째 아이 레싱 · 정덕애 옮김 노벨 문학상 수상 작가

28 삶의 한가운데 린저 · 박찬일 옮김

29 농담 쿤데라 · 방미경 옮김

30 야성의 부름 런던 · 권택영 옮김

31 아메리칸 제임스 · 최경도 옮김

32·33 양철북 그라스 · 장희창 옮김 노벨 문학상 수상 작가 | 서울대 권장도서 100선

34·35 백년의 고독 마르케스 · 조구호 옮김 노벨 문학상 수상 작가 | 서울대 권장도서 100선

36 마담 보바리 플로베르 · 김화영 옮김 서울대 권장도서 100선

37 거미여인의 키스 푸익 · 송병선 옮김

38 달과 6펜스 서머싯 몸 · 송무 옮김

39 폴란드의 풍차 지오노 · 박인철 옮김

40·41 독일어 시간 렌츠 · 정서웅 옮김

42 말테의 수기 릴케 · 문현미 옮김

43 고도를 기다리며 베케트 · 오증자 옮김 노벨 문학상 수상 작가 | 서울대 권장도서 100선

44 데미안 헤세 · 전영애 옮김 노벨 문학상 수상 작가

45 젊은 예술가의 초상 조이스 · 이상옥 옮김 서울대 권장도서 100선

46 카탈로니아 찬가 오웰 · 정영목 옮김

47 호밀밭의 파수꾼 샐린저 · 정영목 옮김 《타임》 선정 현대 100대 영문소설 | 미국대학위원회 선정 SAT 추천도서 | 《뉴스위크》 선정 100대 명저 | BBC 선정 꼭 읽어야 할 책

48·49 파르마의 수도원 스탕달 · 원윤수, 임미경 옮김

50 수레바퀴 아래서 헤세 · 김이섭 옮김 노벨 문학상 수상 작가 | 국립중앙도서관 선정 청소년 권장도서

51·52 내 이름은 빨강 파묵 · 이난아 옮김 노벨 문학상 수상 작가

53 오셀로 셰익스피어 · 최종철 옮김 서울대 권장도서 100선

54 조서 르 클레지오 · 김윤진 옮김 노벨 문학상 수상 작가

55 모래의 여자 아베 코보 · 김난주 옮김

56·57 부덴브로크 가의 사람들 토마스 만 · 홍성광 옮김 노벨 문학상 수상 작가

58 싯다르타 헤세 · 박병덕 옮김 노벨 문학상 수상 작가

59·60 아들과 연인 로렌스 · 정상준 옮김 《뉴스위크》 선정 100대 명저

61 설국 가와바타 야스나리 · 유숙자 옮김 노벨 문학상 수상 작가 | 서울대 권장도서 100선

62 벨킨 이야기 · 스페이드 여왕 푸슈킨 · 최선 옮김

63·64 넙치 그라스 · 김재혁 옮김 노벨 문학상 수상 작가

65 소망 없는 불행 한트케 · 윤용호 옮김 노벨 문학상 수상 작가

66 나르치스와 골드문트 헤세 · 임홍배 옮김 노벨 문학상 수상 작가

67 황야의 이리 헤세 · 김누리 옮김 노벨 문학상 수상 작가

68 페테르부르크 이야기 고골 · 조주관 옮김

69 밤으로의 긴 여로 오닐 · 민승남 옮김 노벨 문학상 수상 작가 | 미국대학위원회 선정 SAT 추천도서

70 체호프 단편선 체호프 · 박현섭 옮김

71 버스 정류장 가오싱젠 · 오수경 옮김 노벨 문학상 수상 작가

72 구운몽 김만중 · 송성욱 옮김 서울대 권장도서 100선 | 국립중앙도서관 선정 청소년 권장도서

73 대머리 여가수 이오네스코 · 오세곤 옮김

74 이솝 우화집 이솝 · 유종호 옮김 논술 및 수능에 출제된 책(1998~2005)

75 위대한 개츠비 피츠제럴드 · 김욱동 옮김 《타임》 선정 현대 100대 영문소설

76 푸른 꽃 노발리스 · 김재혁 옮김

77 1984 오웰 · 정회성 옮김 《타임》 선정 현대 100대 영문소설 | 《뉴스위크》 선정 100대 명저

78·79 영혼의 집 아옌데 · 권미선 옮김

80 첫사랑 투르게네프 · 이항재 옮김

81 내가 죽어 누워 있을 때 포크너 · 김명주 옮김 노벨 문학상 수상 작가

82 런던 스케치 레싱 · 서숙 옮김 노벨 문학상 수상 작가

83 팡세 파스칼 · 이환 옮김

84 질투 로브그리예 · 박이문, 박희원 옮김

85·86 채털리 부인의 연인 로렌스 · 이인규 옮김

87 그 후 나쓰메 소세키 · 윤상인 옮김

88 오만과 편견 오스틴 · 윤지관, 전승희 옮김 미국대학위원회 선정 SAT 추천도서

89·90 부활 톨스토이 · 연진희 옮김 논술 및 수능에 출제된 책(1998~2005)

91 방드르디, 태평양의 끝 투르니에 · 김화영 옮김

92 미겔 스트리트 나이폴 · 이상옥 옮김 노벨 문학상 수상 작가

93 페드로 파라모 룰포 · 정창 옮김

94 차라투스트라는 이렇게 말했다 니체 · 장희창 옮김 국립중앙도서관 선정 청소년 권장도서

95·96 적과 흑 스탕달 · 이동렬 옮김 국립중앙도서관 선정 청소년 권장도서

97·98 콜레라 시대의 사랑 마르케스 · 송병선 옮김 노벨 문학상 수상 작가 | BBC 선정 꼭 읽어야 할 책

99 맥베스 셰익스피어 · 최종철 옮김 서울대 권장도서 100선 | 미국대학위원회 선정 SAT 추천도서

100 춘향전 작자 미상 · 송성욱 풀어 옮김 서울대 권장도서 100선

101 페르디두르케 곰브로비치 · 윤진 옮김

102 포르노그라피아 곰브로비치 · 임미경 옮김

103 인간 실격 다자이 오사무 · 김춘미 옮김

104 네루다의 우편배달부 스카르메타 · 우석균 옮김

105·106 이탈리아 기행 괴테 · 박찬기 외 옮김

107 나무 위의 남작 칼비노 · 이현경 옮김

108 달콤 쌉싸름한 초콜릿 에스키벨 · 권미선 옮김

109·110 제인 에어 C. 브론테 · 유종호 옮김 BBC 선정 꼭 읽어야 할 책

111 크놀프 헤세 · 이노은 옮김 노벨 문학상 수상 작가

112 시계태엽 오렌지 버지스 · 박시영 옮김 《타임》 선정 현대 100대 영문소설 | 《뉴스위크》 선정 100대 명저

113·114 파리의 노트르담 위고 · 정기수 옮김 미국대학위원회 선정 SAT 추천도서

115 새로운 인생 단테 · 박우수 옮김

116·117 로드 짐 콘래드 · 이상옥 옮김 《뉴스위크》 선정 100대 명저

118 폭풍의 언덕 E. 브론테 · 김종길 옮김 미국대학위원회 선정 SAT 추천도서

119 텔크테에서의 만남 그라스 · 안삼환 옮김 노벨 문학상 수상 작가

120 검찰관 고골 · 조주관 옮김

121 안개 우나무노 · 조민현 옮김

122 나사의 회전 제임스 · 최경도 옮김 미국대학위원회 선정 SAT 추천도서

123 피츠제럴드 단편선 1 피츠제럴드 · 김욱동 옮김

124 목화밭의 고독 속에서 콜테스 · 임수현 옮김

125 돼지꿈 황석영

126 라셀라스 존슨 · 이인규 옮김

127 리어 왕 셰익스피어 · 최종철 옮김 서울대 권장도서 100선 | 《뉴스위크》 선정 100대 명저

128·129 쿠오 바디스 시엔키에비츠 · 최성은 옮김 노벨 문학상 수상 작가

130 자기만의 방·3기니 울프 · 이미애 옮김

131 시르트의 바닷가 그라크 · 송진석 옮김

132 이성과 감성 오스틴 · 윤지관 옮김

133 바덴바덴에서의 여름 치프킨 · 이장욱 옮김

134 새로운 인생 파묵 · 이난아 옮김 노벨 문학상 수상 작가

135·136 무지개 로렌스 · 김정매 옮김

137 인생의 베일 몸 · 황소연 옮김

138 보이지 않는 도시들 칼비노 · 이현경 옮김

139·140·141 연초 도매상 바스 · 이운경 옮김 《타임》 선정 현대 100대 영문소설

142·143 플로스 강의 물방앗간 엘리엇 · 한애경, 이봉지 옮김 미국대학위원회 선정 SAT 추천도서

144 연인 뒤라스 · 김인환 옮김

145·146 이름 없는 주드 하디 · 정종화 옮김

147 제49호 품목의 경매 핀천 · 김성곤 옮김 《타임》 선정 현대 100대 영문소설

148 성역 포크너 · 이진준 옮김 노벨 문학상 수상 작가 | 퓰리처상 수상 작가

149 무진기행 김승옥

150·151·152 신곡(지옥편 · 연옥편 · 천국편) 단테 · 박상진 옮김 《뉴스위크》 선정 100대 명저

153 구덩이 플라토노프 · 정보라 옮김

154·155·156 카라마조프가의 형제들 도스토옙스키 · 김연경 옮김

157 지상의 양식 지드 · 김화영 옮김 노벨 문학상 수상 작가

158 밤의 군대들 메일러 · 권택영 옮김 퓰리처상 수상 작가

159 주홍 글자 호손 · 김욱동 옮김 서울대 권장도서 100선 | 미국대학위원회 선정 SAT 추천도서

160 깊은 강 엔도 슈사쿠 · 유숙자 옮김

161 욕망이라는 이름의 전차 윌리엄스 · 김소임 옮김

162 마사 퀘스트 레싱 · 나영균 옮김 노벨 문학상 수상 작가

163·164 운명의 딸 아옌데 · 권미선 옮김

165 모렐의 발명 비오이 카사레스·송병선 옮김

166 삼국유사 일연·김원중 옮김 서울대 권장도서 100선

167 풀잎은 노래한다 레싱·이태동 옮김 노벨 문학상 수상 작가

168 파리의 우울 보들레르·윤영애 옮김

169 포스트맨은 벨을 두 번 울린다 케인·이만식 옮김

170 썩은 잎 마르케스·송병선 옮김 노벨 문학상 수상 작가

171 모든 것이 산산이 부서지다 아체베·조규형 옮김 《타임》 선정 현대 100대 영문소설

172 한여름 밤의 꿈 셰익스피어·최종철 옮김 미국대학위원회 선정 SAT 추천도서

173 로미오와 줄리엣 셰익스피어·최종철 옮김 미국대학위원회 선정 SAT 추천도서

174·175 분노의 포도 스타인벡·김승욱 옮김 노벨 문학상 수상 작가 | 《타임》 선정 현대 100대 영문소설

176·177 괴테와의 대화 에커만·장희창 옮김

178 그물을 헤치고 머독·유종호 옮김 《타임》 선정 현대 100대 영문소설

179 브람스를 좋아하세요... 사강·김남주 옮김

180 카타리나 블룸의 잃어버린 명예 하인리히 뵐·김연수 옮김 노벨 문학상 수상 작가

181·182 에덴의 동쪽 스타인벡·정회성 옮김 노벨 문학상 수상 작가

183 순수의 시대 워튼·송은주 옮김 《뉴스위크》 선정 100대 명저 | 퓰리처상 수상작

184 도둑 일기 주네·박형섭 옮김

185 나자 브르통·오생근 옮김

186·187 캐치-22 헬러·안정효 옮김 《타임》 선정 현대 100대 영문소설

188 솔로호프 단편선 솔로호프·이항재 옮김 노벨 문학상 수상 작가

189 말 사르트르·정명환 옮김

190·191 보이지 않는 인간 엘리슨·조영환 옮김 《타임》 선정 현대 100대 영문소설

192 왑샷 가문 연대기 치버·김승욱 옮김 퓰리처상 수상 작가

193 왑샷 가문 몰락기 치버·김승욱 옮김 퓰리처상 수상 작가

194 필립과 다른 사람들 노터봄·지명숙 옮김

195·196 하드리아누스 황제의 회상록 유르스나르·곽광수 옮김

197·198 소피의 선택 스타이런·한정아 옮김 퓰리처상 수상 작가

199 피츠제럴드 단편선 2 피츠제럴드·한은경 옮김

200 홍길동전 허균·김탁환 옮김

201 요술 부지깽이 쿠버·양윤희 옮김

202 북호텔 다비·원윤수 옮김

203 톰 소여의 모험 트웨인·김욱동 옮김

204 금오신화 김시습·이지하 옮김

205·206 테스 하디·정종화 옮김 미국대학위원회 선정 SAT 추천도서 | BBC 선정 꼭 읽어야 할 책

207 브루스터플레이스의 여자들 네일러·이소영 옮김

208 더 이상 평안은 없다 아체베·이소영 옮김

209 그레인지 코플랜드의 세 번째 인생 워커·김시현 옮김 퓰리처상 수상 작가

210 어느 시골 신부의 일기 베르나노스·정영란 옮김

211 타라스 불바 고골·조주관 옮김

212·213 위대한 유산 디킨스·이인규 옮김 서울대 권장도서 100선 | BBC 선정 꼭 읽어야 할 책

214 면도날 서머싯 몸·안진환 옮김

215·216 성채 크로닌·이은정 옮김

217 오이디푸스 왕 소포클레스·강대진 옮김 서울대 권장도서 100선

218 세일즈맨의 죽음 밀러·강유나 옮김

219·220·221 안나 카레니나 톨스토이·연진희 옮김 서울대 권장도서 100선

222 오스카 와일드 작품선 와일드 · 정영목 옮김

223 벨아미 모파상 · 송덕호 옮김

224 파스쿠알 두아르테 가족 호세 셀라 · 정동섭 옮김 노벨 문학상 수상 작가

225 시칠리아에서의 대화 비토리니 · 김운찬 옮김

226·227 길 위에서 케루악 · 이만식 옮김 《타임》 선정 현대 100대 영문소설 | 《뉴스위크》 선정 100대 명저

228 우리 시대의 영웅 레르몬토프 · 오정미 옮김

229 아우라 푸엔테스 · 송상기 옮김

230 클링조어의 마지막 여름 헤세 · 황승환 옮김 노벨 문학상 수상 작가

231 리스본의 겨울 무뇨스 몰리나 · 나송주 옮김

232 뻐꾸기 둥지 위로 날아간 새 키지 · 정회성 옮김 《타임》 선정 현대 100대 영문소설

233 페널티킥 앞에 선 골키퍼의 불안 한트케 · 윤용호 옮김 노벨 문학상 수상 작가

234 참을 수 없는 존재의 가벼움 쿤데라 · 이재룡 옮김

235·236 바다여, 바다여 머독 · 최옥영 옮김

237 한 줌의 먼지 에벌린 워 · 안진환 옮김 《타임》 선정 현대 100대 영문소설

238 뜨거운 양철 지붕 위의 고양이 · 유리 동물원 윌리엄스 · 김소임 옮김 퓰리처상 수상작

239 지하로부터의 수기 도스토옙스키 · 김연경 옮김

240 키메라 바스 · 이운경 옮김

241 반쪼가리 자작 칼비노 · 이현경 옮김

242 벌집 호세 셀라 · 남진희 옮김 노벨 문학상 수상 작가

243 불멸 쿤데라 · 김병욱 옮김

244·245 파우스트 박사 토마스 만 · 임홍배, 박병덕 옮김 노벨 문학상 수상 작가

246 사랑할 때와 죽을 때 레마르크 · 장희창 옮김

247 누가 버지니아 울프를 두려워하랴? 올비 · 강유나 옮김

248 인형의 집 입센 · 안미란 옮김

249 위폐범들 지드 · 원윤수 옮김 노벨 문학상 수상 작가

250 무정 이광수 · 정영훈 책임 편집 서울대 권장도서 100선

251·252 의지와 운명 푸엔테스 · 김현철 옮김

253 폭력적인 삶 파솔리니 · 이승수 옮김

254 거장과 마르가리타 불가코프 · 정보라 옮김

255·256 경이로운 도시 멘도사 · 김현철 옮김

257 야콥을 둘러싼 추측들 욘존 · 손대영 옮김

258 왕자와 거지 트웨인 · 김욱동 옮김

259 존재하지 않는 기사 칼비노 · 이현경 옮김

260·261 눈먼 암살자 애트우드 · 차은정 옮김 《타임》 선정 현대 100대 영문소설

262 베니스의 상인 셰익스피어 · 최종철 옮김

263 말리나 바흐만 · 남정애 옮김

264 사볼타 사건의 진실 멘도사 · 권미선 옮김

265 뒤렌마트 희곡선 뒤렌마트 · 김혜숙 옮김

266 이방인 카뮈 · 김화영 옮김 노벨 문학상 수상 작가 | 미국대학위원회 선정 SAT 추천도서

267 페스트 카뮈 · 김화영 옮김 노벨 문학상 수상 작가 | 국립중앙도서관 선정 청소년 권장도서

268 검은 튤립 뒤마 · 송진석 옮김

269·270 베를린 알렉산더 광장 되블린 · 김재혁 옮김

271 하얀 성 파묵 · 이난아 옮김 노벨 문학상 수상 작가

272 푸슈킨 선집 푸슈킨 · 최선 옮김

273·274 유리알 유희 헤세 · 이영임 옮김 노벨 문학상 수상 작가

275 픽션들 보르헤스 · 송병선 옮김 서울대 권장도서 100선

276 신의 화살 아체베 · 이소영 옮김

277 빌헬름 텔 · 간계와 사랑 실러 · 홍성광 옮김

278 노인과 바다 헤밍웨이 · 김욱동 옮김 노벨 문학상 수상 작가 | 퓰리처상 수상작

279 무기여 잘 있어라 헤밍웨이 · 김욱동 옮김 미국대학위원회 선정 SAT 추천도서

280 태양은 다시 떠오른다 헤밍웨이 · 김욱동 옮김 《타임》 선정 현대 100대 영문 소설

281 알레프 보르헤스 · 송병선 옮김

282 일곱 박공의 집 호손 · 정소영 옮김

283 에마 오스틴 · 윤지관, 김영희 옮김

284·285 죄와 벌 도스토옙스키 · 김연경 옮김 미국대학위원회 선정 SAT 추천도서

286 시련 밀러 · 최영 옮김

287 모두가 나의 아들 밀러 · 최영 옮김

288·289 누구를 위하여 종은 울리나 헤밍웨이 · 김욱동 옮김 노벨 문학상 수상 작가

290 구르브 연락 없다 멘도사 · 정창 옮김

291·292·293 데카메론 보카치오 · 박상진 옮김

294 나누어진 하늘 볼프 · 전영애 옮김

295·296 제브데트 씨와 아들들 파묵 · 이난아 옮김 노벨 문학상 수상 작가

297·298 여인의 초상 제임스 · 최경도 옮김 미국대학위원회 선정 SAT 추천도서

299 압살롬, 압살롬! 포크너 · 이태동 옮김 노벨 문학상 수상 작가

300 이상 소설 전집 이상 · 권영민 책임 편집

301·302·303·304·305 레 미제라블 위고 · 정기수 옮김

306 관객모독 한트케 · 윤용호 옮김 노벨 문학상 수상 작가

307 더블린 사람들 조이스 · 이종일 옮김

308 에드거 앨런 포 단편선 앨런 포 · 전승희 옮김 미국대학위원회 선정 SAT 추천도서

309 보이체크 · 당통의 죽음 뷔히너 · 홍성광 옮김

310 노르웨이의 숲 무라카미 하루키 · 양억관 옮김

311 운명론자 자크와 그의 주인 디드로 · 김희영 옮김

312·313 헤밍웨이 단편선 헤밍웨이 · 김욱동 옮김 노벨 문학상 수상 작가

314 피라미드 골딩 · 안지현 옮김 노벨 문학상 수상 작가

315 닫힌 방 · 악마와 선한 신 사르트르 · 지영래 옮김

316 등대로 울프 · 이미애 옮김 《타임》 선정 현대 100대 영문소설 | 《뉴스위크》 선정 100대 명저

317·318 한국 희곡선 송영 외 · 양승국 엮음

319 여자의 일생 모파상 · 이동렬 옮김

320 의식 노터봄 · 김영중 옮김

321 육체의 악마 라디게 · 원윤수 옮김

322·323 감정 교육 플로베르 · 지영화 옮김

324 불타는 평원 룰포 · 정창 옮김

325 위대한 몬느 알랭푸르니에 · 박영근 옮김

326 라쇼몬 아쿠타가와 류노스케 · 서은혜 옮김

327 반바지 당나귀 보스코 · 정영란 옮김

328 정복자들 말로 · 최윤주 옮김

329·330 우리 동네 아이들 마흐푸즈 · 배혜경 옮김 노벨 문학상 수상 작가

331·332 개선문 레마르크 · 장희창 옮김

333 사바나의 개미 언덕 아체베 · 이소영 옮김

334 게걸음으로 그라스 · 장희창 옮김 노벨 문학상 수상 작가

335 코스모스 곰브로비치 · 최성은 옮김

336 좁은 문 · 전원교향곡 · 배덕자 지드 · 동성식 옮김 노벨 문학상 수상 작가

337·338 암 병동 솔제니친 · 이영의 옮김 노벨 문학상 수상 작가

339 피의 꽃잎들 응구기 와 시옹오 · 왕은철 옮김

340 운명 케르테스 · 유진일 옮김 노벨 문학상 수상 작가

341·342 벌거벗은 자와 죽은 자 메일러 · 이운경 옮김 퓰리처상 수상 작가

343 시지프 신화 카뮈 · 김화영 옮김 노벨 문학상 수상 작가

344 뇌우 차오위 · 오수경 옮김

345 모옌 중단편선 모옌 · 심규호, 유소영 옮김 노벨 문학상 수상 작가

346 일야서 한사오궁 · 심규호, 유소영 옮김

347 상속자들 골딩 · 안지현 옮김 노벨 문학상 수상 작가

348 설득 오스틴 · 전승희 옮김

349 히로시마 내 사랑 뒤라스 · 방미경 옮김

350 오 헨리 단편선 오 헨리 · 김희용 옮김

351·352 올리버 트위스트 디킨스 · 이인규 옮김

353·354·355·356 전쟁과 평화 톨스토이 · 연진희 옮김

357 다시 찾은 브라이즈헤드 에벌린 워 · 백지민 옮김

358 아무도 대령에게 편지하지 않다 마르케스 · 송병선 옮김

359 사양 다자이 오사무 · 유숙자 옮김

360 좌절 케르테스 · 한경민 옮김 노벨 문학상 수상 작가

361·362 닥터 지바고 파스테르나크 · 김연경 옮김 노벨 문학상 수상 작가

363 노생거 사원 오스틴 · 윤지관 옮김

364 개구리 모옌 · 심규호, 유소영 옮김 노벨 문학상 수상 작가

365 마왕 투르니에 · 이원복 옮김 공쿠르상 수상 작가

366 맨스필드 파크 오스틴 · 김영희 옮김

367 이선 프롬 이디스 워튼 · 김욱동 옮김 퓰리처상 수상 작가

368 여름 이디스 워튼 · 김욱동 옮김 퓰리처상 수상 작가

369·370·371 나는 고백한다 자우메 카브레 · 권가람 옮김

372·373·374 태엽 감는 새 연대기 무라카미 하루키 · 김난주 옮김

375·376 대사들 제임스 · 정소영 옮김

377 족장의 가을 마르케스 · 송병선 옮김 노벨 문학상 수상 작가

378 핏빛 자오선 매카시 · 김시현 옮김

379 모두 다 예쁜 말들 매카시 · 김시현 옮김

380 국경을 넘어 매카시 · 김시현 옮김

381 평원의 도시들 매카시 · 김시현 옮김

382 만년 다자이 오사무 · 유숙자 옮김

383 반항하는 인간 카뮈 · 김화영 옮김 노벨 문학상 수상 작가

384·385·386 악령 도스토옙스키 · 김연경 옮김

387 태평양을 막는 제방 뒤라스 · 윤진 옮김

388 남아 있는 나날 가즈오 이시구로 · 송은경 옮김

389 앙리 브륄라르의 생애 스탕달 · 원윤수 옮김

390 찻집 라오서 · 오수경 옮김

391 태어나지 않은 아이를 위한 기도 케르테스 · 이상동 옮김 노벨 문학상 수상 작가

392·393 서머싯 몸 단편선 서머싯 몸 · 황소연 옮김

394 케이크와 맥주 서머싯 몸 · 황소연 옮김

395 월든 소로 · 정회성 옮김

396 모래 사나이 E. T. A. 호프만 · 신동화 옮김

397·398 검은 책 오르한 파묵 · 이난아 옮김 노벨 문학상 수상 작가

399 방랑자들 올가 토카르추크 · 최성은 옮김 노벨 문학상 수상 작가

400 시여, 침을 뱉어라 김수영 · 이영준 엮음

401·402 환락의 집 이디스 워튼 · 전승희 옮김

403 달려라 메로스 다자이 오사무 · 유숙자 옮김

404 아버지와 자식 투르게네프 · 연진희 옮김

405 청부 살인자의 성모 바예호 · 송병선 옮김

406 세피아빛 초상 아옌데 · 조영실 옮김

407·408·409·410 사기 열전 사마천 · 김원중 옮김 서울대 권장도서 100선

411 이상 시 전집 이상 · 권영민 책임 편집

412 어둠 속의 사건 발자크 · 이동렬 옮김

413 태평천하 채만식 · 권영민 책임 편집

414·415 노스트로모 콘래드 · 이미애 옮김

416·417 제르미날 졸라 · 강충권 옮김

418 명인 가와바타 야스나리 · 유숙자 옮김 노벨 문학상 수상 작가

419 핀처 마틴 골딩 · 백지민 옮김 노벨 문학상 수상 작가

420 사라진 · 샤베르 대령 발자크 · 선영아 옮김

421 빅 서 케루악 · 김재성 옮김

422 코뿔소 이오네스코 · 박형섭 옮김

423 블랙박스 오즈 · 윤성덕, 김영화 옮김

424·425 고양이 눈 애트우드 · 차은정 옮김

426·427 도둑 신부 애트우드 · 이은선 옮김

428 슈니츨러 작품선 슈니츨러 · 신동화 옮김

429·430 세계의 끝과 하드보일드 원더랜드 무라카미 하루키 · 김난주 옮김

431 멜랑콜리아 I-II 욘 포세 · 손화수 옮김 노벨 문학상 수상 작가

432 도적들 실러 · 홍성광 옮김

433 예브게니 오네긴 · 대위의 딸 푸시킨 · 최선 옮김

434·435 초대받은 여자 보부아르 · 강초롱 옮김

436·437 미들마치 엘리엇 · 이미애 옮김

438 이반 일리치의 죽음 톨스토이 · 김연경 옮김

439·440 캔터베리 이야기 초서 · 이동일, 이동춘 옮김

441·442 아소무아르 졸라 · 윤진 옮김

443 가난한 사람들 도스토옙스키 · 이항재 옮김

444·445 마차오 사전 한사오궁 · 심규호, 유소영 옮김

446 집으로 날아가다 랠프 엘리슨 · 왕은철 옮김

447 집으로부터 멀리 피터 케리 · 황가한 옮김

448 바스커빌가의 사냥개 코넌 도일 · 박산호 옮김

449 사냥꾼의 수기 투르게네프 · 연진희 옮김

450 필경사 바틀비 · 선원 빌리 버드 멜빌 · 이삼출 옮김

451 8월은 악마의 달 에드나 오브라이언 · 임슬애 옮김

세계문학전집은 계속 간행됩니다.